Die sieben Jahreszeiten der Musik

*Für alle meine Mitmusiker und Mitmusikerinnen
von den Bands Charly Brown, Dattelner Kanal und Söppel aus Datteln
und Vogelfrei, Mazo Mazo und Georg lebt! aus Hagen*

Manfred Schloßer

Die sieben Jahreszeiten der Musik

Roman

Bibliografische Information der Deutschen Nationalbibliothek
Die Deutsche Nationalbibliothek verzeichnet diese Publikation in der Deutschen
Nationalbibliografie; detaillierte bibliografische Daten sind im Internet über http://dnb.dnb.
de abrufbar.

© 2017 Manfred Schloßer
Satz, Umschlaggestaltung, Herstellung und Verlag: BoD – Books on Demand
ISBN 978-3-7460-5129-1

Inhalt

Über den Autor

Manfred Schloßer, geboren 1951, aufgewachsen in Datteln, wohnt seit 1980 in Hagen. Er studierte Sozialwissenschaft an der Bochumer Ruhr-Universität, Sozialarbeit an der Hagener Fachhochschule, Sozialpädagogik an der Dortmunder FHS und machte drei Diplome. Zur Belohnung durfte er sein Geld als Leiter eines Abenteuerspielplatzes, eines Jugendzentrums und eines Jugendinformations-Zentrums verdienen und danach in einer Betreuungs-Behörde arbeiten. Mittlerweile im ›Unruhestand‹ hat er noch viel mehr Zeit, seinen verschiedenen sportlichen Aktivitäten und natürlich seiner Leidenschaft fürs gedruckte Wort zu frönen.

Mit dem Roman ›Die sieben Jahreszeiten der Musik‹ erscheint bereits der zehnte Danny-Kowalski-Roman und damit seine Jubiläums-Ausgabe.
Die vorherigen neun Romane:

›Das Ekel von Horstel‹, Krimi, 2017
›Wer andren eine Feder schenkt‹, 2016
›Das Geheimnis um YOG'tZE‹, Krimi, 2015
›Zeitmaschine STOPP!‹, Öko-Science-Fiction-Story, 2014
›Leidenschaft im Briefkuvert‹, Liebesroman, 2013
›Der Junge, der eine Katze wurde …‹, 2012
›Keine Leiche, keine Kohle…‹, Ruhrgebiets-Krimi, 2011
›Spätzünder, Spaßvögel & Sportskanonen‹, 2009
›Straßnroibas‹, Reise-Roman, 2007

Weitere Informationen im Internet: http://www.petmano.jimdo.com/

Prolog

»Pöm-pöm-pöm, Pöm-pöm, Pöm-pöm-pöm-pöm, Pöm-pöm-pöm, Pöm-pöm, Pöm-pöm-pöm-pöm, Pöm-pöm-pöm …« so hörte und fühlte es Danny neun Monate lang, als er in Marie wuchs. So schlug ihr Herz, stetig und zuverlässig, wie halt Dannys Mutter war. Danny konnte gar nicht weghören: der Rhythmus war um ihn und in ihm. Er war der Rhythmus. Und so beschloss Danny spontan schon im Mutterleib, später mal irgendwas mit Trommeln zu machen …

›How many roads must a man walk down
Before you call him a man
How many seas must a white dove sail
Before she sleeps in the sand
Yes, ›n‹ how many times must the cannon balls fly
Before they‹re forever banned
The answer, my friend, is blowin‹ in the wind
The answer is blowin‹ in the wind‹
(Bob Dylan)

›We shall overcome,
some day
Oh, deep in my heart
I do believe
We shall overcome‹
(Joan Baez)

›She lives on Love Street
Lingers long on Love Street
She has a house and garden
I would like to see what happens‹
(Jim Morrison & The Doors)

Personenverzeichnis

Dannys frühere Freundinnen: Nicole Lieberberg, Lulu, Paula, Jytte, Tina Jordan, Lydia, Jana, Cora, Kirsten Kramer, Mia Becker, Lia Böchterbeck, Maggie Petermann, Julie, Marina und schließlich Moni, die später seine Frau wurde.

Dannys Freunde: Frankie, Micke und Florian aus Datteln; Carlos, Harry und Achim vom Tetraeder; Laufi und die Holy Flips; Susanne und Herbie aus Meschede; Carlotta und Akim aus Hagen; Amy und MaryLou aus Massachusetts.

Dattelner Musiker und Bands bei den BEAT-Festivals in Recklinghausen in den 1960er/70er Jahren: Charly Wewer bei den Mods, später bei Tea Set; Manni Ludwiczak, Eddie Krzyzostaniak, Charly Hölscher + Ringo S. waren The Dumps; Wolle Thimian spielte ne Zeitlang bei den Rangers.

Dannys Musikgruppen aus Datteln: Charly Brown 1971 zusammen mit Bollo, Nobse, Mattin und Heini; Dattelner Kanal nannten sich 1972 Bollo, Horror S. + Danny; und Söppel war er 1979 mit Carlos, Eddie, Benny, Timmy, Achim, Ecki, Sven + Thea.
In Hagen spielte Danny bei der Jazz-Combo Vogelfrei von 1980 bis 1987 u.a. mit Pedro und Elli Fisch, Jölle K., Chris, Anna Malli, Nobse Rüther + Max Borg; und 1990 die Event-Gruppe Georg lebt! mit Akim, Olli und Mats.
In Menden bei Mazo Mazo von 1982 bis 84 mit Kalle, Uwe, Christian, Jörg und Pedro.

Sieben Jahreszeiten

»Ja, genau,« fragt sich der geneigte Leser und die amüsierte Leserin: » ….was denn, was denn, sieben Jahreszeiten ….!? Ist denn jetzt die Klima-Veränderung schon so weit fortgeschritten, dass es statt vier bereits sieben Jahreszeiten gibt …!?«

Das wird euch Danny Kowalski alles genau erklären, wenn er mit euch gemeinsam diese sieben Jahreszeiten der Musik erleben und nacherleben wird. Denn natürlich gibt es nach wie vor nur die 4 klassischen Jahreszeiten Frühling, Sommer, Herbst und Winter, wie sie der große *Antonio Vivaldi* in seinen ›Vier Jahreszeiten‹ (italienisch *Le quattro stagioni*) beschrieben hat. Es handelt sich um vier Violinkonzerte mit außermusikalischen Programmen. Jedes Konzert porträtiert eine Jahreszeit.

Da kommen wir auch gleich mal zur Entstehungsgeschichte dieses Musik-Romans: Danny schreibt als Amateur-Autor Romane, neun davon sind schon veröffentlicht, aber jetzt 2017 ist sein neuer 10. Roman heraus gekommen. Als Jubiläums-Veröffentlichung soll der etwas Besonderes darstellen, sein Musik-Roman. Und in der Entstehungs-Geschichte, wieso es überhaupt zu diesem Roman gekommen ist, spielt diese Facebook-Musikgruppe ›Ralphs Plattenteller‹ eine wichtige Rolle. Dazu sei gesagt, dass Mitglieder einer Musikgruppe bei Facebook keine Musik zusammen machen, sondern sich über ihre Lieblingsmusik austauschen. Sie posten einen Song, der dann kommentiert oder geliked wird.

Alles begann mit Rüdiger Ganske aus Schwerte, mit dem Danny jahrelang über Stayfriends das Spiel ›Stein – Schere – Papier‹ spielte, ohne dass sie sich überhaupt kannten. Rüdiger schlug Danny dabei um Längen. Dann waren sie über Facebook befreundet. Rüdiger erfuhr, dass Danny Romane schrieb, was er auf seiner Seite für seine Freunde postete. Die waren ganz begeistert, zumal dann auch Rüdiger begann, die Bücher von Danny zu kaufen und diese auch immer fleißig zu posten. Danach lotste Rüdiger seinen Facebook-Freund Danny zu seiner Musikgruppe, der Gruppe ›Disco der 70er 80er und 90er‹ von Manuela Adolph.

Dort traf Danny auf den Österreicher Chris-Man aus Villach, der wiederum lotste ihn umgehend zur Musikgruppe ›Ralphs Plattenteller‹ von Ralph Siebe aus Lüdenscheid. Chris-Man schrieb Danny daraufhin eine Ansichtskarte aus Österreich. Später besorgte er sich sogar Dannys ersten Roman ›Straßnroibas‹, bevor dieser vergriffen war. Davon schwärmte Chris-Man noch immer, von Dannys Storys aus aller Welt.

Überall in seinen beiden Musikgruppen postete Danny mittlerweile fleißig Musik-Songs und garnierte sie mit interessanten authentischen Storys, die zum jeweiligen Song passten. Er fand neue Freunde wie den saarländischen Bogenschützen Motte aus Neunkirchen, der dann sogar mal in einem Roman von Danny mitspielte.

Nach und nach wurde Danny noch in weiteren sechs anderen Musikgruppen aufgenommen, wie Tinas Musikrunde, Trashhitlover oder Super Top 20. Bald war er in diesen Gruppen als der ›Autor der Gruppe‹ bekannt, da er immer wieder gerne kleinere und längere Storys zu den geposteten Titeln hinzufügte. Mittlerweile hatte Danny dadurch Facebook-Freunde in Österreich, Thailand, Holland, dem Saarland, Hamburg, Friesland, Kulmbach, Bayreuth, Berlin, Bochum, Schwerte und Hagen gewonnen.

Irgendwann reifte dann da diese Idee in seinem Kopf, aus all diesen Storys mal einen eigenständigen und zusammenhängenden Roman zu schreiben …

»Hat Musik eigentlich was mit Fortpflanzung zu tun?« fragte sich Danny zu Recht. Denn zu jeder verflossenen seiner ehemaligen Freundinnen fielen ihm spontan Situationen des Kennenlernens und des gemeinsamen Erlebens ein, die wiederum von einem Song begleitet wurden. Und dabei dachte er nicht etwa an abendliche Kuschel-Rock-CD's, die die Liebste beim Sex in Stimmung brachte oder bringen sollte. Nein, nein, eher etwas ganz spezielles Musikalisches, das zur entsprechenden Zeitkultur der Situation passte: na, zum Beispiel Danny's erstes Petting-Erlebnis auf dem Isle-of-Wight-Festival 1970, als er und seine englische Festival-Bekannte Ann vom wunderschönen Gesang der

Sängerin *Jacqui McShee* von der britischen Folkrockgruppe *Pentangle* mit ihrem Song ›Cruel Sister‹ betört wurden …

»Ja, klar,« erinnerte sich Danny, »früher in den 60er und 70er Jahren wollten immer alle Jungs Gitarre spielen lernen, weil du da als ›Rockstar‹ einen Stein im Brett der Mädels hattest – per se. Stimmt das eigentlich, liebe Leserinnen? Wolltet ihr lieber mit einem Gitarristen knutschen oder ins Bett gehen als mit einem Jungen ohne Musik-Instrument?«

Aber Danny war unmusikalisch, Gitarre und Klavier kamen nicht in Frage. Er hatte als kleiner Bub von seinen Eltern eine Blockflöte geschenkt bekommen. Mehr als ›Kuckuck-Kuckuck‹ schaffte er da aber nicht drauf. Die Musik-Karriere kam ins Stocken. »Aber mit ner Blockflöte in der Hand, da ist mir eh noch kein Womanizer bekannt …!«

Schon in der Volksschule ging es los. Für ein Weihnachtsspiel wurden allerlei Musiker und Musikerinnen, Sänger und Sängerinnen gesucht. Aber jedes Mal, wenn sich der kleine Danny meldete, winkte seine ansonsten gutmütige Klassenlehrerin Frollein Döll rigoros ab. »Das ist nichts für dich, Danny.« Damit wollte sie nur verhindern, dass Dannys unmusikalisches Gebrumme ihr das Krippenspiel vermasselte. Zum Schluss, als alle Rollen im Weihnachtsspiel vergeben waren, bekam Danny von ihr das Klangholz gereicht. Mit dem durfte er nicht virtuos, aber beharrlich einen Takt schlagen. Immerhin klingt der Sound des Klangholzes weich und natürlich.

Ja, das hatte sie davon. Aus Rache wurde Danny später Percussionist. Erst kaufte er sich 10 Jahre später, so ca. 1970, seine ersten Bongos. Wiederum 10 Jahre später ein Paar wunderschöner Kongas. Gleichzeitig besorgte er sich auf seinen Reisen aus aller Welt Perkussions-Instrumente. Anfang der 1970er Jahre hatte Danny sogar mal für ein Jahr eine ›Schießbude‹, also richtige Drums, ein Schlagzeug. Daran lernte er immerhin, einen Takt zu halten. Aber in allen seinen sechs Musikgruppen zwischen 1971 und 1990, mit denen er Auftritte hatte, war er nicht wegen seines musikalischen Talents gefragt, sondern eher wegen seiner kreativen Power, als einer, der Ideen für Happenings, Musiktexte und Auftritts-Szenarien dazu steuerte. Da war die Vielfalt seiner Trommeln und Perkussions-Instrumente eher ein abwechslungsreiches Klangerlebnis, das den Mitspielern gefiel, zumal sie auch meistens seine Freunde waren.

»Aber habe ich dadurch etwa irgendwann oder irgendwo eine Frau abbekommen …?« fragte sich Danny. »Na ja, da gab's mal in den 70er Jahren die Tina. Die kam auf ner Garten-Fete auf mich zu, umarmte mich und knutschte dann hemmungslos mit mir rum, obwohl ich die ganze Zeit noch meine Bongos in der Hand hatte … Aber die hätte mich wahrscheinlich auch so angebaggert, ob mit oder ohne Bongos … Weil sie mich irgendwie süß fand.«

Ja, und dann gab es noch eine Saturday Night Beach-Party am weißen Strand von Phra Nang Place, nahe von Krabi, in Thailand 1988. Das war eine Sause par excellence, als Danny da abends unversehens in eine Beach-Party mit Lagerfeuer stolperte. Er erinnerte sich noch Jahrzehnte später daran: »Mann-Mann-Mann, datt war so richtig ekstatisch …!«

Die Sonne war bereits dramatisch über der Andamanensee untergegangen, aber das ›Kreuz des Südens‹ war noch nicht zu sehen. Ein Feuer wurde auf dem Beach entzündet, und ein paar Instrumente versuchten, sich zu finden.

»Und weißte noch, Carlos,« erinnerte sich Danny Jahrzehnte später daran, »als ich dann wie ein Irrwisch mit zwei Holzstäben rhythmisch auf die herumliegenden Bambusrohre einschlug?«

»Joh, da meinte doch einer, du solltest dir doch die Kongas aus dem ›Joy‹ holen,« erinnerte sich Carlos. Dort im Joy hatten sie vorher noch total leckeres Thai-Food mit viel Kokosnussmilch genossen.

Na jedenfalls, Danny holte dann auch die Kongas, und ward danach ›the King of the Beach‹: Danny di Bongo, der magische Zauberer von afrikanischen Rhythmen und guter Stimmung. Auf jeden Fall wurde viel getanzt, die Gesichter strahlten, die Joints kreisten und die Palmen bogen sich. Und Danny di Bongo wurde in jener Nacht der magische Zauberer an den Bambusrohren, der sich im Laufe der Nacht die Hände blutig schlug.

»Besonders Amy, eins der beiden Girls aus Massachusetts, war ganz happy. Dafür mochte sie mich besonders, weil sie diese Trommel- und Percussion-Musik so sehr liebte, und weil solche ekstatischen Rhythmen aus meinem kleinen Körper heraus strömten,« schwelgte Danny in Erinnerungen, »ja ja, aber letztlich bekam dann doch Carlos die smarte Amy. Na ja, immerhin schmuste ich dann mit MaryLou herum. Die war doch eigentlich viel netter, die kleine wilde Katze …«

Apropos Katze: als Danny und seine Frau Moni 2006 ihr gemeinsames Kätzchen Lilli bekamen, da kam Lilli schon nach ein paar Tagen zu Danny und legte sich auf seine linke Herzseite zum Schlafen: ›Poch – poch – poch‹ saugte sie den Ur-Rhythmus ein. Das ist das, was alle mitbekommen, von der Mutter, die Musik des Herzens, den pochenden Rhythmus des Blutes. Zwar war Danny nicht Lillis Mutter, aber er und Moni waren ihre ›Leute‹, weshalb Lilli sie herzschlag-mäßig abtastete und adaptierte.

Zu Dannys Hobbies neben Schreiben, Sport, Jonglieren und Reisen gehörte immer schon das eigene Musikmachen. Er spielte bei 6 verschiedenen Rock-, Jazz- und Pop-Gruppen in Datteln, Hagen und Menden mit, wobei sie Auftritte von Recklinghausen, Datteln, Waltrop, Castrop-Rauxel über Dortmund und Hagen bis Lüdenscheid hatten. Von 1971 mit *Charly Brown* und 1972 mit *Dattelner Kanal* in der Recklinghäuser Vestlandhalle bei den sagenumwobenen Beat-Shows über 1979 mit *Söppel* im Dattelner Zirkuszelt bis zu den 1980er Jahren in Hagen, Dortmund und Lüdenscheid mit *Vogelfrei*, *Mazo Mazo* oder *Georg lebt!* in 1990: immer stand Danny an den Konga-Trommeln, Bongos oder war der schreiende Frontmann.

Dieser Roman ist auch gleichzeitig eine Hommage an den britischen Kult-Autor Nick Hornby, dem in seinem 1995er Roman ›High Fidelity‹ eine gelungene Vermischung zwischen seiner Leidenschaft für Schallplatten und seinen diversen Desastern mit seinen Freundinnen gelang.

Nick Hornby hatte übrigens genau wie Danny die Fünfer-Zählweise drauf. Kleine schnelle Listen der besten fünf Musikgruppen, die kamen in Hornbys Romanen alle Nase lang vor. Da konnte Danny gut mithalten: Fünfer-Listen zur Musik in den 60er Jahren kamen ihm wie Gold aus dem Hirn geflossen.

Die größten Pop-Gruppen: *Beatles* und *Stones* aus GB, die australischen *BeeGees*, *The Beach Boys* aus California und aus Deutschland die *Lords*.

Oder Beat-Gruppen der 60er: *Monkees*, *Tremoloes*, *Small Faces*, *Herman Hermits* und *Dave Dee, Dozy, Beaky, Mick and Tich*.

Schließlich zum Ende der 60er Jahre die so genannten Undergrund-Music-Groups: *Cream*, *Animals*, *Who*, *Jimi Hendrix* und *Ten Years After*.

Aber Danny wollte nicht nur Listen von Musikgruppen in seinem Kopf schmökern, eigentlich wollte er an Mädels ran: so stellte er sich da auch immer

Fünfer-Listen zusammen. Er machte sich einen Plan, dass er sich nicht um alle Girls dieser Welt zu kümmern brauchte. Nein, er konzentrierte sich auf nur fünf, also in seinem Kopf. Diese fünf Mädchen kannte er 1971 und fand sie alle gut. Wenn er denn bei einer von diesen Fünfen landen könnte, dann wäre das doch absolut super.

Da war diese Fritzi Backus, ein frecher rothaariger süßer Fratz, die er öfters mal in Datteln im Bus beobachtete. Die lächelte auch immer so nett zurück.

Dann die brünette Susanne Sonntag, mit der er jeden Tag zusammen mit dem Bus nach Recklinghausen fuhr. Sie war zwar ganz nett, aber ihm eher freundschaftlich gewogen, also über alles reden und so …

Deren Klassenkameradin Nicole Lieberberg dagegen fand er äußerst attraktiv. Sie war jung, total hübsch, hatte lange dunkelblonde Haare, eine tolle Figur und wunderschöne blaue Augen.

Dann war da noch Sonja Görges aus der Keller-Klause. Sie turnte ihn an mit ihren langen glatten Haaren und engen Röhren-Cordjeans, die an der Wade endeten und mit lustigen Glöckchen am Saum der Jeans besetzt war, die so genannten ›Jingle-Bell-Jeans‹. Aber da er ja so schüchtern war, hatte Sonja nie etwas davon erfahren, dass er in sie verknallt war.

Schließlich schwärmte er auch für die unerreichbare aparte Thea Langen aus Dorsten, sie war aus seiner eigenen Klasse. Die mochte ihn zwar schon, aber nur so als Freund, wollte ihn nicht näher an ihren Körper rankommen lassen.

Aber trotz alledem und tatsächlich, der Fünfer-Modus klappte. Danny kam dann mit Nicole zusammen, und sie wurde seine erste große Liebe.

Es – das Vorspiel. Genauso wie es Nick Hornby nicht lernte, wurde Danny zu einem Spezialisten dafür, nämlich fürs Vorspiel. Jede Frau freute sich Schöps, hatte sie denn einen Mann, der es ihr beim Vorspiel schön machte, sie anheizte, und nicht gleich zur Sache kam. Dagegen erklärte sich Nick Hornby's Protaganist Rob Fleming in ›High Fidelity‹, warum englische Jungs nie das Vorspiel gelernt hatten. Denn die Girlies ließen sie nicht ran. Sie zierten sich, von den tollpatschigen Boys an den Brüsten betatscht zu werden. An ihre Nippel oder gar die Muschi dran zu packen, das kam erst recht nicht in die Tüte. Von daher: ›Vorspiel …?‹ Vorspiel wovon …? Denn das ›Hauptspiel‹ war ein völlig unbekanntes Territorium, wo schon die Vorspiel-Kandidatinnen wie Busen oder Nippel anfassen und streicheln verboten war.

Aber Danny war ein Vorspiel-Spezialist insofern geworden, weil seine gesamte Beziehung mit Nicole, die immerhin sieben Monate lang andauerte, ein einziges Vorspiel war. Denn sie hatten nie richtigen Sex miteinander. Dafür hatten sie immerhin häufig erregendes Petting miteinander.

Da Danny 1971 schon 19 Jahre alt und Nicole erst 15 Jahre jung war, hatten sie beide das Gefühl, ohne zu wissen, ob es tatsächlich auch damals gesetzlich sanktioniert war: »Oha, wenn wir jetzt Sex miteinander hätten, boah, das wäre dann womöglich ›Unzucht mit Minderjährigen‹ …? Uuaaahh, also kriminell …!?« Darauf bezog sich Dannys Wunsch, mit Nicole kriminell zu werden. Leider kam es für Danny nie zur in dieser Weise erhofften ›kriminellen Erholung‹ mit Nicole …

Stattdessen bekam er dann ihren Abschiedsbrief: »*Lieber Danny, dieses Mal ist es ein sehr trauriger Anlass, Dir zu schreiben. Ich habe beschlossen, mich von Dir zu trennen …. Dein Getue um den Wunsch nach Sex mit mir ist reichlich naiv, wenn Du schreibst: ›Du möchtest kriminell werden und Unzucht mit einer Minderjährigen haben‹. Nur weil Du 19 Jahre bist, und ich 15 Jahre alt bin. Warum warst Du da nicht tatkräftig? Warum hast Du mich nicht ganz einfach und direkt danach gefragt? Nicole*«

»Ja ja, da verstehe noch einer die Frauen,« dachte sich Danny, »erst war ich ganz lieb und nett und zart und einfühlend und rücksichtsvoll zu ihr und habe sie nicht bedrängt. Und hinterher wirft sie mir genau das vor ….!«

Für Danny war dann sein halbes Erwachsenen-Leben ausgefüllt mit dem all-übergreifenden Thema ›Cherchez la femme‹. Und die ewige Suche nach dem Weibe, die war auch immer mit Musik verbunden, mit dem jeweils aktuellen Song, der gerade zeitgleich lief, wenn er sich verliebte, oder auch wieder entliebte oder gar verlassen wurde. So beschreibt dieser Roman auch in großen Teilen eine Menge an Zeitgeist, wenn die jeweils aktuelle Musik über Dannys verschiedene Romanzen oder erotische Situationen wabert …

Wir lagen vor Madagaskar

In der Schule war Danny im Musik-Unterricht wahrlich kein großes Licht. Noten lesen ging ja gerade noch, aber Noten hören: o je je je … Und sein Singen war schräg bis katastrophal: war auch nicht gern gehört von Musik-Lehrerinnen, deshalb auch nicht gefördert. Nichtsdestowenigertrotz musste er mal ran. Es war Mitte der 1960er Jahre beim Musik-Unterricht in der Realschule. Jeder sollte was singen oder ein Referat über irgendeine Musikrichtung halten. Da war der Klassenkamerad Wilfried S., der sich einen abbrach, etwas über ›Soul‹ zu erzählen. Namen wie *Wilson Pickett* und *Percy Sledge* mit seinem Soul-Hit ›*When a man loves a woman*‹ waren Danny seitdem geläufig, obwohl er damals noch nix damit anfangen konnte. Dafür musste er dann selber ran. Wild entschlossen stand er auf und begann sein ›Lied‹ aus der ›*Mundorgel*‹ zu singen. Die war ein in Deutschland bekanntes Fahrten-Liederbuch.

> *»Wenn die bunten Fahnen wehen,*
> *geht die Fahrt wohl übers Meer,*
> *woll´n wir ferne Länder sehen*
> *fällt der Abschied uns nicht schwer.*
> *Leuchtet die Sonne, ziehen die Wolken,*
> *klingen die Lieder weit übers Meer.«*

Puuuh, geschafft. Nicht besonders gut, aber bestanden.

Wenn Danny allerdings damals gewusst hätte, dass genau dieses Lied Jahrzehnte später von *Heino* veröffentlicht würde, 1998 auf dessen *LP Caramba, Caracho*, ja, dann hätte er womöglich lieber was anderes aus der ›Mundorgel‹ gesungen. Vielleicht sogar:

> *»Wir lagen vor Madagaskar*
> *Und hatten die Pest an Bord*

In den Kesseln, da faulte das Wasser
Und täglich ging einer über Bord
Ahoi, Kameraden, ahoi, ahoi!
Leb wohl, kleines Mädel, leb wohl, leb wohl!
Ja, wenn das Schifferklavier an Bord ertönt
Dann sind die Matrosen so still, ja so still
Weil ein jeder nach seiner Heimat sich sehnt
Die er gerne einmal wiedersehen will
Wir lagen schon vierzehn Tage
Kein Wind durch die Segel uns pfiff
Der Durst war die größte Plage
Da liefen wir auf ein Riff
Ahoi, Kameraden, ahoi, ahoi!...
Der lange Hein war der erste
Er soff von dem faulen Naß
Die Pest gab ihm das Letzte
Und wir ihm ein Seemannsgrab
Ahoi, Kameraden, ahoi, ahoi!...«

Das hätte dann ja auch ausgezeichnet zu Dannys späterem Leben gepasst. Denn rund 40 Jahre später realisierte er seinen alten Traum als Globetrotter, einmal den Äquator zu überqueren. Das gelang ihm und seiner Moni 2005, als sie eine Reise zur tropischen afrikanischen Insel Mauritius im Indischen Ozean unternahmen. Da landeten sie hotelmäßig an der Westküste von Mauritius. Die wiederum liegt topografisch gegenüber von Madagaskar, wenn auch nicht direkt in Sichtweite. Das reichte dann aber immerhin dazu, einmal im Überschwang der Begeisterung und topografisch goldrichtig lauthals zu grölen:

»*Wir lagen vor Madagaskar ...*«

Aber das war dann mehr oder weniger Galgenhumor, denn Mauritius entpuppte sich für Danny und Moni als eines der meist überschätzten Reiseziele des Abendlandes. Wenn man mal von der berühmten ›Blauen Mauritius‹ absah. Und natürlich sahen sie auf der Südhalbkugel auch wie erwartet nachts das Kreuz des Südens als Orientierungshilfe am südlichen Sternenhimmel und nicht mehr den Polarstern im Norden, wie sie es sonst gewohnt waren. Auch tagsüber erlebten sie eine geographische Überraschung: die Mittagssonne stand dort im Norden.

Als Höhepunkt besuchten sie dort die berühmteste Mauritianerin, die ›Blaue Mauritius‹. In den 50er Jahren wurde Danny durch den jüngsten Bruder seines Vaters Götz, durch seinen Patenonkel Edwin, zum Briefmarkensammeln gebracht. Damals ahnte er noch nicht, dass er rund 45 Jahre später den Traum eines jeden Briefmarkensammlers wahr machen würde, nämlich einer der weltberühmten ›Blauen Mauritius‹ Auge in Auge gegenüberstehen würde. Als Kind hörte er schon von der sagenumwobenen ›Blauen Mauritius‹, wobei Mauritius lange Jahre für ihn der Inbegriff einer Briefmarke war, bevor er irgendwann bemerkte, dass es sich hierbei auch um eine Insel im Indischen Ozean handelte: eine schöne noch obendrein.

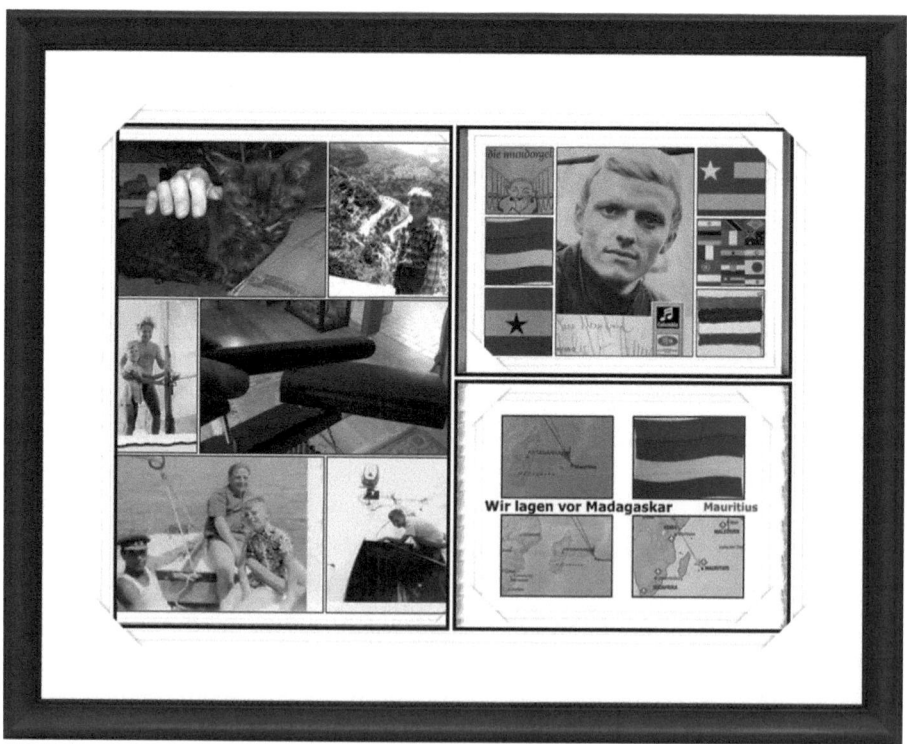

Aber zurück zur Blauen.

Davon gab es nach Angaben des Blue Penny Museums in Port Louis, der Hauptsstadt von Mauritius, nur noch vier Stück auf der Welt: eine besitzt die englische Königin, eine wird im britischen Museum in London ausgestellt, eine im Museum von Amsterdam und eine wurde eigens von einem mauritianischen Konsortium für ca. 4 Mill. US-$ von einem japanischen Sammler gekauft, damit sie in Port Louis, der Hauptstadt von Mauritius, im Blue Penny Museum ausgestellt werden konnte.

Auf dem Gang durch das Museum kamen sie schließlich zur Schatzkammer des Museums, Raum 7 der Briefmarkenabteilung, wo die indigoblaue Two Penny- und die zinnoberrote One Penny-Briefmarke von 1847 aus Mauritius mit dem Fehldruck ›post office‹ statt richtig ›Post paid‹ ausgestellt wurden. Zu sehen gab es wechselweise einmal pro Stunde für 10 Minuten die beiden kostbaren Originale, damit sie nicht zu sehr durch Dauerbeleuchtung an Farbe verlieren sollten.

Um noch einen weiteren Bogen zu Dannys Kindheit zu schlagen, lagen sie vor Madagaskar, wie das alte Lied aus der ›Mundorgel‹ in der Nachkriegszeit von den damaligen Dötzen begeistert geschmettert wurde. Zwar liegt Mauritius noch rund 900 km östlich von Madagaskar, aber sie »lagen vor Madagaskar ...« Dafür hatten sie glücklicherweise die Pest nicht an Bord.

In Dannys Familie gab es in den 60er Jahren schon einen Plattenspieler in der Musiktruhe, wo sie alte Schellack-Platten, aber auch LP's und aktuelle Singles drauf abspielen konnten. Das war ein Zehn-Platten-Spieler: unglaubliche 10 Schellack-Langspielplatten oder Vinyl-LP's oder auch 10 Singles konnten sie darauf übereinander legen. Kaum war eine Platte durchgespielt, plumpste die nächste runter, und die Plattennadel verrichtete ihr musikalisches Werk.

In der Familie Kowalski ging es musikalisch oft lustig daher. Nachdem sich in den 50er Jahren *Fred Bertelmann* mit seinem ›Lachenden Vagabund‹ auf der Schellack-Platte durch nudelte, kam dann als Spaßfaktor Anfang der 60er Jahre noch *Bill Ramsey* dazu, der 1962 seine *Mimi nie ohne Krimi ins Bett* schickte ...:

»Jeden Abend geht die Mimi in die Heia um halb zehn,
aber niemals ohne vorher an den Bücherschrank zu gehn,
keinen Goethe, keinen Schiller, holt sie aus dem Schrank heraus,

nein, einen zum Verhaften holt sich Mimi raus.
Ohne Krimi geht die Mimi nie ins Bett ...
Ich kann nicht schlafen, denn die Mimi will lesen,
ich kann nicht schlafen, denn die Mimi ist erst auf Seite Hundertzehn,
wo der Killer aus Manhattan,
Zyankali angekocht,
für den Richter aus Chicago,
der ihn damals eingelocht.
Ohne Krimi geht die Mimi nie ins Bett ...
Ich kann nicht schlafen, denn die Mimi will lesen,
drum schleich ich aus dem Bett,
aus dem Zimmer,
auf die Straße,
in die Bar,
denn dort machen,
ein paar Klare mir den Schiebung wieder klar ...!«

Diese lustige Alltagsweise aus den frühen 1960ern hatte Danny anscheinend so nachhaltig beeinflusst, dass er heutzutage selber ebenfalls nie ohne Krimi ins Bett geht.

Eigentlich konnte Danny ja laut Aussage seiner Volksschul-Klassenlehrerin gar nicht singen. Oder besser: er sollte nicht singen. Aber er kämpfte sich heran. Er wollte mitmachen und mitsingen. Und irgendwie schaffte er es auch. Zwar übernahm er im Laufe seines Lebens diese These, dass er eben nicht singen konnte. Aber als er dann auf einmal rund 55 Jahre später eines Abends unvermittelt ›Ohne Krimi geht die Mimi‹ von vorne bis hinten sang: textsicher, mit der Betonung an den richtigen Stellen und sogar ein bisschen den amerikanischen Dialekt von Bill Ramsey nachmachend, da war seine Ehefrau Moni baff erstaunt. Und das alles, obwohl er ja eigentlich gar nicht singen konnte. Das war dann so ähnlich, als wenn sich ein anerkannter Nichtschwimmer plötzlich in die Fluten stürzen würde ..., und dann schwimmen und schwimmen würde, obwohl er es eigentlich nicht können sollte. Aber er hatte alles darüber gelesen, theoretisch konnte er schwimmen, also schwamm er ...

Also sang er ...

Damals in den 1960er Jahren erfreute Danny sich jedenfalls an den Spaß-Schlagern eines *Bill Ramsey* oder auch des 1923 in Trinidad als Sohn eines deutschen Mannes und einer Frau aus Kamerun geborenen *Billy Mo*: der wurde weltberühmt durch seinen Single-Hit

> *»Ich kauf mir lieber einen Tirolerhut,*
> *der steht mir so gut, der steht mir so gut,*
> *dann mach ich sonntagabends Blasmusik,*
> *immer nur das selbe Stück …!«*

Aber auch die B-Seite seiner Erfolgssingle fand Danny lustig, die da handelte von einem *Jimmy, der jetzt Limonade trinkt …*.

> *»Jimmy war in Afrika,*
> *und trank sehr viel Rum,*
> *doch eines Tages,*
> *da fiel er einfach um!*
> *Jetzt trinkt er Limonade,*
> *wie schade, wie schade,*
> *Zitronenlimonade,*
> *wie schade, wie schade …*
> *Aber was ist drin?*
> *- Rum!: - Nein!*
> *- Schnaps: - Nein!*
> *- Jaaaaa, – Gin!!!«*

Der italienische Faktor in seiner Familie wurde erst durch *Enrico Caruso* mit seinem ›O Sole Mio‹ beeinflusst, das als Schellack-Platte auf dem elterlichen Plattenteller kreiste. Später dann aber auch durch den ersten Auslands-Urlaub. Eine Reise mit dem VW-Käfer über die Alpen bis nach Italien, um dort einen kindheitlichen Traum-Camping-Urlaub zu verbringen. Da wollte auch in der Wohnzimmer-Musiktruhe die junge *Conny Froboess* nicht nachstehen. Mit ihren ›Zwei kleine Italiener‹ brachte sie 1962 einen derartigen Gassenhauer heraus, dass Danny dieses Liedchen immer noch mit singen kann:

»Eine Reise in den Süden ist für and‹re schick und fein,
doch zwei kleine Italiener möchten gern zu Hause sein.
Zwei kleine Italiener, die träumen von Napoli,
von Tina und Marina, die warten schon lang auf sie.
Zwei kleine Italiener, die sind so allein.
Eine Reise in den Süden ist für and‹re schick und fein,
doch die beiden Italiener möchten gern zu Hause sein.
Oh Tina, oh Marina,
wenn wir uns einmal wiederseh‹n ...
Oh Tina, oh Marina, dann wird es wieder schön.«

Und weitere Italien-Reisen folgten. *Adriano Celentano* schuf derweil 1968 seinen Welt-Hit ›*Azzurro*‹.

Doch der hier, der blieb für immer als Kirmes-Musik in Dannys Gedächtnis: der Rock‹n Roll-Hit von *Eddie Cochran* ›*Summertime Blues*‹ aus der Town Hall Party 1958. Es hatte sich da von dammals eingebrannt, als er als Kind auf der Kirmes an der ›Raupe‹ stand. Dort lungerten die Halbstarken rum, um Mädels zu überreden, mit ihnen in die ›Raupe‹ zu steigen. Sie drehte sich im Kreis, immer schneller, immer schneller, bis ihr Dach sich dann schloss. Es wurde dunkel und die Halbstarken versuchten, die Mädels zu knutschen. Juchzende Mädchen-Schreie vor Vergnügen kamen dann aus dem Karussell. Aber immer und immer wieder, Runde für Runde, hämmerte dieser zeitlose Hit aus den späten 50ern in ihren Ohren, die ihn aufsogen, wie ein akustischer Schwamm ....

Zu engeren Berührungen mit Mädchen kam es bei Danny erst später, und zwar in der Tanzschule. Dadurch wurde auch sein Interesse an Beat- und Pop-Musik geweckt. Damals 1968 verbrachte er als 16-jähriger zusammen mit seinen Eltern und Sister BärBel im belgischen Westende bei Ostende einen schönen Camping-Urlaub mit schönem Sandstrand und reichlich Meerbaden. Die meiste Zeit des Urlaubs jedoch hörte er auf so nem kleinen Transistor-Radio von morgens bis abends den Piratensender ›*Radio Caroline*‹, den man an der belgischen Küste super empfangen konnte, weil der Sender da irgendwo illegal in der Nordsee rum driftete. Radio Caroline war für 1968 deshalb so sensationell, weil sie dort rund um die Uhr die neuesten Top 20-Hits aus den englischen Charts spielten, die man in Deutschland nur mit großem Glück mal hin und wieder bei *Radio Luxemburg* rein bekam. Das waren Zeiten, wo man als Jugendlicher in Deutschland auf *Camillo Felgen* von *Radio Luxemburg* angewiesen war, um mal Pop-Musik im Radio hören zu können. Denn ansonsten wurden die Teenies dort mit so beliebten Radio-Sendungen vollgemüllt, wie ›Mo-mi-Mo‹, also ›Mode mit Monika‹, damit die deutsche Hausfrau auch endlich wusste, wo es modemäßig lang ging.

Oder gar ›*Der Klabautermann klopft an …*‹ … die Bordwand von M.S. Schwanenstein, um dann den dritten Offizier XYZ mit *Freddy Quinn's ›Junge, komm bald wieder‹* oder anderen Shanties daran zu erinnern, wo er seinen nächsten Heimaturlaub zu verbringen hatte. Da Dannys älterer Bruder Seemann geworden war, gab es besonders zum Heiligabend immer rührselige Szenen im Kowalski'schen Wohnzimmer. Der Junge fehlte bei der Familienfeier, und Mutter Marie saß tränenüberströmt vor dem Radio, wenn dem Leichtmatrosen Gerry Kowalski auf der MS Württemberg irgendwo im Mittelmeer per Klabautermann die Weihnachtsgrüße über den Äther gesandt wurden. Dazu sang dann passend *Lolita* ihren Hit ›*Seemann, deine Heimat ist das Meer*‹:

> »*Deine Heimat ist das Meer,*
> *deine Freunde sind die Sterne,*
> *über Rio und Shanghai,*
> *über Mali und Hawaii.*
> *Deine Liebe ist dein Schiff,*
> *deine Sehnsucht ist die Ferne,*
> *und nur ihnen bist du treu,*
> *ein Leben lang …*«

Abgesehen von den vielen Tränen der Mutti konnte man dabei aber auch als Nicht-Seemann in Fernweh-Schwärmereien kommen.

I. Frühlings-Liebe

Wie in der Natur beginnt der Zyklus dieses Romans mit dem Frühling. Das ist die Zeit des Wiedererwachens der Triebe, der Gefühle und der Emotionen. Denn auch in der Musik ist Liebe ein Dauerbrenner.

»Ich liebte ein Mädchen in Lichterfelde,[*]
die lebte zu lange von meinem Gelde.
Ich liebte ein Mädchen im Grunewald,
bei der war immer die Bude kalt.
Ich liebte ein Mädchen in Wannsee,
die konnt' kein nackten Mann sehn.
Ich liebte ein Mädchen in Neu-Köln,
die wollte es niemals im Hell'n.
Ich liebte ein Mädchen in Tiergarten,
da musste ich immer bis 4 warten.
Ich liebte ein Mädchen in Charlottenburg,
die liebte Ingo Insterburg.
Doch dann wurde es mir in Berlin zu klein,
drum zog ich in ganz Deutschland ein.
Ich liebte ein Mädchen in Plauen,
da bin ich bald abgehauen.
Ich liebte ein Mädchen in Papenburg,
die liebte Ingo Insterburg.
Doch dann wurde es mir in Deutschland zu klein,
drum zog ich in die Welt hinein.

---

[*]   *Lied von Insterburg & Co. »Lieber Leser/in, wenn du dieses Kapitel liest, so rate ich dir, dabei diesen Insterburg-Song zu hören. Er wird dich mit diesem akustischen Feeling zu dieser Story anturnen. Wenn du weder Platte, Kassette noch CD davon hast, dann wähle einfach den YouTube-Link: https://youtu.be/vR9P0L4jKk8.«*

Ich liebte ein Mädchen in Mexiko,
die hat ein' runden sexy Po.
Ich liebte ein Mädchen in Thailand,
allein auf einem Eiland.
Ich liebte ein Mädchen in Luxemburg,
die liebte Ingo Insterburg.
Doch dann wurde es mir auf der Welt zu klein,
drum zog ich in den Himmel rein.
Ich liebte ein Mädchen auf dem Mars,
ja das war's. «

›Anthropos‹ ist griechisch und heißt ›der Mensch‹. Daher auch die Anthropologie, die Wissenschaft von der Menschwerdung. Genauso wie die Tiere haben die Menschen das Prinzip der Arterhaltung als genetisches Axiom in sich. Der Sex ist also etwas Wichtiges und gleichzeitig Natürliches, was der Arterhaltung der Menschheit nützt. Genauso wie in der Tierwelt hat auch der Mensch seine Sinne, also das Sehen, Hören, Riechen, Schmecken und Fühlen als angeborene natürliche Sensoren in sich.

Aber der Mensch unterscheidet sich durch das Teleologische, die Zielgerichtetheit, von den Tieren. Danny hatte es besonders die Dialektik zwischen apollinischem und dem dionysischem Prinzip angetan. Apollon, der Gott des Lichts und der Klarheit, stand für das Rationale, wogegen Dionysos, der Gott der Ekstase, des Weins, des Genusses, für das Emotionale und die Erotik den Paten machte.

Die Dialektik zwischen diesen Geisteshaltungen war so zu verstehen, dass das menschliche Leben anthropologisch zum Dionysischen strebte, aber nur vermittels des Apollinischen dieses auch weiterhin morgen und in der Zukunft noch durchführen könnte. Dadurch entstand das Teleologische, die dem Menschen eigene Zielgerichtetheit.

Das Riechen, die Düfte von Blumen oder die Parfüms der Mädels, aber auch das Hören einer bestimmten Musik in Verbindung mit der Liebe, dem ersten Kuss, dem ersten Petting oder gar dem ersten Sex, das sind ureigene menschliche Wahrnehmungen. Durch die Erinnerung daran kann der Mensch diese Situationen teleologisch wieder herstellen …

So auch bei Danny, der jedoch ein ausgewiesener ›Spätzünder‹ in allen erotischen Angelegenheiten war. Denn seine Jugend hatte als Spätentwickelter tatsächlich erst relativ spät begonnen, zumindest für heutige Verhältnisse: der erste Zungenkuss mit 18 Jahren, das erste Petting einen Monat vor seinem 19. Geburtstag, die erste große Liebe mit 19 Jahren und der erste Sex, also richtiges Bumsen, mit 20 Jahren. Danach war er dann allerdings drin im Thema, und es folgten schnell die anderen Reifeprüfungen aus der Welt des Sexus.

Aber das wusste Danny damals noch nicht. Denn in den 1960er Jahren geschah ihm das, was allen Menschen passiert: der Übergang vom Kindsein zur Jugend. Noch nicht zum Manne, das kam erst ein Jahrzehnt später. Aber die Entwicklung zum Jugendlichen mit all seinen Entdeckungen am eigenen Körper, in der Seele und in der Phantasie, das Ausprobieren neuer Wege, neuer Erkenntnisse, Gedanken und Gefühle: das führte zu eklatanten Verunsicherungen. Nicht nur bei Danny, sondern auch bei allen anderen pubertierenden jungen Halbstarken, wie es damals hieß. ›Man‹ sprach kaum darüber, da es den jungen Menschen als allein-individuelles Schicksal erschien. Und schon gar nicht gegenüber weiblichen Wesen. Ratschläge von Älteren, Erwachsenen oder gar Eltern wurden erst recht nicht angenommen. So kam es dann auch bei Danny während der 1960er Jahre zu allerlei sportlichen Aktivitäten, einerseits auf Grund seines Bewegungsdranges, und andererseits als Dauer-Sublimierung. Und dann kam verspätet und langsam, aber unaufhaltsam seine Entdeckung des weiblichen Wesens.

Was Danny aber später für sich raus fand, das hatte was mit dem Triebhaftem in Menschen und Tieren zu tun. Er beobachtete das emsige Frühlings-Treiben der Vögel im Garten und interpretierte das in den Dreiklang der Musik. Das Balzen in der Tierwelt oder das auf sich Aufmerksammachen bei den Menschen entsprach ihm der Melodie in der Musik. Das Nestbauen bei den Vögeln und die partnerschaftliche Liebe bei den Menschen erschien ihm wie die Harmonie innerhalb der Musik. Und schließlich die treibende Kraft zur Fortpflanzung, die vögelnden Vögel oder der geile Sex eines verliebten Paares, das schien ihm genau wie der Rhythmus in der Musik.

Erste engere Berührungen mit Mädchen bis zum ersten Kuss

In der Tanzschule in Oer-Erkenschwick kam es 1968 bei Danny zu ersten engeren Berührungen mit Mädchen, diesen zarten und unbekannten Wesen. Aber auch sein Interesse an Beat- und Pop-Musik wurde geweckt. Durch seine anfänglich verschüchterten Tanzversuche und dann den Schmusehit ›Massachusetts‹ von den *Bee Gees* kam er erstmalig an die ›Perlen‹ ran, wie Mädels damals genannt wurden. Denn ihre Abschlussklasse der Christoph-Stöver-Realschule war eine reine Jungenklasse. Dazu gab es die Parallel-Abschlussklasse der Mädchen. Die Jungens trafen also in dieser Tanzschule erstmals direkt auf die gut duftenden, aber auch bekanntermaßen zarten Wesen, was aus heutiger Sicht als eine ziemlich bizarre Vorstellung erscheint.

Da halfen dann die *Bee Gees*, eine Band aus Australien und in ihrer Heimat bereits populär, als sie 1967 ihren ersten Hit außerhalb des australischen Kontinents hatten. ›Massachusetts‹ war nicht nur der erste weltweite Hit der *Bee Gees*, denn der Song erreichte in Deutschland und Großbritannien Platz 1 der Charts, sondern er führte auch Danny näher an die Mädchen ran. So kam es dann auch dazu, dass die australischen Jungens um *die Gebrüder Barry, Robin und Maurice Gibb* Dannys erste Lieblingsband wurde.

Einen eigenen Plattenspieler hatte er noch nicht, aber seine Eltern hatten ja einen. Deshalb kam er auf die glorreiche und nicht ganz uneigennützige Idee, seiner Mutter zu ihrem Geburtstag im Januar die Single ›Massachusetts‹ zu schenken. Sie freute sich auch über diesen romantischen Ohrwurm, und Danny ›hatte‹ seine erste Single …

Noch heute bekommt er eine Gänsehaut, wenn er seine Kassette mit der 1967er Musik im Auto-Radiorekorder hört und die ersten Takte von ›Massachusetts‹ beginnen …

In Dannys Jugend, Ende der 1960er Jahre, mit der Tanzschule und dem plötzlich erwachendem Interesse für Mädchen und Pop-Musik änderte sich sein Leben. Da hingen von 1967 bis 1970 auf einmal Poster von Beat-Gruppen, Pop-Stars bis hin zu seiner damaligen Lieblings-Schlagersängerin *Wencke Myhrre* im Flower-Power-Minikleidchen an seinen Wänden. Beim Grand Prix d‹Eurovision behauptete sie noch keck: ›*Beiß nicht gleich in jeden Apfel,* er könnte sauer sein …‹, dann sollte man mit ihr eine Tour im ›*knallroten*

Gummiboot machen. Bei ›*Er steht im Tor*, im Tor, und ich dahinter, Frühling, Sommer, Herbst & Winter‹ konnte Danny als Torwart schon eher einsteigen, da er ja auch immer in allen vier Jahreszeiten im Tor stand. Als sie später verkündete: ›*Küss mich einmal*, zweimal, dreimal, Mmmmhhhhh ….‹, da hätte auch Danny ganz bestimmt nicht ›nein‹ gesagt. Aber sie sagte es leider nicht zu ihm. Dafür hing dann aber die hübsche Norwegerin Wencke im engen figurbetonten und kurvenreichen Mini in seinem Zimmer als Plakat über seinem Bett. Dann ließ ihn Ende der 60er Jahre ein wachsendes Interesse und die ungeheure Attraktivität der Mädels, zuzüglich der eigenen sprießenden Säfte, endlich zur Entdeckung der Zärtlichkeit kommen. Damals war sein bevorzugter Mädchentyp der mit dunklen, langen, glatten, Natur belassenen Haaren, wie die israelische Sängerin *Esther Ofarim*. Zwei andere Protagonistinnen vom Grand Prix d‹Eurovision in den 1960er Jahren, die Danny auch gut gefielen, waren die Britinnen *Sandy Shaw*, die zu ihrem Welthit ›*Puppet on a String*‹ barfuss auf der Bühne tanzte, und die hübsche blonde *Lulu* im knappen Miniröckchen, die leidenschaftlich besang, wie ihr Herz schlug: ›*Boom-Bang-A-Bang-Bang*‹. Aber die war dann ja rasch an *Maurice Gibb* von den *BeeGees* vergeben.

Der französische Sänger *Antoine* sang ja sehr treffend:

>*»Die blonden Mädchen sind schön,*
>*die blonden Mädchen sind schön,*
>*das ist kein Grund,*
>*die andren gar nicht zu sehn …!«*

Fand Danny allerdings auch, dass die andren Mädchen ebenso ganz schön waren, als die zierliche schlanke *France Gall* mit dem kurzen Mini und den langen blonden Haaren die Jungs damals verrückt machte.

Heutzutage hat fast jedes Kind einen PC, und das Chatten im Internet zur Partnersuche ist eine gängige virtuelle Balzmethode geworden. Aber Ende der 60er Jahre, da hatten nur wenige Eingeweihte einen Computer. Damals mussten die Jungens noch selber ran an die ›Perlen‹ gehen, und sich den einen oder anderen Korb abholen. Der Schüchterne versuchte es dann gleich mit Brieffreundschaften … Von daher war *France Gall's* Vorschlag, sich den richtigen Boy per Computer zu suchen, eine recht zukunftsträchtige Idee. 1969 setzte der erste Mensch seinen Fuß auf den Mond, man glaubte an die Zukunft und das, was sie Gutes bringen würde. Dazu besang *France Gall* passend den ›Computer Nr. 3‹, der sucht für mich den richtigen Boy …‹ Das hatte Danny und seine Schwester BärBel dermaßen beeindruckt, dass sie damals Ende der 60er Jahre diesen Hit selber aufnahmen, auf seinem kleinen Kassettenrekorder, den er sich von seinem durch Ferienarbeit auf dem Holzplatz der Zeche Emscher-Lippe verdienten Geld gekauft hatte. Das war so ein kleines Ding, aber trotzdem war alles drin: ein Fach für die Kassette, ein Lautsprecher, ein Verstärker, und der Clou von dem ganzen Apparat, ein kleines eingebautes Mikrophon. So setzen die beiden sich davor, die sie eine Mischung aus *Cindy & Bert* einerseits und Bonny & Clyde andererseits waren. Sie hatten sich aus den beiden Hits von *France Gall* ›*Ein bisschen Goethe, ein bisschen Bonaparte*‹ und ›*Der Computer Nr. 3*‹ ein zeitgemäßes Potpourri gemixt und sangen dann: »*Der Computer Numero Drei, der sucht für mich den richtigen Boy…!*«

Ein bisschen Goethe, ein bisschen Bonaparte,
so soll er aus sehn, der Mann, auf den ich warte,
ein bisschen Geist, ein bisschen Mut,
an meiner grünen Seite, ja, das wäre gut…!
Der Computer Numero Drei,
ja, der sucht für mich den richtigen Boy…!«

Ja, so war das damals mit ihnen. Haben sie dann aufgenommen, das super Tape. Aber weggeschickt zur Schlagerparade haben sie das glücklicherweise nicht, war ja auch nur schräg.

Ende der 1960er Jahren trugen auch immer mehr Mädchen und junge Frauen Miniröcke. Da fielen den Jungens manchmal die Augen aus dem Kopf, was sie da an Mädchenbeinen zu sehen bekamen. Und wenn es Sommer wurde und es anhaltend gutes Wetter hatte, zeigten die meisten Menschen leichte und lockere Kleidung. Da wurde es Danny warm ums Herz, und es war auch für ihn sehr hübsch anzusehen: all die Frauen und Mädchen, die viel Haut zeigten, damit die Sonne dran kann. Und seine Augen durften genau wie die Sonne auch mitschauen ….

Dazu gab's auch den passenden 60er Pop Radio Hit Song von *The O'Kaysions* zum Mitsingen:

> *»I'm a girl-watcher,*
> *Watching girls go by,*
> *I'm a girl-watcher,*
> *looking up and down the street...«*

Dieser Song ›Mony Mony‹ hat für Danny eine große Bedeutung, denn er bekam den Platten-Fundus seines älteren Bruders Gerry, als der in den 1960er Jahren ›zur See‹ fuhr. Dadurch hatte Danny selber plötzlich eine LP, nämlich ›With the Beatles‹ und ein halbes Dutzend Singles: die *Beatles-Single* ›Hello Good-Bye‹; *Elvis* ›Devil in Disguise‹; von *Dave Clark Five:* ›Bits and Pieces‹; ›John Hardy‹ von *Manfred Mann;* von den *Swinging Blue Jeans* ›Hippy Hippy Shakes‹ und eben von *Tommy James & The Shondells* die Single ›Mony Mony‹, eine der wenigen eigenen Singles, die er je hatte.

Das hat ihn anscheinend dermaßen beeindruckt, dass immer, wenn seine Frau in einem seiner neun veröffentlichten Romane vorkommt, sie das Pseudonym ›Moni‹ trägt.

Mony Mony ist ein Lied von *Tommy James & The Shondells* aus dem Jahr 1968. Es erschien als Single sowie auf dem gleichnamigen Album. Beim Schreiben des Songs ließen sich die Songwriter vom Schriftzug MONY am Gebäude 1740 Broadway in New York City inspirieren. Sänger *Tommy James* zu *Mony Mony*: »Eine wahre Geschichte: Ich hatte die Rohfassung fertig, bevor ich einen Titel fand. Ich wollte etwas Eingängiges wie ›Sloopy‹ oder ›Bony Maroney‹ verwenden, doch es klang einfältig. So schrieben Ritchie Cordell und ich einen weiteren Teil des Songs in New York City und wollten schon aufgeben. Als ich meine Terrasse betrat, sah ich das ›Mutual of New York‹-Gebäude und seine leuchtenden Initialen. Ich rief *»Das ist es! Ritchie, komm her, das musst du sehen! Es ist fast so, als ob Gott uns sagen will: ›Hier ist euer Titel!‹* Ich dachte immer, hätte ich in die andere Richtung geguckt, hätte das Lied vielleicht *Hotel Taft* geheißen.« Die Veröffentlichung der Single fand am 2. Februar 1968 statt; in Großbritannien wurde der Rocksong ein Nummer-Eins-Hit und war dort auch der einzige Top-Ten-Erfolg der Band.

Sturmfreie Bude zu Hause, Feier zum 18. Geburtstag in der Bar seiner Eltern. Danny hatte seine Freunde eingeladen. Klassenkamerad Charly schleppte ›Perlen‹ an, zu denen auch Gina gehörte. Er hatte außerdem ein paar aktuelle Singles mitgebracht, die er auflegte. Zum Anheizen kamen die Top-Hits ›Proud Mary‹ von *Creadance Clearwater Revival*, Dannys damaliger Lieblings-Band, ›Honky Tonk Women‹ von den *Rolling Stones* und ›Sugar, Sugar‹ von den *Archies* auf den Plattenteller. Später am Abend wurde es schummriger: im Funzel-Licht der Bar liefen die klassischen Klammer-Blues-Stücke, damit sich die Paare enger an einander krallen konnten. Und Danny kam zu seinem ersten Zungenkuss. Dabei wollte er die arme Friseuse Gina Engels beim Knutschen gar nicht mehr aus den Umarmungen lassen, so sehr hatte ihm das aufgestaute Verlangen gefallen: ja, ja, seine Jugend hatte spät begonnen. Aber wie kam das denn überhaupt zustande mit Dannys erstem Zungenkuss, wo er doch so unsäglich schüchtern war? Entweder war Gina wegen Dannys Geburtstag gezielt auf ihn angesetzt worden, da sie auch von der Größe zu ihm passte. Sie war nämlich etwas kleiner als der eh schon kleine Pimpf Danny, der auch später nie größer als 171 cm wurde. Oder aber es ›funkte‹ tatsächlich bei den beiden. Gerade als die *Beatles* passend dazu ›Come together‹ sangen, kamen sich Gina und Danny näher, pressten gierig ihre Lippen aufeinander und knutschten sich ihre Zungen aus dem Leib. Da startete ein heftiges Suchen, Kreisen und Saugen mit Dannys Zunge im Gaumen der Friseuse. Bei solch einem leidenschaftlichen Zungenkuss werden ja durchschnittlich 60 Milligramm Wasser, je 0,7 Milligramm Eiweiß und Fett sowie 0,4 Milliliter Salz ausgetauscht. Wirklich, ehhh …!? Das war Danny damals gar nicht so aufgefallen. Eher bemerkte er, dass in seinem Körper ein regelrechtes Feuerwerk ausgelöst wurde. Jedenfalls war er von der überraschenden Knutscherei so hin und weg, packte hier, packte da an die brünette dralle Friseuse dran, dass er für seine anderen Geburtstagsgäste kein Auge mehr übrig hatte. Aus dem Hintergrund hörte er nur mit halbem Ohr die aktuellen Hits aus dem Jahre 1969: von *Joe South* ›Games People Play‹ oder gar von den *Doors* ›Come on Baby, Touch me‹, was er sich nicht zweimal sagen ließ. Man legte für die beiden frisch Verliebten von *Elvis Presley* ›Suspicious Minds‹ auf, auf dass sie sich noch enger ineinander verkrallten. Auch einer der Top-Jahres-Hits der *Fifth Dimension* ›Aquarius / Let The Sunshine In‹ brachte Dannys Gesicht nur weiter zum Glühen. Dieses einschneidende Erlebnis der Erweckung seiner erogenen Zonen brachte natürlich seine Phantasie noch mehr zum Tanzen: jetzt hatte er Ziele vor Augen. Er hatte somit das ›pralle Leben‹ erlebt. Er wusste, was er wollte. Die Entdeckung der Zärtlichkeit beflügelte sein Leben um so mehr.

Erstes Petting, erste Liebe, erster Sex

Mit seinem Freund Carlos war Danny 1970 nach London getrampt, mitten ins Swinging London. »Na ja, wo wir schon mal in der Nähe waren,« dachten wir beiden Traveller, »warum sollen wir da nicht mal spontan zum Isle of Wight-Festival vor der Südküste Englands trampen?« Ja, machten sie dann auch. Denn 1970 fand dort das letzte der Festivals statt, das so genannte ›europäische Woodstock‹. Fünf Tage lang unter der strahlenden Augustsonne, 50 Musikgruppen, 500.000 Menschen erfreuten sich an diesem größten europäischen Open-Air-Festival, ein Jahr nach dem legendären Woodstock-Festival von 1969. Mit dem erfrischendem Unterschied, dass sie 1970 auf der Isle of Wight herrliches trockenes Festivalwetter hatten, kein Regen mit Schlammschlachten wie in Woodstock, kein ›no rain, no rain, no rain …!‹ war nötig. Sie waren einfach nur gut drauf, denn es war die Zeit von ›love and peace‹.

So lagen die beiden jungen Traveller auf ihrer mitgebrachten Decke nur ca. 20 Meter von der Bühne entfernt mitten im riesigen Pulk der friedliebenden Festivalbesucher. Ständig kamen neue junge Menschen nachgeströmt. So auch die beiden englischen Girls, die sich ganz frech einfach neben den beiden Jungs setzten. Später wurde es immer voller und enger, sodass sie angenehmer Weise zwei nette Girls neben sich hatten. Da lagerten sie dort in der heißen Sonne der britischen Kanalinsel nebeneinander und kamen schließlich ins Gespräch. Die langhaarige Blonde neben Danny hieß Ann und kam aus Leeds. Nach einigen Stunden des vertrauten Nebeneinanderliegens lagen ihre Köpfe nur noch ca. 20 cm auseinander. Sie hatten anscheinend so viele gute Gespräche, dass Danny sich kaum wieder erkannte. Da er ja eigentlich viel zu schüchtern war, Mädels anzubaggern, brauchte es wohl den Zufall und die Enge des Festivalbetriebes, um sich mit solch einem holden Geschöpf anzuwärmen. Jedenfalls fragte er sie: «What do you think of a flirt?«

»Hahaha …«, heutzutage würde diese schlichte Frage nach einem Flirt sicherlich in der Hitparade der plumpesten Anmachen ganz oben landen. Aber damals war er erst 18 Jahre jung, noch nicht einmal volljährig und in keinster Weise rhetorisch geschult. Aber der Erfolg war überraschend durchschlagend. Denn statt einer Antwort kam sie mit ihrem Kopf näher und küsste ihn einfach. Da ließ er sich nicht zwei Mal bitten: der blonden Kussgelegenheit frisch an den Schopf gepackt, und ab ging die wilde Knutscherei. Vor lauter Übereifer verbrannten sie sich fast an den beiden Räucherstäbchen, die zwischen ihnen standen. Die hatte Danny irgendwann im Laufe des Nachmittags da hin gesteckt, um die Atmosphäre zwischen den beiden etwas anheimelnder zu machen. Ann war anscheinend auch gut in Stimmung. Oder vielleicht fand sie ihn ja auch einfach nur süß. Es blieb nicht beim Küssen und Knutschen allein. Erst ließen sie sich von *Jimi Hendrix* aufheizen, dann wurden sie vom wunderschönen Gesang der Sängerin *Jacqui McShee* von der britischen Folkrockgruppe *Pentangle* mit ihrem Song ›Cruel Sister‹ betört. Während dieses Auftritts hatte Danny sein erstes Petting-Erlebnis – inmitten von 500.000 Menschen – mit Ann unter ihrem schwarzen Lackledermantel. Sie befummelten sich, und es war eine fantastische Sache für ihn. Sie knutschten und herzten sich in Ekstase, bis er einen jubilierenden Samenerguss in seiner Hose bekam. Währenddessen feierten um sie herum eine halbe Million junger Menschen das Manifest von ›Love and Peace‹. So kam ihm immer dieser schwere Patschuli-Duft der Räucherstäbchen in die Nase, wenn er sich an sein erstes Petting-Erlebnis erinnerte.

Nun war der letzte Festival-Tag angebrochen. Danny und Carlos waren vom ganzen Festival mitsamt des bunten Treibens der vielen jungen flippigen Menschen begeistert, von der vielfältigen Rockmusik sowieso. Und sie bekamen dann ja sogar auch ein wenig vom politischen Flair der 1970er Jugendkultur mit, als die US-amerikanische Folkmusikerin *Joan Baez* auftrat. Wegen ihres politischen Engagements wurde sie als ›das Gewissen und die Stimme der 60er‹ bezeichnet. Sie sang gerade mit ihrer besonders starken, klaren Sopran-Stimme ihren Song ›*We shall overcome*‹. Die beiden Jungs hatten vorher verabredet, vor dem Ende des letzten Auftritts das Gelände zu verlassen, weil sie nicht in die Aufbruchsstimmung von 500.000 Menschen geraten wollten. Deshalb brachen sie schon während des Auftritts von *Joan Baez* auf. Nach einigen wilden Abschiedsumarmungen ließ Danny sich nur schweren Herzens von Ann losreißen, dem hübschen blonden Girl aus Leeds. Aber er verließ mit einem breiten Grinsen auf dem Gesicht das Festivalgelände. Er gehörte jetzt dazu. Sein ›Orgasmus in der Hose‹ hatte ihn zum Mitglied der Love & Peace & Music-Generation gemacht.

Danny, der Spätzünder, lernte erst 1971 als Oberprimaner die Freuden und Qualen der Liebe kennen. Er fuhr jahrelang täglich mit Susanne Sonntag aus Datteln oben im eineinhalb-stöckigen Bus der Linie 32, jeweils von Datteln nach Recklinghausen und zurück. Dabei diskutierte ihre Schüler-Clique um Micke, Carole, Susanne und Danny jeden Morgen, während sie gegenseitig die Hausaufgaben abschrieben, die neueste Pop-Musik: ob das geniale ›Weiße Album‹ der Beatles besser als ›Sgt. Pepper's Lonely Hearts Club‹ erschien, oder gar ob ›Slowhand‹ Eric Clapton oder doch Jimmy Hendrix der bessere Gitarrist war …? Susanne und Danny besuchten beide in Recklinghausen das Freiherr-vom-Stein-Aufbaugymnasium. Und durch sie lernte er ihre Klassenkameradin Nicole kennen. Er fand sie von Anfang an toll. Jedoch funkte es zwischen Nicole und ihm erst in der Recklinghäuser Disco ›Bodega‹, wo sie sich am Rosenmontag 1971 trafen. Nicole und Danny jedenfalls freuten sich damals beide über ihr Zusammentreffen und unterhielten sich prächtig. Er lieh sich dann sogar noch von seinem Klassenkameraden Fritz 2,-- DM, damit er mit Nicole länger bleiben und ihnen beiden ein Getränk bezahlen konnte. Sie redeten lange miteinander, kamen sich näher, schmusten und küssten sich und herzten und umarmten sich heftig. Daraus wurde eine wilde Knutscherei, wobei Danny sogar ihre schönen Brüste streicheln durfte. Sie war jung, total hübsch, hatte lange dunkelblonde Haare, eine tolle Figur und wunderschöne blaue Augen. Diese Augen waren wie Sterne, sie blitzten und strahlten. Am nächsten Tag wurde er im Bus nach Recklinghausen von Susanne ausführlich ausgefragt. Stolz erzählte Danny ihr, dass er jetzt in Nicole verliebt sei, und es gestern endlich bei ihnen beiden gefunkt hatte. Susanne fragte ganz neugierig: »Was habt ihr denn gemacht?«

Danny ganz happy und vielsagend: »Alles …!«

»Wie ›alles‹ …!? Auch Sex …?« drängelte Susanne weiter.

»Nein, natürlich nicht«, antwortete Danny entrüstet, »nur Küssen, Knutschen, Umarmen und ein bisschen ihre Brüste Streicheln …«

»Ahhh sooo …!?«

Nicole war eine echte ›Traumfrau‹ und wurde seine erste Freundin, seine erste unvergessene Liebe. Danny war ja als Jugendlicher immer von der TV-Serie ›Ein Sommer mit Nicole‹ wegen des hübschen sympathischen Aupairmädchens Nicole aus Paris total begeistert. Und jetzt erlebte er selber einen schönen Sommer mit Nicole: großartig! Sie schwebten beide auf dem positiven Gefühl der Liebe. Das bedeutete für sie natürlich auch immer Leiden an der Liebe, weil der Liebende ja immer noch mehr möchte. Es war zwar die erste Liebe, aber Bumsen gab es bei ihnen noch nicht. Sie war ja auch erst 15 Jahre jung. Dafür verbrachten sie viele Wochen und Monate in den Feldern und Wäldern um Datteln und Recklinghausen, knutschten und rubbelten sich, streichelten und herzten sich. Ihre üppigen Brüste wurden beim ausdauernden und variantenreichen Petting gut und gerne von ihm massiert. Die Entdeckung der Zärtlichkeit führte ihn schließlich zur ersten großen Liebe im Leben, auch wenn es nur ein ›Sommer mit Nicole‹ wurde. Sex war natürlich ein großes Thema bei den jungen Leuten damals Anfang der 1970er Jahre, so auch bei Danny und Nicole. Aber als er sie kennen lernte, war sie ja noch 14 Jahre jung.

»Bumsen, Bumsen …!«. dieses Wort gefiel ihnen beiden, besonders vom Klang her. Aber sicherlich auch, weil es etwas noch Fremdes, Neues, Geheimnisvolles für die beiden bedeutete. Aber sie sprachen nur darüber, wenn sie zu ihrer Stammkneipe in Recklinghausen gingen, dem ›8 bis 8‹. Sie redeten nur darüber, aber machten es nie. Manchmal bei ihr zu Haus in ihrem Zimmer, wenn sie sich stundenlang streichelten und dabei ihre erogenen Zonen orteten. Einmal outete sich Nicole dabei als kleines ›Hexchen‹. Es war schon spät, und Danny wollte sich von ihr verabschieden, um noch seinen letzten Bus von Recklinghausen nach Datteln zu bekommen. Aber sie ließ ihn einfach nicht gehen. Sie umgarnte ihn mit Küssen und Umarmungen, denen er nicht gewachsen war. So blieb er länger. Aber Übernachten durfte er natürlich auch nicht bei ihr. Also musste er die 12 km nach Hause laufen oder trampen. Aber meistens vergnügten sie sich in freier Natur unter westfälischem Sonnenschein in Wiesen und Auen. Und sie duftete immer so lieblich, wie nach Maiglöckchen: vielleicht war es ihr Parfüm?

Da passte ja auch ausgezeichnet der aktuelle Sommerhit des Jahre 1971 dazu: *Daniel Gerard* sang mit großer Inbrunst ›*Butterfly*‹. Ja, und die beiden fühlten sich frei wie ein Butterfly, wie ein herum flatternder Schmetterling: ›the sweetest dance I can‹

Einmal schrieb sie ihm:

›Ich träumte einmal, ich sei ein Schmetterling.
Jetzt weiß ich nicht, ob ich ein Schmetterling bin,
der träumt, er sei ein Mensch…‹

Ein anderes Mal erlaubten Nicoles Eltern ihr, dass sie zusammen mit Danny ein Konzert besuchte. Die *Rattles* kamen nach Datteln. Sie waren ja in den 1960er Jahren mit ihrem Sänger und späteren Barden *Achim Reichel* die deutsche Antwort auf die Beatles. Und die kamen also im Mai 1971 mit ihrem aktuellen Hit ›The Witch« nach Datteln. Leider verspätete sich der Anfang des Konzerts um mehrere Stunden. So brachte Danny seine Nicole notgedrungenermaßen zur Bushaltestelle, küsste sie lange und intensiv und setzte sie in den Bus nach Recklinghausen. Das Knutschen mit ihr gefiel ihm besonders gut, wenn ihre Zungen sich umkreisten. Das war für Danny ein Gefühl von ›Heimat‹ …. Na ja, danach ging er wieder zurück ins Kolpinghaus, um irgendwann doch noch die Rattles zu erleben.

Leider erfuhr Danny ein halbes Jahr später dann auch den großen Schmerz des ersten Liebeskummers. Nicole trennte sich von ihm. Er erfuhr den großen Schmerz des ersten Liebeskummers: Tränen, Trauer und Ungläubigkeit, dass alles vorbei sein sollte. Da hatte er erst mal dran zu knacken. Er heulte zu Hause bei seiner Mutter am Küchentisch Rotz und Wasser, als er ihr alles erzählte. Danny war zu der Zeit maßlos von Nicole enttäuscht, bis er sich nach einigen Monaten von der Trennung einigermaßen bekrabbelt hatte.

Dann war es endlich auch bei ihm so weit. Sein erster Sex, also richtiges Bumsen, erlebte er im Winter 1971/72. Da besuchte er häufig seine neue Freundin Lulu in Hannover. Seit Anfang Dezember 1971 machte er nach der Anerkennung als Kriegsdienstverweigerer Zivilen Ersatzdienst in der AWO-Altenwohnstätte in Datteln. Dort arbeitete er als Hausmeistergehilfe, also Reparieren, Gärtnern und Wände streichen. Aber am Wochenende war in der Küche immer ›Not am Mann‹, so dass er stundenlang an der Spülmaschine stand, um im meditativen Spülen für 120 Bewohner nie enden wollende Spülberge bewältigte. Er machte sich zusammen mit seinem Kollegen Ringo einen lauen Job an der Spüle, denn sie summten, sangen oder gröhlten dabei Hits wie ›Aqualung‹ oder ›Locomotive Breath‹ von *Jethro Tull*, indem sie das ›Wumm-Wumm-Wumm‹ der Spülmaschine im Hintergrund als Rhythmus-Element integrierten. Ringo war ja Hobby-Schlagzeuger und trommelte öfters zur Belustigung der Küchen-Kolleginnen zu irgendwelchen Hits auf der Spüle rum. Alle zwei Wochenenden arbeitete Danny durch und hatte dafür alle zwei Wochenenden jeweils vier Tage am Stück frei: von Freitag bis Montag, da konnte er schon so allerlei bewerkstelligen. Auf der Autobahn brauchte er von Datteln nach Hannover im Auto nur zwei Stunden, er hatte aber noch kein eigenes. Deshalb trampte er regelmäßig nach Hannover. Ging auch recht flott.

Mit Lulu ging er dann in den ›Maulwurf‹, eine Szene-Kneipe in der Hannoverschen City. Hinten im Rückraum knutschten und herzten sie heftig rum. Sie fragten dann, weil es schon spät geworden war, in der Kneipe nach einer Schlafgelegenheit für ihn. Da sagte einer neben ihnen: »Wenn du so gerne in Hannover bleiben möchtest, warum schläfst du denn dann nicht direkt bei deinem Prinzesschen?« »Im Prinzip würde ich das auch gerne«, entgegnete Danny ihm, »aber sie ist erst 16 Jahre alt und wohnt noch bei ihren Eltern. Da geht das leider nicht.« Da hatte der Mann ein Einsehen. Er hieß Uli, war Mitglied in einer Bildhauer-WG und dort bekam Danny einen Platz zum Schlafen.

Ein oder zwei Monate nach ihrem Kennenlernen kam es zu diesem denkwürdigen Ereignis im Atelier der Hannoveraner Bildhauer-WG, als Lulu und Danny sogar beide dort nächtigen durften. Zwar war es malerisch und romantisch zwischen Werkbänken auf Matratzen und weißen Laken, wo sie ihren ersten Sex miteinander hatten, aber das war vielleicht ein elendes Gehampel, weil es doch für sie beide das erste Mal war und sie sich überhaupt nicht auskannten, wie ›es‹ ging …

Ja-ja, das war 1972 ein Leben voller Sex, Drugs, Rock und Straßenkämpfe, wie es die *Rolling Stones* in ihrem ›*Street Fighting Man*‹ nicht besser hätten beschreiben können. Politische Straßenkämpfe in Hannover, als die Demonstranten während einer Rot-Punkt-Aktion auf den Schienen der Straßenbahn von den tränengasgeschwängerten Wasserwerfern der Polizei beschossen wurden. Danach verteilten die Protestler Zitronensaft untereinander, was gut für die Augen gegen das Tränengas war. Oder es gab Häuserkämpfe um leer stehende besetzte Häuser, wo Danny auch hin und wieder Unterschlupf fand.

Dannys und Lulus Sex-Spiele waren anfangs für sie beide bunt wie ein Regenbogen: ›*She's a rainbow*‹ sangen die Stones so schön dazu. Und als sie dann sogar zusammen mal einen LSD-Trip warfen, fühlten sie sich wie die ›*2000 Light-Years from Home*‹ von den Rolling Stones. Die Halluzinationen der Lyserg-Säure in der Droge ließ sie durch die Decke ins All stoßen. Und durch den Speed im Trip rammelten sie ganze Nacht unermüdlich wie die Karnickel.

Während einer Tramptour mit Lulu durch Dänemark besuchten sie auch Dannys frühere Brieffreundin Inger-Lise in Jütland. Diese richtete mit ihren Freunden spontan eine Fete für die beiden Tramper aus. Bei lauter Musik wurde heftig getanzt. Die dänischen Freunde staunten beim 17-minütigen *Iron Butterfly*-Stück ›*In A Gadda Da Vida*‹ nicht schlecht. Denn Danny und Lulu – beide mit langen ungebändigten Haaren – hopsten nicht nur wie die Wilden rum, sondern ›entzündeten‹ auch noch beim minutenlangen Schlagzeug-Solo die ›Luft-Drums‹.

Danny's erster Sex mit 20 Jahren war für ihn wie für jeden jungen Menschen in jener Zeit ein wichtiger Stichtag, egal ob Junge oder Mädchen. Danach war er dann allerdings drin im Thema, und es folgten schnell die anderen Reifeprüfungen aus der Welt der Erotik, gewürzt durch den Humor und die Erlebnisse der Spaßvögel und Sportskanonen.

Paula lernte Danny durch ihren Mann Ringo kennen, mit dem er 1972 zusammen Zivildienst machte. Während er alleine rumreiste, bat dieser Danny, doch mal seine Frau zu besuchen: »Sie würde doch so gerne mal die Musikkassetten von *Ingo Insterburg & Co* hören«, was eine damals angesagte Blödelgruppe war. Danny packte seine Kassetten ein und machte sich abends nach dem Zivildienst auf zu Paula. Sie verstanden sich auf Anhieb sehr gut. Deshalb brauchten sie auch gar nicht erst zum Warmwerden die mitgebrachte Blödelmusik anzuhören. Sie gingen direkt über zu *Leonard Cohen*, dessen LP Paula auflegte. ›*Suzanne*‹ oder ›*So Long, Marianne*‹ hießen die romantisch-traurigen Songs des Kanadiers mit der kratzig rauchigen Stimme, die melancholisch durchs Wohnzimmer waberte. Oder später dann die Scheiben von *Bob Dylan*, der eigentlich Robert Allen Zimmerman hieß und aus Duluth in Minnesota stammte. *The Times They Are A Changin'* nuschelte er sich durch seinen Song. Und dann hörten die beiden von der *LP ›Highway 61 Revisited*‹ das unvergleichliche ›*Like a Rolling Stone*‹. Dabei lümmelten sie sich nebeneinander auf dem Teppichboden des Wohnzimmers und hatten gute Gespräche über das Leben schlechthin und entsprechende Literatur. Sie ahnten nicht, dass Bob Dylan 45 Jahre später den Literaturnobelpreis für seine Musiktexte bekommen sollte.

Paula war die erste Frau mit ner richtigen Frisur, die Danny mochte. Bisher kannte und wollte er nur Freundinnen mit langen glatten naturbelassenen Haaren. Aber Paula gefiel ihm mit ihrem aparten seitlichen Pagenkopf ihrer brünetten Haare trotzdem gut. Sie war aber auch die erste Frau, mit der er Ehebruch beging. Das passierte ihnen beim Trampen nach München, als sie es sich unterwegs beim Zelten in ihren Schlafsäcken gemütlich machen wollten. Da entdeckten sie plötzlich, dass es von unten heftig piekste. Längs unter dem Zeltboden lag Stacheldraht. Sie hatten beim Zeltaufbau im fast Dunkeln übersehen, dass auf dem Wiesenweg ein umgekippter Stacheldrahtzaun lag, auf dem sie unglücklicherweise das Zelt aufgebaut hatten. Was tun? So konnte es nicht bleiben. Also zogen sie sich nackig aus, weil es ja total plästerte, und sie natürlich keine Kleidung zum Wechseln dabei hatten. Sie bauten das Zelt wieder ab und an einer anderen Stelle ohne stacheldrahtbewehrte Fakirunterlage wieder auf. Dann mussten sie sich trocken rubbeln. Wenn ein nackter Mann und eine nackte Frau, die sich auch noch mochten, sich aneinander rubbeln, dann kam da natürlich raus, dass sie sich zum ersten Male liebten und liebten. Es war eine kurze und feuchte Nacht …

Da hatten Danny und Paula quasi ein klasse Vorbild abgegeben für *Jürgen Drews*, der vier Jahre später mit ›*Ein Bett im Kornfeld*‹ seinen persönlichen Allzeit-Hit raus brachte:

>»*Ein Bett im Kornfeld, das ist immer frei,*
>*Denn es ist Sommer und was ist schon dabei?*
>*Die Grillen singen und es duftet nach Heu,*
>*wenn wir träumen. Mmmh …*«

Dabei hatte Danny schon 1971 eine interessante Begegnung mit Jürgen Drews beim Trampen gehabt. Danny trampte von Datteln nach Recklinghausen und wurde von einem Paar in einem Käfer mitgenommen. Sie fuhr und er führte das große Wort. Er war ganz entsetzt, als Danny ihn gar nicht von selbst erkannte: »Du weißt wirklich nicht, wer ich bin?«

»Nee, wer denn?«

»Ich bin doch der Jürgen Drews.«

»Aha, und woher soll ich dich kennen?«

»Mann, aber du kennst doch bestimmt die *Les Humphries Singers*?«

»Ach die, ja, über die hab ich schon mal was gelesen.«

»Na siehste, und bei denen singe ich mit.«

»Ach so …!?«

Jürgen Drews hatte damals eine Freundin in Recklinghausen, die ihn in ihrem weißen Käfer in der Gegend rumkutschierte und ihn dabei anhimmelte. Deshalb konnte er es nicht verstehen, dass es da so einen hergelaufenen langhaarigen Provinz-Bubi gab, der ihn überhaupt nicht kannte. Jürgen Drews war ein wenig eingeschnappt, fast sogar beleidigt, dass Danny gar nicht auf seinen Star-Status eingehen wollte.

Zurück ins ›Bayrische Kornfeld‹ von Danny und Paula. Am nächsten Morgen schien die Sonne über die Garchinger Wiesen. Und die beiden frisch Verliebten zog es in die nahe Großstadt München. Dort konnten sie sogar für eine Nacht in einer Wohngemeinschaft unterschlüpfen. Und so erlebten sie in der sommerlich ausgelassenen Zeit der Post-Hippie-Ära der frühen 70er Jahre auch noch was von München. Zusammen mit den WG‹lern besuchten sie den Englischen Garten, lungerten auf der sonnenbeschienenen Wiese herum, beobachteten das Treiben der Bevölkerung und gaben dazu lustige Kommentare ab. Sie kamen sich fast ein bisschen vor wie in dem von May Spils gedrehten Münchener Szene-Film ›Zur Sache, Schätzchen‹ mit Uschi Glas und Werner Enke: »alles total abgeschlafft und ausgebufft hier …«

Das Leben meint es gut mit Dänen und mit denen, denen Dänen nahe stehen …

… hieß ein deutscher Schlager aus den 60er Jahren des 20. Jahrhunderts von *Vivi Bach* und *Dietmar Schönherr*.

Ja, das meinten nicht nur Vivi und Dietmar, nein, das meinten auch Jytte und Danny, als sie sich im Frühling 1973 verliebten: »*Das Leben meint es gut mit Dänen und denen, denen Dänen nahe stehen …*«

Und im Dänischen hieß ihr musikalisches Motto ›Moderne tiders ungdom‹
(Die moderne Jugend)
Moderne tiders ungdom er fyldt med pjank og fjas.
De burde vaere moderne nu at vaere gammeldas:
se nu de stakkels piger, som nu om stunder faar
ved aegteskabet en aegtemand paa tyve aar.

Det fik vi ikke i halvfemserne,
vi maatte ta methusalemserne …
Killes igen, nej tak!
Det fik vi ikke i halvfemserne,
vi maatte ta methusalemserne …

Dänischer Schlager (aus den 70er Jahren des 20. Jahrhunderts) mit der ungefähren Übersetzung:

»Die moderne Jugend ist voller Unsinn und Schabernack.
Jetzt soll das wieder modern sein, altmodisch zu sein:
das haben sie nun davon, die armen Mädchen,
wenn sie die Chance haben,
einen Ehemann schon mit zwanzig Jahren zu heiraten.
Das kriegten wir nicht in den 90ern,
da mussten wir erst Methusaleme werden…
Sofort wieder eine Scheidung, nein danke!
Das kriegten wir nicht in den 90ern,
da mussten wir erst Methusaleme werden…«

(gemeint waren hier die 90er Jahre des 19. Jahrhunderts)

Aber alles fing Jahre vorher an. Denn Danny hatte früher eine dänische Brieffreundin, Inger-Lise in Jütland. Er sammelte Briefkontakte, wie man heutzutage Freundschaften bei Facebook sammelt. Damals hatte er ganz schön viel Geld fürs Porto in alle Welt ausgegeben. Denen, die ihn am meisten ansprachen, sandte er jeweils ein Foto von sich mit einem Brief mit möglichst flotten Sprüchen zu – entweder in Englisch oder Deutsch – und hoffte auf Antwort. Manchmal kam überhaupt keine Reaktion, manchmal entwickelte sich eine jahrelange Brieffreundschaft, die sogar in drei Fällen zu Besuchen der ausländischen Mädels führte. Im Sommer 1970 traf er ein paar Mal Suzanne Moses in London, im Herbst 1971 besuchte er Inger-Lise Hansen im dänischen Vandel bei Veijle, und 1974 reiste Danny sogar zu seiner iranischen Brieffreundin Charlotte Bagheri in Teheran.

Also machte sich Danny im September 1971 auf nach Dänemark, um seine Brieffreundin Inger-Lise zu besuchen. Und zwar mit dem Zug namens ›Nord-Pilen‹ bis nach Veilje. ›Nordpfeil‹ hieß der Zug, der durch Jütland fuhr. Veilje BK war damals in Deutschland ein bekannter Fußballverein. Selbst Inger-Lise war Veilje BK-Fan, wovon ein Poster an ihrer Zimmerwand zeugte. Von Veilje ging es mit dem Überlandbus ›Fra kyst til kyst‹, also von Küste zu Küste quer durch Jütland, von der Ostsee zur Nordsee. Sechs Kilometer vor Billund, bekannt heute wegen Legoland, stieg Danny in Vandel aus, einem kleinem verschlafenen Nest. Er fand rasch die Straße und die Hausnummer und klingelte. Aber nur ein Bellen war die Antwort. Das war der Cockerspaniel Tjam, wie er bereits durch ihre Briefkorrespondenz wusste. Weil noch kein Mensch zu Hause war, legte sich Danny solange in den Vorgarten auf die Wiese, bis auf einmal zwei frische blonde Skandinavierinnen um die Ecke bogen. Da war die Freude groß. Die eine mit rotblondem Kurzhaarschnitt und größer. Das war dann wohl ihre ältere Schwester Jytte. Wogegen Inger-Lise lange hellblonde Haare hatte, schlank, klein und hübsch war: zum Verlieben halt. Und beide hatten Sommersprossen. Mit diesen beiden blondblühenden Däninnen hütete Danny für zwei Wochen alleine das Haus und manches andere, da deren Eltern beide auf Dienstreise waren. Deshalb war fast die ganze Zeit seines zweiwöchigen Aufenthaltes die Bude voller junger Leute. Alle Freunde und Freundinnen wollten Inger-Lises Brieffreund Danny aus Tyskland (Deutschland) kennen lernen. Das war ganz lustig, und es wurde auch viel Bier getrunken. Danny feierte dort sogar zum ersten Mal seinen Geburtstag im Ausland, nämlich den Zwanzigsten.

Allerdings kam es bei Inger-Lise und Danny nie zu einer Liebesbeziehung. Zwar küssten und umarmten sie sich öfter, aber mehr war wohl nicht drin. Vielleicht war sie einfach noch zu jung. Gelegenheiten gab es ja häufig, wenn sie in ihrem Zimmer Musik hörten. ›Sticky Fingers‹ von den *Rolling Stones* oder ›Odgens nut gone flake‹ von den *Small Faces*. Und dabei flezten sie sich auf ihrer Bettcouch rum. Aber wenn sie in inniger Umarmung lagen, und sie ihre Arme um ihn schlang, klopfte sie ihm dabei immer mit ihren Fäusten auf den Rücken, so als wollte sie ihren Hund beruhigen. Das irritierte Danny allerdings sehr.

Er erlebte trotzdem viel dänisches Leben, ging sogar einen Tag mit zu der Schule der beiden Girls und wurde von den Dänen mit ihrer Sprache veräppelt. Wie jeder Fremde musste er vorlesen ›Röd gröd med flöde‹, also das dänische

Nationaldessert Rote Grütze mit Sahne. Er las brav so was wie ›*Röt gröt mett flöte*‹, was natürlich zu Gelächter der jungen Leute führte, denn richtig wäre gewesen: ›*Röll gröll mell flöße*‹, allerdings mit viel englischem ›th‹ und mit der Zunge im Gaumen gerolltem ›L‹.

Mit Inger-Lise und Danny wurde es ja dann tatsächlich nie was. Sie wirkte mit ihren 15 Jahren damals im September 1971 noch sehr viel jünger als Dannys gleichaltrige Ex-Freundin Nicole. Inger-Lises 16. Geburtstag folgte erst im November 1971. Da verwunderte es nicht, dass sie beim Knutschen und Umarmen immer so unbeholfene Bewegungen machte. Sie war wahrscheinlich noch genauso Jungfrau wie Danny in diesem Alter.

Und was wurde für Danny aus seinen Däninnen? Bei seinem dritten Besuch bei Inger-Lise 1973 lernte Danny ihre ältere Schwester Jytte näher kennen. Sie verliebten sich und wurden ein Liebespaar und reisten dann per Autostop für drei Monate durch Jugoslawien, Griechenland und Italien. Später arbeiteten beide in einem Schweizer Hotel in St. Moritz. Und nach der langen Reise zog Jytte sogar nach Deutschland. Zuerst konnte sie bei Danny in Datteln wohnen, bevor sie schließlich in einem Recklinghäuser Schwesternheim einzog. Denn sie absolvierte dort im Krankenhaus ein Praktikum. Aber 1974 trennten sich ihre Wege wieder; Jytte zog zurück nach Dänemark.

Und was war für Danny geblieben? Er hatte zwei Semester Dänisch an der Ruhr-Universität Bochum studiert und kann heute noch etwas Dänisch ›snakken‹. Außerdem behauptet er weiterhin, wie einst in den 60er Jahren Vivi Bach zusammen mit Dietmar Schönherr sang: »*Das Leben meint es gut mit Dänen und denen, denen Dänen nahe stehn …!*«

Jedenfalls hatte Danny ein unvergessenes Jahr der Liebe mit seiner dänischen Freundin Jytte: »Jeg elsker dig«.

Wenn er sie nicht gerade in Dänemark besuchte, dann dachte er wie die *Beatles* 1965, die ihr ›*Norwegian Wood*‹ besangen, an sein Dänisch Girl …:
»I once had a girl ….«

Und da die dänische und die norwegische Sprache sehr verwandt sind, lag es nahe, dass er das Lied immer vor sich hin summte, wenn er an his danish girl dachte. Auch wenn die beiden Liebenden, die 625 km auseinander lebten, es manchmal sehr schwer hatten, sie kamen und sie blieben zusammen. Ja, sie trampten sogar für intensive und unvergessene drei Monate durch Südeuropa. Und dabei summte Jytte dann, so wie *Daliah Lavi* damals sang:

»Meine Art Liebe zu zeigen,
das ist ganz einfach Schweigen,
Worte zerstören,
wo sie nicht hingehören …«

Genauso war auch der Wahlspruch von Dannys dänischer Freundin Jytte, sie schwieg lieber exzessiv, aber sie liebte auch intensiv …

Mit Tina, aber ohne Marina, da war das Leben schön …

Danny lernte Tina 1976 kennen. Und das kam so: er erinnerte sich noch gerne an Marina, die dunkle Schönheit aus der Tanzschule in Oer-Erkenschwick 1968. Damals schwärmte er ja sehr für sie, aber sie war für ihn ein unerreichbares Mädchen. So wunderte es ihn auch nicht, dass sie seine schriftliche Einladung zu einer Fete bei ihm zu Hause absagte. Als Antwort bekam er per Brief einen ›Korb‹ (falls man den Begriff des ›Korbes‹ heute überhaupt noch kennt?). Immerhin hatte er damals wenigstens allen Mut zusammen genommen, um sie überhaupt einzuladen. Das ging aber auch nur per Brief, denn mündlich im Angesicht zu Angesicht hätte er das als ausgewiesener Spätzünder auch 1969 noch nicht bei einem Mädchen hinbekommen.

Die schöne Marina traf er sieben Jahre später wieder, im Bus nach Recklinghausen. Was für ein freudiges Wiedersehen auf beiden Seiten. Danny war mittlerweile ein selbstbewusster Student der Sozialwissenschaften an der Ruhr-Universität Bochum geworden. Marina arbeitete auf dem Eichamt in Recklinghausen und wohnte mit ihrem Freund zusammen in Erkenschwick. Und sie schmückten einen Besenstil als Weihnachtsbaum: wie putzig. Sie freundeten sich im Laufe der Monate etwas an. Einmal, im Frühling 1976 im Hochgefühl nach der bestandenen Statistik-Prüfung mit einer 0,7 (also 1 +), wovon Danny vorher gar nicht wusste, dass es solch eine Note überhaupt gab, wollte er stolz Marina im Recklinghäuser Eichamt besuchen. Die Sonne schien, er war gut drauf und lachte aus seinem Vollbart raus (lange Haare, Bärte, Ketten: so war das angesagte Hippie-Outfit der 70er Jahre). Aber er kam gar nicht bis zum Eichamt, weil er unterwegs dorthin vorher Tina und Julia aus Datteln traf. Die beiden hübschen und flotten 17-jährigen Teenager hatten schulfrei und waren ebenfalls gut drauf. So nahm Danny sie in seinem Käfer mit nach Datteln. Abends traf er Tina dann auf einer Gartenhaus-Party wieder. Und er hatte seine Bongos zum Session machen dabei. Doch plötzlich hatte er Tina an sich hängen. Erst umarmte, dann küsste und knutschte sie ihn in ihrer unnachahmlich wilden Spontaneität, dass er kaum mithalten konnte, hatte er doch noch hinter ihr seine Bongos in der Händen. Die ließ er dann irgendwann einfach fallen und packte ebenfalls zu: leidenschaftliche Umarmungen und Küsse folgten.

Ein paar Tage später traf er Harry an der Tankstelle am Dattelner Südring, an der er gerade tanken wollte. Harry hingegen wollte zu Tina, die bei sich zu Hause eine Pyjama-Party veranstaltete: »Komm doch mit,« sagte Harry. Gesagt – getan. Tina war auch hoch erfreut, ihn wieder zu sehen, sagte schnell und kurz entschlossen ihrem Bis-Dato-Freund Pitty ›Ade‹. Und fortan ›gingen‹ Tina und Danny die nächsten 3 ½ Jahre miteinander. Da wurde dann auch schon mal abends Cat Stevens zum Schmusen aufgelegt, wenn es mit der Freundin im Bett die ganze Nacht durch ging. Dann liefen die Hormone heiß, wenn im Hintergrund *Herbie Mann* in seinem Stück ›Push-Push‹ mit seiner Querflöte das stundenlange Bumsen auf Endlos-Schleife begleitete. Und am nächsten Morgen sang *Cat Stevens* dann ›*Morning has Broken*‹ ...

Und dann kam der Sommer, es wurde wärmer und wärmer, heißer und heißer, ein stabiles Hoch machte sich breit, ›Girls, Girls, Girls‹, ein Hoch auf die Mädels. Wir hatten endlich wieder mal heißes Sonnenwetter in Deutschland. Die Jungs und Männer freuten sich auf die Girls in luftiger Kleidung. Da wurde auch Danny gerne mal zu einem Girl-Watcher. Dazu passte gut der Song aus dem Jahr 1976, das britische ›Hoch auf die Mädels schlechthin‹: ›*Girls, Girls, Girls*‹ von der englischen Gruppe *Sailor*.

1976 war nämlich ein Super-Sommer, sowohl in Deutschland, wobei sich Danny an den 1976er Jahrhundert-Wein, aber auch an die Waldbrände in Lüchow-Dannenberg erinnerte. Diesen heißen trockenen Sommer hatte es aber auch in West-Europa, denn beim Trampen durch Irland hatten Danny und Achim drei Wochen nur Sonnenschein und keinen Tropfen Regen. Auf dem Rückweg durch Wales erlebten sie sogar bei einem Bauern, auf dessen Wiese sie campen durften, dass bereits das Wasser rationiert wurde.

Ja, und wie kam es denn eigentlich damals zum Namen der Gruppe Sailor? Zunächst spielten der in Norwegen geborene Georg Kajanus und sein englischer Kumpel Phil Pickett gemeinsam in der Hausband des Pariser Clubs Café de Matelot. Die Gruppe trat auf Wunsch des Clubinhabers in Seemannskostümen auf, weil ihm ein Matrose einst das Leben gerettet hatte. Als der Club Anfang der 1970er Jahre abbrannte, zogen beide nach London, wo sie dann die Band Sailor gründeten. Ihre ersten Auftritte hatte die Gruppe 1974.

1976 gelang Sailor mit ›A Glass of Champagne‹ der internationale Durchbruch; die Single erreichte Platz 2 der britischen und Platz 3 der deutschen Charts. Im selben Jahr folgte ihr Hit ›Girls Girls Girls‹.

Und dann gab es ja Mitte der 70er Jahre in Datteln die Szene-Kneipe ›Stadtschänke‹ in der Kolpingstraße. Bei ›Irmgard‹ hatte sich Danny immer gerne mit seiner Tina verabredet. Und wenn er dort rein kam, dann lief auch öfters von *Terry Jacks* dieser aktuelle Hit von ihm, ›Seasons in the sun‹:

›… goodbye, my friend, it's hard to die,
we are like birds,
are singing in the sky,
pretty girls are everywhere,
we had joy, we had fun, we had seasons in the sun…‹

Das summten sie immer gerne mit …..

…. obwohl es doch eigentlich ein trauriger Song war:

»….goodbye, my friend, is hard to die«

Und ursprünglich war dieses Lied eigentlich ein klassisches Chanson, das *Jacques Brel* 1961 als ›Le Moribond‹ verfasst, gesungen und herausgebracht hat.

Eine Liebe im Mai

Das waren die Zeiten Anfang der 1980er Jahre, als Danny selber in einer Jazz-Combo spielte und auch gerne mal zusammen mit seiner Freundin Lydia Jazz-Rock hörte. Wo sie zu ›*Papa's got a brand new pigbag*‹ der Gruppe *Pigbag* wild rum tanzten, und wie die Schweine-Säcke (Pigbag) ihre brunftigen Unterleiber sich geil gegeneinander rieben. Da lief auch öfters mal dieses fetzige Stück von *Raul de Souza* auf dem Plattenteller, nämlich ›*Sweet Lucy*‹

Pigbag war eine britische Jazz-Revival-Gruppe vor dem Hintergrund des Post Punk, 1980 von Chris Hamlin in Cheltenham gegründet. Einen ersten Erfolg hatte Pigbag Ende 1981 mit der Single *Sunny Day*. Ihre erfolgreichste Single »*Papa's Got a Brand New Pigbag*« nahm im Titel Bezug auf »*Papa's Got a Brand New Bag*« von James Brown. Sie erreichte 1982 Platz 3 in Großbritannien.

Pigbag brachte insgesamt vier Singles heraus. Nach mehreren Tourneen, Plattenaufnahmen und einigen Wechseln kam es im Juni 1983 zur Auflösung.

Whow, da hatten sie gerade noch mal Glück gehabt, dass sie Pigbag in der Bochumer Zeche am 03.04.1983 erlebten, nur 2 Monate vor ihrer Auflösung.

Das nenn ich mal gutes Timing. War Danny damals gar nicht so aufgefallen. Vielleicht war er auch zu sehr damit beschäftigt, die brünftigen Unterleiber zu bewundern, die sich nicht nur im Frühling in anthropologisch wertvoller Weise aneinander rieben ...

Danny erinnerte sich: »es war Juni, ein schöner Monat, es war in den 80er Jahren, als die NDW-Gruppen sich gerne lustige Namen gaben, als die Mode schrill und neon-bunt daher kam, die Girlies in den Discos auch gerne mal ihre Dessous samt Strapsen über der Kleidung trugen, als die Haarmähnen der Ladies aussahen, als wollten sie sie Weißkopf-Seeadlern als Nesthilfe anbieten ...

Da kam die Gruppe ›Lusthansa‹ mal aus Trier zu einem Konzert nach Hagen, wo Danny sie live 1983 erlebte – mit ihrem Hit ›Nix Neues in Poona‹.

Die hatten Schwung, die hatten Pep,
die waren witzig, die waren kritisch,
und – vor allem – die waren tanzbar ...

›Lieber Bier in Trier,
als Bluna in Poona,
Nix Neues in Poona ….‹

Hagen war Anfang der 1980er Jahre ›die‹ deutsche Musikstadt, die Stadt, über die es während der Musikphase der ›Neuen Deutschen Welle‹ hieß: »Komm nach Hagen, werde Popstar …«, als *Nena* und *Extrabreit* von Hagen aus die Welt eroberten. Zwar gründete Danny mit Freunden dort die Musikgruppe Vogelfrei, wurde aber nie Popstar …

Ja, 1983, das war die Zeit, als Danny sich am Telefon gerne mit ›Sonnenstudio Emst‹ meldete. Das gab es ja auch von der NDW-Gruppe *K.E.C.K.*, nämlich ›*Im Sonnenstudio*‹. Die hatte Danny auch mal live bei einem Open-Air-Festival erlebt. Dieses ›Sonnenstudio‹ hatte ihn so angeturnt, dass es sich für ihn auch als positives Set für zwei Verliebte eignete.

Gemeinsam hatten Kirsten Kramer und Danny sich einen Film in Hagen angeschaut. Danach hatte sie ihn nach Hause gebracht. Nun saß er allein in seinem ›Sonnenstudio‹ und dachte an sie. Er schrieb ihr einen Brief, trank ein Glas Wein dazu, hörte Musik und war übervoll froh. Gerade sang *Nena* aus seinen Boxen:

›Ich hab' heute nichts versäumt
Denn ich hab' nur von dir geträumt
Wir haben uns lang nicht mehr gesehn
Ich werd' mal zu dir rübergehn
Alles was ich an dir mag, ich mein das so wie ich es sag
Ich bin total verwirrt
Ich werd' verrückt, wenn's heut passiert‹

Das schrieb er ihr in seinem Brief: »Ich höre gerade von Nena ›*Nur geträumt*‹, und sie spricht mir aus dem Herzen, denn ich glaube, ich hab mich in Dich verliebt. Ich glaube, es ist heut mit mir passiert. Ich hoffe, das schockiert Dich nicht. Aber ich hab halt die Signale von Dir in starken Vibrations zu mir rüber fließen gefühlt. Wir können ja in aller Ruhe darüber sprechen, wenn wir zusammen nächste Woche Freitag zum *Ina Deter*-Konzert im Hohenlimburger Werkhof gehen werden. Mit sonnigen Gefühlen aus dem Sonnenstudio …«

Eine Woche später waren sie ein Paar und Kirsten ließ sich gerne in Dannys ›Sonnenstudio‹ verwöhnen.

In der Zeit seiner Beziehung mit Kirsten, da hörten sie beide zusammen auch immer gerne die aktuellen Hits von *Sade Adu* wie ›*Smooth Operator*‹. Und als Danny 1986 durch California reiste, hatte er auch ein paar Mal von einem öffentlichen Telefon-Apparat telefoniert. Bei allen Telefonaten – außer bei Ortsgesprächen – hatte er den Operator dran, der (oder die) ihn mit seinem gewünschten Gesprächspartner verband. Der Operator schaltete sich auch ins Gespräch ein, wenn nicht mehr genügend Münzen im Telefon-Apparat waren. Na, jedenfalls musste Danny da immer an Sade's Hit ›Smooth Operator‹ denken.

»Könnt Ihr euch noch an Sade von 1984 erinnern? Da war sie schon ein absoluter Knaller: exotisch, schlank und schön. Aber jetzt – 33 Jahre später – whow: eine reife Frau voller Anmut und Erotik ….: ich bin begeistert,« erinnerte sich Danny an Sade's Liebeslied ›*Is it a crime*‹. Kann es kriminell sein, ›is it a crime?‹, für Sade zu schwärmen ….!?

Er hoffte nicht, denn sie brachte und bringt immer noch sein Herz zum Schmelzen, nur wenn er ihrer Musik lauscht ….

Verratet ihn nicht, sie ist his ›*Sweetest Taboo*‹, und auf jeden Fall absolut keine gewöhnliche Liebe (›*Ordinary love*‹) for him. Really, believe him.

Es gab ja mal für Danny eine Phase in den 1980er Jahren, nachdem die Liebe mit Kirsten beendet war, da unternahm er viel mit anderen Frauen, mehr so als weibliche Freunde. Mit der flotten Carlotta zog er nachts durch die Szene-Kneipen. Und die blonde Cora hatte den gleichen Musikgeschmack wie Danny, so dass sie sich gegenseitig Musik-Kassetten aufnahmen. Eine dieser Kassetten hörte er besonders gerne, sie begann mit Sade: erst ›Sweetest Taboo‹, dann ›Is it a crime‹ und schließlich ›*Never as good as the first time*‹.

Davon schwärmte Danny zusammen mit Cora und Sade: »Auf jeden Fall war es niemals so schön wie beim ersten Mal …« Ja, das war eine wunderbare Schmuse-Musik und eignete sich hervorragend als Background bei der Liebe.

Sade Adu, geb. am 16.01.1959 in Ibadan, Nigeria, als Helen Folasade Adu, ist eine nigerianisch-britische Smooth-Jazz, Soul- und R&B-Sängerin sowie mehrfache Grammy-Preisträgerin. Bis heute verkaufte sie über 50 Millionen Tonträger.

Und: …..Sade mit ihrer exotischen Ausstrahlung ist Dannys musikalische Göttin.

Von Sade's Musik entfacht, entdeckte Danny in jener Zeit seine Liebe zum coolen Bar-Jazz, den Gruppen wie ›Everything but the Girl‹, ›Working Week‹, ›Style Council‹ und Matt Bianco repräsentierten. Sie mochten für andere wie Kaufhaus-Musik klingen, doch Danny als Fan von Latino-Jazz war total angetan. Mit Gleichgesinnten begeisterte er sich natürlich auch für Victor Laszlo, einer französisch-belgischen Pop-Sängerin, die eigentlich Sonia Dronier heißt und 1960 in Frankreich als Tochter karibischer Eltern geboren wurde. Sie ging nach Belgien, um zu studieren, und arbeitete in Brüssel als Model. Dort wurde in einem Nachtclub ein Musikproduzent auf sie aufmerksam, dem sie aufgrund ihres exotischen Aussehens auffiel. Sie wählte ihren Künstlernamen in Anlehnung an den fiktiven Widerstandskämpfer Victor László aus dem Film ›Casablanca‹. Ihr 1985 erschienenes erstes Album ›She‹ wurde ein großer Erfolg in Belgien und war auch in Deutschland und Japan erfolgreich. Danny gefiel davon am besten ihr einschmeichelnder Hit ›Sweet, Soft N‹ Lazy‹.

> Sweet soft 'n' lazy
> Sweet, soft 'n' cool«
> (Süße weiche 'n' faul
> Süß, weich 'n' cool)

Ich liebte ein Mädchen

Mit großer Begeisterung erlebte Danny 1972 mal in Hannover die deutsche Komikergruppe Insterburg & Co. mit ihrer ›Kunst des höheren Blödsinns‹, wobei ihm ein Lied von Ingo Insterburg für immer im Gedächtnis verhaftet geblieben ist. Er begann seinen Feldzug der Liebe in Berlin und zog dann über Deutschland durch die ganze Welt: »Ich liebte ein Mädchen in Lichterfelde, die lebte zu lange von meinem Gelde ….«

Danny trieb es nicht so eifrig und so bunt wie einst Ingo Insterburg, aber er hatte da ja immerhin 1986 in einem einzigen Jahr mit rekordverdächtig vielen verschiedenen Frauen gebumst,

*»ob blond, ob schwarz, ob braun,
doch ihre Körper waren alle Frau‹n ...«*

*»Ich liebte eine Frau aus Essen,
die tat ich schnell wieder vergessen ...«*

Mia Becker aus Essen war eine Halb-Norwegerin, die Danny im Dezember 1985 über eine Partnerschaftsvermittlung kennen gelernt hatte. Dort war er einfach mal reingestolpert, nachdem er durch die Trennung von Kirsten nach drei Jahren Beziehung mit vielen Gefühls-Inventionen tief gefrustet war. Da Mia Schlagzeugerin in einer Band und Danny Konga-Trommler in einer Jazz-Combo war, sie norwegische Verwandte hatte, deshalb norwegisch, und er etwas dänisch sprach, da sollte es wohl passen, meinte man in der Vermittlung. Schien auch erst so. Wie zwei Verdurstete in der Wüste fielen sie schon am ersten Abend übereinander her, nachdem sie sich vorher in einer Essener Bar mit einigen Baccardi-Lemon-Cocktails warm gemacht und dabei ihr halbes Leben erzählt hatten. Sie war so eine Brünette mit einem modernen Kurzhaarschnitt und einem jungenhaften Körper ohne viel Busen, was sie aber durch ungestümes Temperament im Bett wieder gut machte ...

Nachdem sie bereits zwei Monate zusammen waren, flog Danny im Winter 1986 mit ihr für zwei Wochen zur kanarischen Insel Gomera. Doch dort trennte er sich schon nach einigen Tagen von ihr, weil es einfach mit ihren unterschiedlichen Persönlichkeiten nicht passte. Doch als getrenntes Paar den Rest des Urlaubs in einem Zimmer zusammen zu übernachten, das brachten sie mit Anstand und ohne viel Streit zu Ende. Vielleicht klappte es ja mit dem Ende der Beziehung genauso reibungslos wie mit dem Anfang, da sie auf Gomera eh schon nachts zusammen im Bett lagen, so dass sie dann auch immer noch miteinander bumsten. Denn das klappte ja; das Sexuelle war nie das Problem. Zurück im Februar 1986: in Düsseldorf angekommen, fuhren sie noch zusammen nach Essen, wo sein Wagen auf ihn wartete. Danach gab es ein ›Lebe wohl‹ als Abschied, und das war es dann nach drei Monaten.

Dieser Eintritt in den kommerziellen Heiratsmarkt hatte Danny zwar kein langfristiges Glück beschert, aber den Einstieg in das Rekordjahr 1986 erleichtert. Frei nach dem Motto: »Als es erst mal los gegangen war mit dem Sex, dann ging's ab wie ne Rakete ...! Als würden die Frauen das riechen!?: den Geruch vom Sex der anderen Frauen ... Sobald was lief mit Frauen und Sex, dann laufen dir auch die anderen Frauen nach wie läufige Katzen. Entweder sahen sie es mir an den Augen oder am Gang an, oder aber an der Ausstrahlung meines Selbstbewusstseins, halt an der ganzen Körpersprache ...!«

»Ich liebte eine Frau in Hagen, aus dem Viertel beim Gericht,
die löschte vorher immer gerne das Licht ...«

Kirsten Kramer bereitete Danny einen ›warmen Entzug‹: nachdem sie ihn 1985 nach 2 ½ Jahren intensiver Liebesbeziehung verlassen hatte, warf er sich ja – wie oben bei Mia geschildert – wild entschlossen auf den Heiratsmarkt, um wieder in eine Beziehung zu kommen. Als es dann mit Mia klappte, schien das Kirsten überhaupt nicht zu schmecken; so nach dem Motto: »Wenn ich den verlasse, dann hat der nicht gleich wieder eine neue Beziehung anzufangen ...!« Na, jedenfalls lockte sie ihn Weihnachten 1985 zu sich nach Hause. Und nach einem relativ entspannten Abend landete er in ihrem Bett, wogegen er sich als noch immer ›frisch‹ Verlassener überhaupt nicht wehrte. Die üppige Kirsten mit ihrem braunhaarigen Lockenkopf und ihren weichen Rundungen brauchte ihn nicht mehrmals zu bitten, mit ihr das frühere Lieblingsspiel in ihrem Bett wieder aufleben zu lassen: wild, geil und ekstatisch trieben sie ihre Libido an. Und sie duftete auch wieder so angenehm weiblich, aber dezent durch ihre Creme ›Neue Männer braucht das Land ...!‹ – frei nach *Ina Deter*. Wahrscheinlich aber bereitete Kirsten das einen stillen Sieg im Wettbewerb der Geschlechter, ihn mit ihrem Sex weg von seiner neuen Liebe Mia gelockt zu haben. Da hatte er auf einmal zwei Beziehungen gleichzeitig: mit Mia und Kirsten. Aber das verbotene doppelte Liebesglück mit zwei Frauen parallel ging nicht gut aus. Mit den beiden trieb er es zwei Monate bis zur völligen Erschöpfung, weil er meistens von einem Bett zum nächsten taumelte. Also freitagabends Kirsten beglücken, Samstagmorgen raus aus ihrer Kiste, rein ins Auto, ab nach Essen, wo Mia schon freudig auf ihn wartete, um ihm das ganze Wochenende mit den wildesten Sex-Stellungen zu versüßen. In jener Zeit war Danny in sexueller Hochform. Die beiden rivalisierenden Damen trieben ihn nahezu zu Höchstform an. Erst die Ruhe und der Abstand auf der Insel Gomera schienen ihn zur Besinnung zu bringen. Deshalb beendete er ja dort die so unglückselig verlaufende Beziehung mit Mia. Zu Hause angekommen, begrüßte ihn Kirsten zwar wieder mit einer geilen Liebesnacht, aber wollte partout nicht wieder ihre alte Beziehung aufleben lassen, zumal sie jetzt diejenige war, die sich anders orientiert hatte. So blieben sie dann eine Zeit lang Freunde, die auch mal ab und zu miteinander ins Bett gingen.

»Ich liebte eine Frau aus Bückeburg,
ich glaub, die liebte Ingo Insterburg..«.

Tina Jordan bescherte Danny im Frühsommer 1986 einen Auffrischungskurs. Sie erinnerten sich ja beide gerne an ihre große Amerika-Reise 1978/79, wonach sie sogar ein gemeinsames Wohnprojekt in Dortmund begannen, was aber leider schon im Spätsommer 1979 durch ihre Trennung beendet wurde. So war es für Danny eine große Überraschung, dass ihn die dunkelblonde Tina sieben Jahre nach ihrer Trennung in Hagen besuchte, denn sie wohnte mittlerweile im niedersächsischen Bückeburg. Noch größer war die Überraschung, als sie nach einem leckeren griechischen Essen zusammen in seinem Bett landeten. Sie knutschte wie früher wild drauflos, dass es ihm eine Freude war, diesen beliebten Geschmack wieder erleben zu können. Tina hatte zwar vorher schon so etwas angedeutet, dass sie bei ihm aufs Ganze gehen wollte: »Aber man glaubt es ja erst, wenn der erotische Zirkus tatsächlich seinen Tusch bekommt!« Und das bekam er ausgiebig. Tina mit ihren langen Filmbeinen und ihrem beachtlichen Busen machte es sichtlich Spaß, sich von ihm beglücken zu lassen. Denn sie versicherte ihm schon 1979 wehmütig, als ihre Beziehung gerade beendet war, nach verschiedenen missglückten Beziehungs-Neuanläufen: »Du kannst das wenigstens. Du weißt, wie du mich zum ›O‹ bringen kannst.« Ganz einfach – sie beim Bumsen mit dem flinken Zeigefinger gleichzeitig massieren, da kam der Orgasmus bei Tina wie von Zauberhand angeschossen. Da ihnen der Wiederauffrischungskurs bei Danny so gut gefallen hatte, kam es zu einem Gegenbesuch seinerseits bei ihr in Bückeburg, wohin er mal wieder trampte. Allerdings geschah dieses Trampen eher symbolisch, denn tatsächlich nahm ihn Kirsten in ihrem Auto mit, die gerade nach Berlin reiste, und ließ ihn an der Autobahnabfahrt Bad Eilsen raus, wo er dann tatsächlich die letzten 8 km nach Bückeburg trampte. Das war ja geradezu eine Reise im ›Auftrag des Herzens‹. Erst brachte ihn Cora von Emst zu Kirsten, bei der er die Nacht erotisch verbrachte, die ihn dann wiederum zu Tina nach Niedersachsen brachte. Allerdings ließ ihn Tina in ihrer Wohnung in den Nächten nicht mehr an sich ran, obwohl sie keinen Streit hatten und alles easy lief, aber sie hatten ja auch keine Beziehung, sondern nur ein zufälliges Bums-Wiedertreffen gehabt. Um so überraschter war er dann in Tecklenburg, wohin sie zusammen von Bückeburg aus fuhren, um dort ihre alten Dattelner Freunde Harry und Doro zu besuchen. In der Nacht dort schliefen Tina und Danny wieder in einem Bett. Es war trotz Frühsommer dort auf dem Lande in Wechte recht kühl, so dass sie sich aneinander kuschelten, um es sich etwas wärmer zu machen. Da sagte doch Tina plötzlich: »Mach mal Kille.« Da machte Danny gerne mal Kille, fand auch noch die eine oder andere erogene Zone an ihr, was ihr gefiel. Und so trieben sie's noch einmal, ein letztes Mal.

»Ich liebte eine Frau aus dem Hagener Süden,
die tat mir den Rücken ganz zerpflügen …«

Lia Böchterbeck, die ›wilde Katze im Bett‹, zerkratzte Danny beim Sex den Rücken. Ja, das war schon eine Nummer, die blonde wilde Lia. Sie war eine Kollegin aus einem anderen Jugendzentrum. Deshalb hatte sie genauso einen Freizeitablauf wie er: nämlich erst ab 22.00 Uhr abends Feierabend. Das verband sie. So trafen sie sich, machten was miteinander, besuchten sich gegenseitig in ihren Wohnungen, und wie natürlich fanden sie auch im Bett zueinander. Dort entpuppte sich die sonst so unscheinbar aussehende Blondine als die reinste Wildkatze und zerkratzte ihm beim Sex seinen Rücken, wenn sie unten lag und freie Hand über seine offene ungeschützte Rückseite hatte. Aber irgendwie passten die beiden doch nicht für eine längerfristige Paarbeziehung zueinander, so dass es nach zwei intensiven Monaten im Sommer 1986 zu keiner Fortführung ihres lustbetonten Stelldicheins kam. Sie gingen auch nicht im Streit auseinander, so dass sie später platonische Freunde mit gleichen Interessen wurden. Sie flogen drei Jahre später sogar zusammen in einem Karibikurlaub, ohne dabei erotische Aktivitäten zu entwickeln, zumal sie beide damals auch jeweils andere feste Partner zu Hause hatten. Ihre Freundschaftsbeziehung hatte sich dann so verfestigt, dass sie auch heuer – über 30 Jahre später – noch freundschaftliche Beziehungen pflegten. Womit durch Lia und Danny die Theorie widerlegt wurde, dass man nicht mit einer Person später jahrelange freundschaftliche Beziehungen haben konnte, wenn es irgendwann einmal eine erotische Affäre gegeben hatte. Sie schafften das, fuhren nicht nur 1989 zusammen in die Karibik, sondern auch nach Finnland 1987, Toskana 1988, Katalonien 1990 und 1994, Taiwan 1992, teilweise nur die beiden, teilweise mit anderen Freunden. So feierten Lia und ihr Freund auch wie selbstverständlich mit bei Dannys Hochzeit, als Moni und er 2007 heirateten und zur Feier des Tages die engsten Hagener Freunde in ein thailändisches Restaurant eingeladen hatten.

>*Ich liebte eine Frau aus Hagen auf Emst,*
da trieben wir es ungebremst ...<

Sex and Drugs and Rock'n Roll mit der brünetten Katja, unter Einfluss von jeder Menge Baccardi-Lemon, da kamen sie auf Emst in Stimmung. Und dann erst bei der Liebe – der intensive Duft ihrer Magnolien-Creme von Hildegard Braukmann. Sie liebte es, beim Bumsen *Bryan Adams* voll aufgedreht zu hören, der ja 1991, also fünf Jahre später, mit seinem Welthit >*Everything I do, I do it for you*< für Furore sorgte. Was hatte Danny da nur getan?

»*Ich liebte eine Frau aus Wuppertal,*
mit der war es im Bett doch sehr fatal ...«

Natürlich gehörte zu Dannys 86er Sextett auch ein >one-night-stand<, den er mit Manuela Lustig aus Wuppertal hatte. Sie war eine dunkelhaarige Mitstudentin. sie kannten sich schon ein paar Semester vom gemeinsamen Sozialarbeitsstudium und fanden sich auch ganz nett. So kam sie mal nach einem nachmittäglichen gemeinsamen Spaziergang durch die Emster Wiesen noch mit zu ihm, wo sie ein wenig aßen und tranken und dann zusammen ins Bett gingen. Das mit dem Sex klappte aber irgendwie nicht so recht. Erst waren sie total geil aufeinander, dann bekam er Erektionsprobleme. Sie probierten es missionarisch, sie probierten es französisch, nix klappte. Dann schliefen sie halt so nebeneinander ein, verabschiedeten sich am nächsten Morgen voneinander und probierten es überhaupt nicht mehr. Und eigentlich müsste es bei dieser Episode hier statt >one-night-stand< richtigerweise auch >stand not< heißen ...

»… und nach der Frau aus Wuppertal,
da rasierte ich mir das Kinn ganz kahl …«

Ende 1986 hatte Danny eine innere Renovierung: die Wände seiner Emster Wohnung waren vorher in erdigen Vollfarben wie braun, rot oder gelb gestrichen gewesen, als er dann zur weißen Farbe griff. Das war die coole Cocktail-Zeit mit weißen Wänden und minimalistischer Wandverzierung. Passend dazu renovierte er auch sein Gesicht und rasierte sich seinen Vollbart ab, den er 15 Jahre lang getragen hatte.

»Ich liebte eine Frau im Hagener Westen,
ich glaube, die wollte mich nur testen …«

Sie hieß Maggie Petermann und war die erste Frau, die Danny ohne Vollbart liebte bzw. die ihn glatt rasiert beim Liebesspiel erlebte. Sie war eine schlanke, dunkelbraun-haarige Mitstudentin mit Brille und zusätzlich noch allein erziehende Mutter ihrer hübschen kleinen Tochter Katinka. Anfangs klappte es ganz gut mit ihnen. Sie verbrachten nicht nur in Hagen eine gemeinsame Zeit zusammen, sondern fuhren auch zu Kurzurlauben nach Hessen und nach Holland. Immerhin währte ihre Beziehung ein halbes Jahr im Winter 1986 bis in den Frühling 1987. Aber sie hatte ihn wohl als Experimentierfeld gebraucht, um mal zu erleben, wie der unbeschwerte Sex mit einem Mann ist, der sterilisiert war. Natürlich Klasse: beide brauchen sich nicht um die Verhütung kümmern, sondern konnten sich ganz auf die erotische Lust konzentrieren. Trotzdem schlief auch diese Beziehung mit der Zeit ein. Es war einfach kein Feuer mehr drin. So trennten sie sich im guten Einvernehmen.

Dazu sei gesagt, dass Mitte der 80er Jahre in Deutschland AIDS noch nahezu unbekannt war. Deshalb konnten damals die Menschen genussvoll ihren gemeinsamen Sex genießen, sofern sie es auch einvernehmlich und gerne miteinander trieben und solange sie dabei keine fremden Beziehungen kaputt machten. Single und Singelin konnten nach Herzenslust und ohne Reue miteinander bumsen.

Aber wenn man Danny jetzt – Jahrzehnte später – fragt: »Hat dich das eigentlich glücklicher gemacht, öfter mal neben einer anderen Lady am nächsten Morgen aufzuwachen?«, dann kann er das eigentlich nicht gerade bestätigen.

Bis auf die Sammlung an neuen Frauendüften, die er immer dann erfuhr, wenn er seine Bettgespielin vor dem Sex auszog …

Denn nach all diesen schönen Damen in Hagen,
wird man mich fragen:
›Ja, machte dich das denn auch froh?‹
›Ach wo, es ging grad so.‹

Und weil es grad so liebevoll zuging, hatte Danny gleich noch was Passendes dazu gedichtet:
Bei ein paar seiner Lieben im Leben – hielt Danny jede Wette,
dass auch Ingo Insterburg – diese nicht besser besungen hätte …

»Ich liebte ein Mädchen aus Recklinghausen,
die hatte den Kopf noch voller Flausen …
Ich liebte ein Mädchen aus Datteln,
die wollte immer nur Paddeln …
Ich liebte ein Mädchen aus Erkenschwick,
die wollte es immer beim Pick-nick …
Ich liebte ein Mädchen aus Dänemark,
bei der aß ich immer Nutella mit Quark …
Ich besuchte ein Mädchen in Teheran,
bei der stellten wir besser gar nix an …
Ich liebte ein Mädchen aus Gelsenkirchen-Buer,
die war auch in der Liebe stur …
Ich liebte ein Mädchen in Dortmund,
da liebten wir uns immer zur Morgenstund …
Ich liebte ein Mädchen aus Witten,
mit der hab ich mich öfter gestritten …
Ich liebte ein Mädchen aus Kro-a-ti-en,
mit der konnt ich gut durch die Kneipen zieh‹n …
Ich liebte ein Mädchen aus Neheim-Hüsten,
mit der reiste ich bis an die kalifornischen Küsten …
Ich liebte eine Senora am Mittelmeer,
die fiel gleich über mich im Sitzen her …

Ich liebte ein Mädchen in Duisburg,
die lag auch bei der Liebe ganz ruhig …
Ich liebte eine Frau, die ist heute schon Oma,
bei der liebten wir uns – bis ins Koma …
Ich liebte eine Frau aus Massachu-setts,
da trieben wir's unterm Moskito-Netz …
Ich liebte eine Frau in Hagen,
da konnte ich auch schon mal was wagen …
Ich liebte eine Frau aus Castrop,
mit der war dann endlich auch die Liebe topp …
Mit ihr reiste ich mehrmals nach Thailand,
dort liebten wir uns sogar in der Nacht am Strand …
Wir liebten uns auch öfter in Griechenland,
denn da war sie immer außer Rand und Band …
Und uns‹re Hochzeitsreise, ging schließlich nach Ägypten,
da liebten wir uns, bis die Bücher aus den Regalen kippten …«

Die Kunst des Entliebens

Danny hatte in den ersten Jahrzehnten seines Erwachsenen-Lebens viel Zeit damit verbracht, die ›Frau fürs Leben‹ zu finden. ›Cherchez la femme‹ war sein großes Thema. So hatte er es auch einige Male auf diverse Dreijahres-Beziehungen gebracht. Wenn diese Zeit dann zu Ende ging, wenn die längere Liebes-Beziehung von ihm aufgelöst wurde oder aber er eher von seiner Freundin verlassen wurde, dann begann die schwierige Phase des Entliebens.

Beim ersten Mal war es natürlich schlimm-schlimm. Danny erfuhr 1971 den großen Schmerz des ersten Liebeskummers, nachdem sich seine ›erste Liebe‹ Nicole von ihm getrennt hatte: Tränen, Trauer und Ungläubigkeit, dass alles vorbei sein sollte. Er heulte zu Hause bei seiner Mutter am Küchentisch Rotz und Wasser, als er ihr alles erzählte. Marie versuchte zwar, ihren unglücklichen Sohn zu trösten, kam aber nicht recht an ihn heran. An diesem allerersten Liebeskummer hatte er erst mal dran zu knacken. Aber er hatte ja noch seine Freunde – wenigstens das. Die konnten ihm mit Rat und Trost zur Seite stehen.

Das half ihm fürs Erste über die bohrende Leere hinweg, die guten Gespräche mit seinen Dattelner Freunden Frankie, Micke und Florian.

Beim zweiten und dritten Mal, da ging es schon: war nicht schön, aber aushaltbar. Danny wusste ja, wie es ging, und dass das Leben tatsächlich weiter ging: ›Lebbe geht weiter‹, sagte schon der große Fußball-Philosoph Dragoslav ›Steppi‹ Stepanovic.

Für Danny gab es Beziehungs-Beendungen, die ihn so tief traurig machten, dass er den absoluten Blues bekam. Manchmal war er nur lakonisch oder gar rasend wütend, dass er seine Ex laut auf der Straße mit ›Na, du dumme Ziege …!‹ beschimpfte, um sich dadurch erleichtert zu fühlen …

Manchmal geschah auch alles hintereinander …

Wütend wie einst *Gilbert Becaud* in den 70er Jahren. Ja, genau der Sänger, der auch ›Natalie‹ besang. Er hatte auch einen passenden Hit für solch eine Situation:

> *Lass mich in Ruhe*
> *Mach das Licht aus, mach die Tür zu*
> *Quatsch mich nicht blöd an*
> *Ich will allein sein, will keinen sehen*
> *Weil ich das heute nicht haben kann.*
> *Es liegt nicht an dir, nein, Schuld bist nicht du*
> *Jetzt hau endlich ab, und lass mich in Ruh*
> *Ich brauch niemand zum Reden*
> *Keinen der mir zuhört*
> *Ich will einfach nur nichts tun*
> *Ohne dass mich jemand stört.*
> *Heute kamen schon Zehn, doch ich will keinen sehen*
> *Ja, der Elfte bist du, hau ab und lass mich in Ruh …*

Manchmal, da ging es bei Danny auch lakonisch zu Ende: das war damals 1979, als das gemeinsame Wohnungsprojekt mit Tina nach nur einem viertel Jahr bereits zu Ende war. Die gemeinsame Beziehung hatte immerhin 3 ½ Jahren gedauert, bevor es hieß: »Ende – Ende – Ende!!!« Er dachte sich dabei: »Aber besser ein Ende mit Schrecken als ein Schrecken ohne Ende …!«

Nach 3 ½ Jahren, da kam ihre Liebe plötzlich abhanden,
wie andren ein Stock oder ein Hut ...
das war mal ein Beziehungs-Ende, nahezu fast ohne Wut ...

Danny entdeckte nämlich, dass sich schnelle Puffer-Beziehungen als hilfreiches Gegenmittel nach einer Trennung eigneten. Als Tina ihn 1979 verlassen hatte, immerhin wohnten sie zusammen in ihrer ersten eigenen Wohnung in Dortmund, da besuchte er schnell entschlossen seine alten Freunde in Meschede, die er noch von seiner ersten Arbeitsstelle dort als Leiter des Abenteuerspielplatzes kannte. Susanne hatte großes Einfühlvermögen für Danny. Sie redeten die halbe Nacht, die andere Hälfte hatten sie Sex. Ein recht merkwürdiges Gefühl für Danny, lebte sie doch mit ihrem Ehemann im selben Haus: »Ach, Danny, keine Bange. Wir haben eine offene Ehe. Der Herbie, der hat auch ne Freundin, die er manchmal über Nacht mit hierhin bringt ...«

»Na ja, wenn das so ist,« dachte sich Danny, »dann lass uns mal bumsen, bis der Morgen graut.« Das taten sie dann auch. Und es half. Er fühlte sich besser.

Dadurch war er dann auch bald für die nächste längere Beziehung bereit: mit Lydia hielt es wieder drei Jahre, sie liebten und sie stritten sich, sie reisten miteinander, bis Danny irgendwann, mitten in Jugoslawien den Beziehungsknopf auf Stopp drückte.

Mit der mitgereisten Jana hätte er es am liebsten direkt auf der Straße getrieben. Es geschah 1982 an der dalmatinischen Küste im damaligen Jugoslawien. Gerade frisch von seiner langjährigen Freundin Lydia getrennt, juckte ihn schon wieder der ›Hafer‹. Da ging er nun mit seiner kroatischen Freundin Jana über die riesige Campingplatz-Anlage und wollte grad sofort über sie herfallen. Sie schien auch nicht abgeneigt. Wozu ihm dann auch spontan der alte *Beatles*-Song von 1968 einfiel: ›*Why don't we do it in the Road*‹. Den säuselte er ihr liebestrunken ins Öhrchen:

>›*Why don't we do it in the road*
>*Why don't we do it in the road*
>*No one will be watching us...*‹

Machten sie dann natürlich nicht, dort direkt auf der Straße. Aber sie suchten und suchten weiter nach einem stillen geeigneten Plätzchen. Inzwischen war es dunkel geworden, und die beiden frisch Verliebten hatten den Strand erreicht. Dort unter einem Baum breiteten sie ihre Jacken aus und fielen übereinander her. So brauchten sie es doch nicht auf der Straße zu treiben:

›*Why don't we do it in the Road*‹

Wieder nach Hause gekommen, versuchte sich Danny in einem komplizierten Dreiecks-Verhältnis mit beiden, was aber nur zu ständigen Eifersüchteleien führte. Das klappte auch schon früher nicht, sodass er wieder alleine da stand. Aber immerhin mit Pufferzone entliebt.

Nach seiner nächsten längeren Beziehung mit Kirsten in den 80er Jahren angelte er sich Mia aus Essen. Diese rasche neue Beziehung zu einer anderen Frau, die passte der Kirsten überhaupt nicht. Eifersüchtig wollte sie ihren Danny zurück haben, den sie doch vorher verlassen hatte. Da hatte sie jedoch leichtes Spiel mit. Sie wusste es ja drei Jahre lang, was sie mit ihm zu machen hatte. Das tat sie auch und sie trieben es wieder. Er pendelte einen ganzen Winter zwischen Hagen und Essen hin und her. Dabei hatte er alle Hände zu tun, um zwei Frau zu befriedigen, wie wir ja schon im letzten Kapitel ausführlich erfuhren. Und wie das dann immer so war mit den Dreiecks-Beziehungen – zum Scheitern verurteilt. Zwar reiste Danny zusammen mit Mia sogar nach Gomera. Aber trotz der schönen und lustigen Zeit mit ihr hielt ihre Beziehung noch nicht einmal die ganze Gomera-Reise aus. Danny trennte sich noch auf der kleinen kanarischen Insel von Mia. Aber immerhin grandios von Kirsten entliebt, wonnich …? So toll entliebte sich Danny von Kirsten, dass 1986 sein absolutes Jahr der sexuellen Bestleistungen wurde. Echt, mit sieben verschiedenen Frauen Sex gehabt, das war ein Spitzenwert für ihn.

An den Song ›*Emotion In Motion*‹ von *Ric Ocasek* aus dem Jahre 1986 hat Danny schöne Erinnerungen, da er damals selber in ziemlicher Unruhe und Emotion war, immer auf der Suche nach der Frau des Lebens: ›Cherchez la femme‹.

Denn im Mai 1987 war er wieder Single. Und da war da Miss G., diese junge aufgeweckte Frau, eine Mitstudentin, in die er sich verliebte. Es war warm und es war Frühling. Sie lernten sogar zusammen Jonglieren. Es war eine Zeit von Anziehung und Abstoßung und wieder Anziehung, alles war sehr verwirrend. Da passte dieser Song vom Inhalt und auch von der Stimmung sehr gut zu seiner damaligen Situation.

>»… I would do anything
>to hold on to you
>that's just about anything
>that you want me too
>
>You‹re emotion in motion
>my magical potion
>you‹re emotion in motion
>to me.«

Ric Ocasek sang nur für die Beiden. Er war ein US-amerikanischer Musiker aus Baltimore, hieß eigentlich Richard Otcasek und wurde bekannt als Sänger der Band *The Cars*. Die gründete er 1976, doch 1988 wurde sie wieder aufgelöst.

… aber irgendwann war bei Danny und der hübschen Studentin Miss G. auch alles vorbei, denn es hatte doch nicht richtig gefunkt,

und die Emotions kamen wieder zur Ruhe …

Danny hatte sich 1988 neu verliebt, in Julie, und auch sie gab ihm dieses schöne glücksbringende Gefühl zurück. Er verbrachte viele schöne Tage mit ihr, während ihrer über dreijährigen Beziehung. Sie reisten auch öfters nach bella Italia. Und bei dortigen Temperaturen im Frühling oder Sommer wurden sie auch mal verführt, ein leckeres Eis zu schlecken. Sie summten es mit, ›Gelato al limon‹, dem Hit von *Paolo Conte*. Wenn schon Eis, dann Zitronen-Eis: prego, uno gelato al limon. Sie hatten eine schöne Zeit, mit gegenseitiger Verführung an den verschiedensten Orten. Und wenn sie nicht zusammen waren, dachten sie aneinander, wie Danny in Katalonien, wo er eine zweiwöchige Spanisch-Kurs-Weiterbildung machte. Dort lag er in seiner mitgebrachten

Hängematte, hörte auf Kopfhörern ihr gemeinsames Lied ›Under the Milky Way‹ von The Church, schaute dabei die über ihm wabernde Milchstraße an und dachte an sie, seine Julie.

Umso mehr erschütterte es ihn dann, als sie ihn verließ, gerade als er aus dem Krankenhaus nach einem Oberschenkelbruch nach Hause kam. Das kam dann doppelt schlecht. Heulendes Elend und Erbrechen war das tiefste Tal, aus dem er sich langsam wieder hervorkrabbeln musste.

Da half wohl keine normale Entliebungs-Kur, da musste wohl eine doppelte Dröhnung helfen. Denn es gab da noch so was wie ein Versprechen, nein, eigentlich mehr eine Prophezeiung. 1988 war Danny ja mit Carlos nach Thailand gereist, hatte dort MaryLou und Amy aus Massachusetts kennengelernt, die damals in Berlin lebten. Er hatte sich ein bisschen in MaryLou verliebt, dachte an die große Liebe. Er war ja frei und ungebunden. Aber sie hatten dort im Urlaub nur ein bisschen geflirtet. Um so größer war seine Überraschung, als er nach der Rückkehr von Amy und MaryLou nach Berlin erfuhr, dass MaryLou mit ihm zusammen sein und ihn lieben wollte, weil doch für sie eigentlich alles klar gewesen wäre. Leider hatte sie es ihm in Thailand nie so deutlich rüberkommen lassen, dass er es gemerkt hätte. In der Zwischenzeit in Deutschland war mit Danny einiges geschehen: neue Liebe – neues Glück. MaryLou war dann todtraurig, als sie erfuhr, dass sich Danny in den vergangenen zwei Monaten anderweitig verliebt hatte. Und er wollte sich in dieser Situation nicht auf ein Hasardspiel einlassen, zwei Beziehungen gleichzeitig laufen zu lassen, mit dem Ergebnis, am Ende dann wohlmöglich wieder ganz alleine dazustehen. So blieb er seiner neuen Freundin Julie treu, auch als es während des Besuches von Amy und MaryLou in Münster bei Carlos zu einem gemeinsamen Wiedertreffen im thailändischen Restaurant ›Sukhothai‹ in Dortmund kam. Sie hatten zwar beim Mekhong-Trinken ›some fun‹ und die attraktive MaryLou im knappen Leder-Minirock erschien ihm als verlockende Versuchung. Aber er blieb hart und Julie treu. So verabschiedete er sich in dieser Maien-Nacht 1988 in Dortmund für immer von MaryLou …

…dachte er jedenfalls. Denn MaryLou zog dann nach einiger Zeit enttäuscht wieder zurück nach Massachusetts.
Nach der Trennung von Julie kämpfte sich Danny über Monate wieder an sich und sein normales Leben heran, erst die Krücken weg, dann wieder arbeiten

können, und dann den wegen des Fahrradunfalls verpassten Urlaub nachholen. Dafür rief er in Massachusetts an und machte mit MaryLou einen Besuch bei ihr klar. »Er sollte sich aber nicht zuviel versprechen, denn sie hätte inzwischen einen Freund,« meinte sie am Telefon. Aber als es dann soweit war und sie sich wieder trafen, da überraschte ihn MaryLou. Nach einer kleinen Sause mit ner Flasche Chablis und einigen Tequila-Rapidos machte ihm MaryLou sein Bett. Es sollte zwar in ihrem Zimmer sein, aber fünf Meter entfernt von ihrem Bett. Irgendwie kam sie aber nicht von ihm los, sie küssten sich und waren zärtlich, sie hörten *Willy de Ville* von seinem tragbaren CD-Player, jeder mit einem Ohrstöpsel, aufeinander liegend. Danny wurde immer überraschter. Er mochte das zwar sehr, aber es sollte doch eigentlich gar nicht sein. Im Gegensatz zu Thailand, wo sie beide frei waren und viel Raum und Zeit vorhanden war, und trotzdem nix passierte, hier im Tower-House geschah es. Sie kam mit in sein Bettchen und sie liebten sich zum ersten Mal. Was für eine Überraschung, MaryLou. Danach schliefen sie den Rest der Nacht eng umschlungen in ihrem Futon-Bett. Am nächsten Tag kletterten sie in den Felsen um das Tower-House herum, hielten immer wieder inne, von plötzlicher Zärtlichkeit gepackt, und fragten sich, was mit ihnen geschehen war, wie es wohl weiter gehen mochte …?

Amy meinte: »MaryLou lässt gerne alles auf sich zu kommen.« Danny wiederum glaubte eher an die Weissagung, dass sie noch eine alte (Liebes-) Rechnung aus Thailand offen hatten, die irgendwann einmal in Erfüllung gehen musste, und sei es in 10 oder 20 Jahren: »Auf jeden Fall, little sunshine Mary-Lou, habe ich wieder die beiden Lichtsterne in deinen Augen gesehen. Und meiner Seele tut es gut, von deinen zärtlichen Gefühlen verwöhnt zu werden.«

So ging das ein paar Wochen hin und her, und Danny flog fast geheilt zurück nach Deutschland. Dort kaufte er sich die CD von *Zucchero & Paul Young* und hörte dann gerne mal den für ihn in jener Zeit total passenden Song ›*Senza una Donna*‹, und genau so fühlte er sich auch: ohne eine Frau.

Danny hatte gemerkt, dass es ihm sehr gut tat, nach einer Trennung Abstand zu bekommen, indem er sich rasch eine neue Freundin suchte und dann mit ihr ab auf ne Reise ging. So machte er es 1985 nach der Trennung von Kirsten, als er zur Entliebung rasch Mia fand und mit ihr nach Gomera reiste.

Nun ja, so klappte es auch 1991 nach der Trennung von Julie: erst die alte Weissagung mit MaryLou und dann lernte er rasch Marina kennen. Sie machten zusammen Dannys Entliebungs-Phase komplett. Liebten sich sogar in Taiwan, wo sie 1992 zusammen hinreisten. Aber auch da – so was hatten wir mit Danny schon ein paar mal vorher – bei näherem Kennenlernen Tag und Nacht zusammen, merkte er rasch, dass sie eigentlich doch nicht zusammen passten. Und trennte sich dort von ihr.

Zurückgekehrt nach Hagen war Danny wieder frei. Er lernte eine neue Liebe kennen und verliebte sich in seine Moni. Mit ihr lebt er seit der Jahrtausendwende zusammen und heiratete sie 2007. Jetzt dauert die Beziehung schon 25 Jahre.

Hochzeitsglocken

Genauso wie Rob Fleming in Nick Hornby's Roman ›High Fidelity‹ am Ende seine Laura bekam und sehr froh darüber war, genauso hatte Danny nach jahrzehntelanger Suche – Cherchez la Femme – 1992 seine Moni gefunden.

Die ersten Monate in ihrer Anfangszeit damals vor 25 Jahren verbrachte er mit seiner Moni immer regelmäßig an Wochenenden bei Musik-Konzerten im Kultur-Zentrum Bahnhof Langendreer. Dort und in Recklinghausen gab es im Sommer 1992 die thematische Musik-Reihe ›Heimatklänge‹. Sie erlebten an einem Abend die Reggae-Gruppe *Rico & Band* und die unvergleichbare Ska-Band *The Trojans* mit ihrem temperamentvollen Frontmann Goa Vincent, dem Sohn von *John Mayall*. Da wurde getanzt und gerockt, dass der Schweiß in Strömen floss.

Ein anderes Mal erfreuten sie sich an der Merengue-Gruppe *Victor Roque y La Gran Manzana*, noch nicht wissend, dass sie sechs Jahre später zusammen in die Dominikanische Republik fliegen würden, um dort jeden Abend Merengue-Merengue-Merengue zu hören, zu tanzen und zu erleben.

Einer der Höhepunkte aus dieser Serie war für Danny und Moni *Rara Machine*, afrikanische Musik aus Haiti. Die spielten am Recklinghäuser Festspielhaus umsonst & draußen.

Schließlich als Abschluss dieser Serie von Weltmusik noch mal Temperamentvolles aus der Karibik und aus Süd-Amerika: *Francisco Ulloa & Band* aus der Dominikanischen Republik und *Alfredo Guitierrez & Band* aus Kolumbien.

Und sie reisten gemeinsam viel in der Welt herum, öfters in den 1990er Jahren nach Thailand. Dort erfreuten sie sich auf dem Night-Market im nord-thailändischen Chiang Mai an den anmutigen Tänzen und der klassischen Thai-Musik der in farbenprächtiger Bekleidung auftretenden jungen Frauen, wie sie *Jew Amornrat* mit *Sao Ken Fai* zelebrierten. Aber sie lernten auch thai-ländische Rock-Musik von *Ed Karabao* kennen. Sie genossen es, durch die Tropen zu gehen, fast zu gleiten, in leichter Baumwollbekleidung. Es gefiel ihnen immer wieder, dieses Gefühl zu erleben, wenn sich die milde Tropenluft sanft um ihre Körper schmiegte. Sie hörten 1993 einheimische Tempel-Musik in Sri Lanka, wo sie die buddhistischen Tempel besuchten. Auf den Philippinen 1999 gab es Musik, die sie stark an die balinesische *Gamelan-Musik* der nicht weit entfernt liegenden indonesischen Inseln erinnerte. In der Dominikanischen Republik begeisterten sie sich 1998 für die lebensfreudige Musik des *Merengue* und tanzten dazu passend mit kurzen schnellen Schritten. Auf Mauritius liebten sie 2005 den *Sega*, ein Tanzmusik-Stil, der auf den Inseln Mauritius, Reunion und den Seychellen verbreitet ist. In Kalabrien erlebten sie 2003 die *Tarantella*, ein aus Süditalien stammender Volkstanz. Sie zeichnete sich durch eine schnelle Musik im 3/8- oder 6/8-Takt aus. Von den Kanaren brachten sie sich eine Kassette mit dem schwermütigen Chorgesang der ›alten Männer‹ mit, den *Emigrantes del Volcan* mit *Guadarfia*. Die hatten sie 2001 auf Lanzarote so begeistert, als sie ihr im Kassetten-Rekorder ihres Mietwagens beim Durch-fahren der eindrucksvollen Vulkanlandschaft lauschten. Und immer wieder reisten sie in den 1990ern und auch im neuen Jahrtausend zu diversen griechi-schen Inseln, wie Karpathos, Lesbos, Kreta, Kos, Leros oder Samos, wo sie die eigentümliche Mischung aus griechischen und türkischen Musikstilen erlebten.

Moni und Danny wurden also damals Anfang der 90er Jahre ein Paar, so als wäre einst Dannys erste Single in den 60ern von *Tommy James & The Shon-dells* – ›Mony Mony‹ schon eine Weissagung für die beiden gewesen.

Sie gehörten zusammen, und nicht nur für 7 Sekunden, sondern für erst 7 Jahre, dann noch mal 7 und noch mal 7 Jahre, und wenn sie nicht gestorben sind, dann sind sie wohl immer noch zusammen …

›Seven Seconds‹, dieser wunderbare Song von *Youssou N'Dour*, featering *Neneh Cherry* aus dem Jahre 1994, erinnerte an diese schöne Zeit in den 1990er Jahren. Deshalb interessierte Danny, was er eigentlich inhaltlich zu sagen hatte:

»Was in mir ist, soll ihnen helfen
Und wenn ein Kind in diese Welt hineingeboren wird
Hat es keine Vorstellung vom Farbton seiner Haut, in der es lebt
Es ist nicht mal eine Sekunde, sieben Sekunden entfernt
Gerade so lange wie ich bleibe, werde ich warten …
Sieben Sekunden entfernt
Und es gibt eine Million Stimmen
Die dir sagen, was du denken solltest
Sieben Sekunden entfernt.«

Und Danny und seine Moni blieben zusammen, bezogen 1999 ihre erste gemeinsame Wohnung und erlebten die Millenniums-Sylvester-Feier in der Hagener Stadthalle mit Rock Around The Clock.

Beide mochten sie die *Talking Heads* mit ihrem charismatischen Sänger und Frontmann David Byrne. Das ist ein interessanter Typ, der 1952 im schottischen Dumbarton geboren wurde. 1975 tat er sich in New York mit einigen Musikern zusammen. Sie nannten sich Talking Heads und spielten New-Wave. 1990 gründete Byrne das Weltmusik-Label Luaka Bop. Ursprünglich sollten dort Sampler mit lateinamerikanischer Musik veröffentlicht werden. Dann erweiterte sich das Spektrum um Musik aus Kuba, Afrika und Asien. Da Danny und Moni auf lateinamerikanische Musik standen und die Talking Heads zu ihren Lieblings-Gruppen zählten, war das Solo-Album ›Rei Momo‹ von *David Byrne* eine wahre Freude für die beiden. Denn darauf befanden sich allerlei verschiedene latein-amerikanische Rhythmen wie *Cumbia* in ›*Independence Day*‹, oder *Merengue, Mambo, Salsa-Reggae, Cha-cha-cha, Samba, Charanga, Rhumba, Bolero, Orisa, Bomba* und *Mapaye* – einfach fantastico. Die beiden waren total begeistert und erkoren ihn zu einem ihrer Lieblings-Musiker.

Danny und Moni reisten viel in der Weltgeschichte herum, heirateten aber in ihrer westfälischen Heimat im März 2007. Sie machten ihre Hochzeitsreise noch im selben Frühling nach Ägypten und hörten dort viel arabische *Habibi-Musik* (Habibi = Liebe).

Und heuer, auch schon wieder 10 Jahre später und nach einem Viertel Jahrhundert des Zusammenseins, ist Danny immer noch total froh, seine Moni fürs Leben gefunden zu haben.

II. Sommer-Festivals

Die emotionalen Stürme der Frühlings-Gefühle mit allen Höhen und Tiefen der Liebe und deren Irrungen und Wirrungen hatte Danny überstanden. Jetzt konnte wieder Ruhe und Stetigkeit einkehren. Die langen und warmen Tage des Sommers luden zum Leben mit positiven Vibrations ein …

>*»Live if you want to live; Rastaman vibration, yeah! Positive!* [*]
That's what we got to give! I‹n‹I vibration yeah! Positive
Got to have a good vibe! Iyaman Iration, yeah! Irie ites!
Wo-wo-ooh! Positive vibration, yeah! Positive!«

Sommerhits damals und heute

In den letzten Jahrzehnten hießen berühmte Sommerhits ›The Ketchup Song‹ von *Las Ketchup* im Jahre 2002 oder *Mambo Nr. 5* von *Lou Bega* von 1999. Der gehörte in die Kategorie der umsatzstärksten Sommerhits. Bega ist ein 1975 in München als David Lubega geborener deutscher Latin-Pop-Sänger.

Los del Rio (Die vom Fluss) waren ein spanisches Musikduo, das Mitte der 1990er Jahre mit *Macarena* einen weltweiten Hit hatte. Passend zum Hit gab es einen Modetanz, der in einer spanischen Tanzschule entstand und für das zugehörige Musikvideo erweitert wurde, das im Sommer 1996 auf allen Musiksendern zu sehen war. Ob in Stadien bei öffentlichen Musik- und Sportveranstaltungen, in der Dorfdisco oder auf Kindergeburtstagen und Hoch-

---

[*] *Bob Marley and the Wailers – Full Concert am 30.11.1979 im Oakland Auditorium: es beginnt gleich mit ›Rastaman Vibration‹ und dauert 1 Stunde 45 Minuten, wer es denn so lange hören möchte. Auf jeden Fall eine akustische Einstimmung für alle Sommer-Festivals und für alle Generationen, denn Bob Marley war für alle da. Er hatte Good Vibrations: https://youtu.be/r55iXZ6btJ8*

zeiten – überall schlug man die Hände in einer bestimmten Abfolge, stemmte sie in die Hüften, drehte die Hüfte, ging in die Knie, um sich dann in einem Aufwärtsschwung seitwärts mit einem leichten Sprung um 90 Grad zu drehen.

Dagegen hatte Danny bei *Lambada* von *Kaoma* immer dieses Video mit dem geilen engen Tanz von der hübschen Frau im gelben Kleidchen vor Augen. Lambada war der Titel eines Millionen-Sellers. Die in Frankreich zusammengestellte internationale Gruppe Kaoma hatte im Jahr 1989 mit dem gleichnamigen Tanz eine Tanzwelle ausgelöst. Das erinnerte Danny an seine Reise mit Moni zur Dominikanischen Republik 1998, als sie von den Animateuren, wie der hübschen kleinen Doris, im Merengue-Tanz angeleitet wurden, dabei immer kurze, schnelle Schritte machten.

Ähnliches gab es als Ohrwurm über das Bacardi-Feeling, und zwar *Summer Dreaming* von *Kate Yanai*.

Danny mochte es schon immer, wenn sich hübsche Blondinen im Moor wälzen. Da kam ihm *Shakira* mit *Suerte* gerade recht. In Englisch hieß der Hit *Whenever, Wherever*. Bekannt wurde er mit dem Video, wo sie sich im Schlamm rum suhlte.

La Camisa Negra, also das ›dreckige Hemd‹, wie es Manni Breuckmann einst in seiner Radio-Sendung so treffend übersetzte, wurde gesungen von *Juanes*, dem 1972 im kolumbianischen Medellin geborenen Sänger, Gitarristen und Songschreiber, der eigentlich Juan Esteban Aristizábal Vázquez heißt. Dabei handelte der Song von 2004 eher von einer unglücklichen Liebe:

> *»Mein Hemd trägt schwarz*
> *und das Gefühl der Liebe ist verschwunden …«*

Danny gefielen 2016 *Shakira* und *Carlos Vives* mit *La Bicicleta* sehr gut. Das war Shakis Sommer-Hit, den sie zusammen mit ihrem kolumbianischen Kollegen sang. Da tanzte sie, wie Danny sie kannte, am Strand oder in der Kneipe – mit anderen; oder sie fuhren mit dem Bicicleta. Rechtzeitig, kurz vor dem Ende der Tour de France, die zu jener Zeit lief, gab es wunderschöne Bilder vom Fahrradfahren mit Shakira. Das war etwas für die Grünen unter uns, und ein klein bisken auch wegen der Optik: Shakira mit ›La Bicicleta‹, gemeinsam mit Carlos Vives. Der 1961 geborene kolumbianische Sänger ist in seinem Heimatland seit Mitte der 1980er-Jahre ein Star. Damals begann er in verschiedenen Bands zu spielen. Doch seine große Leidenschaft ist es bis heute, Songs zu schreiben und auf der Bühne zu stehen. Seine Musik ist eine Mischung aus traditionellen, kolumbianischen Akkordeon-Klängen mit Rock- und Pop-Elementen. Zur Belohnung wurde dieser Song zum Latin-Lied des Jahres 2016 gewählt.

Während Deutschland 2017 im Sommer-Regen ertrank, brannten in Süd-Europa die Wälder bei enormer Sommer-Hitze. Das klang schon ein bisschen nach Klimawandel im letzten Sommer. Da durfte doch wenigstens die Sommer-Musik ein wenig Spaß machen. Der offizielle Sommerhit des Jahres 2017 von *Luis Fonsi* hieß ›*Despacito*‹ (spanisch, es bedeutet ›Man sachte!‹ oder auch: ›Immer langsam‹). Der Song hatte mit 4,6 Milliarden Klicks einen neuen Streaming-Weltrekord und mit 16 Wochen auf Platz 1 der US-Single-Charts einen 21 Jahre alten Rekord aufgestellt. Außerdem stand er über 17 Wochen auf Platz Eins der deutschen Single-Charts. Es war der erste spanischsprachige Sommerhit seit dem ›Ketchup Song‹ von Las Ketchup aus dem Jahr 2002. Das YouTube-Video von ›Despacito‹ zeigte ziemlich geile Tänze, so dass der Song in Malaysia auf den Index geriet, weil er denen zu sexy erschien. Luis Fonsi ist ein puertoricanischer Sänger und Latin Pop-Komponist, der am 15.04.1978 in San Juan, Puerto Rico, geboren wurde.

Und damals vor langer Zeit, ja, da gab es von *Mungo Jerry* ihren absoluten Sommerhit *In the Summertime*, ein im Jahre 1970 veröffentlichter Popsong, der als umsatzstärkster Sommerhit aller Zeiten gilt.

Ende der 1960er Jahre schossen Englisch singenden Beat-Gruppen mit eingängigen Namen wie die Pilze aus dem Boden, wie die *Small Faces* mit *Lazy Sunday*, die *Monkees* mit *Daydream Believer*, die *Hollies* mit *Jennifer Eccles*, die *Tremeloes* mit *My little Lady* oder *Herman's Hermits* mit *No milk today*, um nur einige zu nennen.

Und dann gab es da diese eine Band mit dem schwierigen Namen, nämlich *Dave Dee, Dozy, Beaky, Mick & Tich*. Die brachten in den 60ern fast jedes Jahr einen Sommerhit raus, wie *Bend it, Hold Tight, Hideaway* oder Zabadak. Da freute sich Danny besonders, als er 1967 bei ›*Legend Of Xanadu*‹ endlich auch den kompletten Namen dieser Band auswendig und unfallfrei aufsagen konnte. Whow, das hatte schon was. Das klappte so gut, dass er es auch jetzt – 50 Jahre später – noch immer konnte. Er könnte mitten in der Nacht aufgeweckt werden, aber trotzdem sofort – ohne zu stottern – Dave Dee, Dozy, Beaky, Mick & Tich runter rasseln. Na, jedenfalls gehörte er damit dazu, zu den Beat-Fans der damaligen Zeit. Er konnte bei den Teenies locker mitreden, als die Band dann ein Jahr später 1968 ›Last Night In Soho‹ raus brachten. Wusstet Ihr, dass Dave Dee früher Polizist war? Gegründet wurde die britische Band 1961 in Salisbury von dem Sänger David Harman, alias Dave Dee, † 2009, dem Bassisten Trevor Ward-Davie, alias Dozy, † 2015, dem Gitarristen John Dymond, also Beaky, dem Schlagzeuger Michael Wilson = Mick und dem Gitarristen Ian Amey, der war Tich. Sie gaben bald danach ihre bürgerlichen Berufe auf, um als Musiker Geld zu verdienen. Der ursprüngliche Name der Band war Dave Dee And The Bostons. Im Sommer 1964 bekamen sie einen Plattenvertrag, worauf sie sich Dave Dee, Dozy, Beaky, Mick & Tich nannten. Zwischen 1965 und 1969 hatte die Gruppe ihre größten Erfolge. Dave Dee und Dozy musizieren inzwischen bereits im Himmel. Nur noch Beaky, Mick & Tich weilen unter den Lebenden.

Woodstock & Isle Of Wight Festival

Zwar war Danny nie in Woodstock. Denn das war ja schon 1969 und somit noch viel zu früh für ihn.

Seine Festival-Karriere begann erst ein Jahr später, und das auch mehr zufällig, im Sommer 1970, auf dem Isle of Wight-Festival. Aber es gab ja den Film ›Woodstock‹. Der zeigte die ganze Entwicklung von der Idee über Planung und Aufbau bis zur Durchführung des Festivals. Immer wenn Danny die ersten Takte dieses Stückes hörte, (›Woodstock‹ von Crosby, Stills & Nash aus dem Jahre 1971), dann die ersten Bilder des Woodstock-Filmes sah, wo ein junges langhaariges Paar auf ihren Pferden durchs hohe Gras ritt …

… dann kommt sofort ein gutes Feeling auf:

love & peace & drugs & rock …., wunderbaaa …

Crosby, Stills, & Nash waren eine so genannte Supergroup, deren Mitglieder bereits in anderen Bands erfolgreich gewesen waren. David Crosby (The Byrds), Graham Nash (The Hollies) und Stephen Stills (Buffalo Springfield) gründeten CSN 1968, nachdem sie im Haus von ›Mama‹ Cass Elliot von The Mamas *and the Papas* spontan zusammen gesungen hatten. Die drei beschlossen, ihre Nachnamen als Bandnamen zu wählen, weil sie von Anfang an Wert auf künstlerische Autonomie legten. Das erste Album der Gruppe *Crosby, Stills & Nash* erschien 1969 und war ein durchschlagender Erfolg. Es erreichte Platz 6 der US-LP-Charts und traf mit Songs wie *Wooden Ships* das Lebensgefühl vieler Amerikaner zur Zeit des Vietnamkriegs.

Danny's ›*Woodstock*‹ hieß ›*Isle Of Wight*‹ und war das dortige Festival 1970. Da spielten 50 Gruppen wie *Jimi Hendrix,* nur drei Wochen vor seinem Tod,

The Doors, noch mit *Jim Morrison*, und *The Who* mit noch lebendem *Keith Moon*. Dort hörte Danny auch die Flipper-Hymne der Who, ›*Pinball Wizard*‹, später auf der LP ›Live At The Isle Of Wight Festival‹ verewigt.

48 Jahre war das Isle-of-Wight-Festival nun vorbei, und Danny war dabei. Dabei stolperten er und sein Freund Carlos völlig überraschend in das fünf Tage lang dauernde Isle-of-Wight-Festival 1970. Die beiden waren im Sommer 1970 nach London getrampt. Dort stöberten sie gerne in den Plattenläden der Carnaby Street herum. Carlos war Hard Rock-Fan und fand dort die LP *Deep Purple in Rock* mit dem genialen Titel ›*Child in Time*‹, die sie sich direkt anhören konnten. Die Veröffentlichung in Deutschland sollte erst am 1. September 1970 erfolgen, aber in London gab es die Platte schon ab 3. Juni 1970. Das war die LP mit dem auffälligen Cover des Mount Rushmore, ein Felsendenkmal, das aus monumentalen Porträtköpfen der vier bedeutendsten und symbolträchtigsten US-Präsidenten bestand. Bloß auf dem Purple-Cover waren statt der vier Präsidenten-Köpfe fünf Musiker-Köpfe der Band eingebeamt worden.

In einem der Carnaby-Shops hatten die beiden zufällig ein Plakat vom Isle--of-Wight-Festival gesehen. Spontan trampten sie dort hin, jeder nur mit einer Umhängetasche voller Weißbrot bewaffnet. Die Taschen hatten sie zum Schlafen als Kopfkissen missbraucht, und entsprechend sahen sie dann nach der ersten Nacht am nächsten Morgen auch aus: ein schräger Klumpen Brot im Taschenmantel, hihihi …

Dabei rauschten Gruppen wie *The Free, Chicago, Miles Davis* oder *Roger Chapmans Family* an Danny, dem damaligen Musikbanausen, leider fast völlig unbeachtet vorbei. Denn er hatte nur Ohren für Fetziges, das er dann aber auch von *Jimi Hendrix, The Taste, Ten Years After, Jethro Tull* und *Emerson, Lake & Palmer* zu hören bekam. Ein Jahr nach der Regen- und Friedens-Schlammschlacht von Woodstock 1969 versammelten sich beim ›europäischen Woodstock‹, dem Isle of Wight-Festival, eine halbe Million friedliebender junger Menschen bei fünf Tage strahlendem Sonnenschein. Danny sah fünfzig verschiedene Rockgruppen: neben den oben genannten außerdem noch *Moody Blues, Procol Harum, Supertramp, Sly & the Family Stone* und Folk-Größen wie *Donovan, Pentangle, Leonard Cohen, Joan Baez, Joni Mitchell, Melanie, Kris Kristofferson* oder *Richie Havens*. Von den fünf Tagen Festival kosteten die letzten drei Tage Eintritt, alles zusammen für drei englische Pfund, was in etwa 30,-- DM entsprach: »Das waren noch Preise, was …!?« Davon kann man heute nur träumen.

Keith Emerson von *Emerson, Lake & Palmer* ist inzwischen tot. Er wurde nur 71 Jahre alt, gestorben ist er im März 2016 in Santa Monica, Kalifornien. But he was not the ›*Lucky Man*‹. Als Danny 1970 das Isle-of-Wight-Festival besuchte, da kannte er vorher Keith Emerson schon als Keyborder von *The Nice*. Die spielten so eine Art Klassik-Rock, also klassische Orgel-Stücke verrockt. Von Emerson, Lake and Palmer hatte er bislang noch nie was gehört. Aber als die dort losspielten, war er völlig begeistert. Er stand damals auf harten Rock, hart, aber gerecht, und das lieferten sie super ab, die Drei. Hinterher erfuhr er, dass das dort ihr erster gemeinsamer öffentlicher Auftritt gewesen sein soll. Passen würde es ja, da als das Gründungsjahr von Emerson, Lake & Palmer 1970 genannt wird. ›Lucky Man‹ ist ein Song dieser britischen Rockgruppe, der zuerst im Jahr 1970 auf dem Album ›Emerson, Lake & Palmer‹ erschien. Das Stück enthält eines der frühesten Beispiele eines Moog-Synthesizer-Solos. Es ist einer der bekanntesten Titel der Gruppe. Das Lied wurde vom zwölfjährigen *Greg Lake* geschrieben. Es handelt von einem Mann, der alles hatte, in den Krieg zog und dort starb. In einem Interview sagte Lake dazu: »Ich habe *Lucky Man* geschrieben, als ich zwölf war. Meine Mutter kaufte mir eine Gitarre … und ich lernte die ersten vier Akkorde, D, G, a-Moll und e-Moll und mit diesen Akkorden schrieb ich Lucky Man.« Im Gegensatz zu den anderen Stücken auf dem Album ist Lucky Man eine Ballade, die von der akustischen Gitarre geprägt wird, mit einem Moog-Synthesizer-Solo von Keith Emerson am Ende des Lieds. Lucky Man wurde 1970 als Single veröffentlicht und erreichte die Charts den USA, wo es Platz 48 der Billboard Hot 100 erreichte.
»Bye, Keith …, meet you in heaven, together with the other angels …«

»He had white horses
and ladies by the score,
all dressed in satin
and waiting by the door.
Ooh, what a lucky man he was.
Ooh, what a lucky man he was.«

Unter Fallschirmjägern

Heutzutage feiern die Abiturienten nach dem erfolgreichen Abi wochen- oder gar monatelang, reisen nach Malle und machen Party ohne Ende. Damals 1971 wurde nach bestandenem Abitur auch schon gerne die Nächte durch gefeiert, zur Disco-Musik durchgetanzt oder am Kanal gezeltet, dabei laut Jimi Hendrix oder The Doors auf der mitgebrachten Musikanlage abgespielt.

Aber Danny hatte in dem Jahr ziemliches Pech gehabt. Seine Schulkameraden konnten den Sommer über in Badehose oder Freizeit-Klamotten abfeiern. Zur gleichen Zeit musste sich Danny in kratziger Militäruniform – nur zwei Wochen nach dem Abi – unfreiwillig im Strammstehen üben. Das war mal eine ganz andere Art von Sommerlager für ihn. Sein ›Ausflug‹ zur Bundeswehr, als er dort seine Abenteuer als Kriegsdienstverweigerer unter Fallschirmjägern erlebte, der war leider eine reichlich freudlose Zeit. Und Musik kam so gut wie gar nicht vor. Höchstens mal beim Marschieren durchs Gelände, aber da brummelte er nur mürrisch vor sich hin, wenn er an seine missliche Situation dachte, fernab von seiner geliebten Freundin daheim:

> » ... *müde und zerschlagen,*
> *träum ich vor mich hin,*
> *keiner kann mir sagen,*
> *wann ich bei dir bin ...*«

Und dann das auch noch – viele Vorgesetzte bei der Bundeswehr waren richtige Schweine, besonders unter den Uffzen und Stuffzen, also Stabsunteroffiziere. Dannys Gruppe gehörte zur ›Haarnetzkompanie‹ in der Kaserne: alles Abiturienten, die Hälfte davon mit langen Haaren. So hatte auch er solch ein Oma-schickes Haarnetz, das sie einer Laune des damaligen Verteidigungsministers Helmut ›Schnauze‹ Schmidt zu verdanken hatten, dem dafür auch nicht zu unrecht der ›Orden wider des tierischen Ernsts‹ verliehen wurde. Trotzdem wurde bei der Elite-Einheit der Fallschirmjäger viel im Gelände ›gerödelt‹, also mit vollem Gepäck marschiert, dann ein wenig ›Krieg gespielt‹ und später abends das Zelt aufgebaut. Einmal gab's da wohl was zu feiern, deshalb sogar Lagerfeuer mit Schwenkbraten und Musik. Ein Versorgungswagen hatte den ›Jägern‹ nicht nur was zu Futtern auf die Waldlichtung gebracht, sondern auch die Gitarre vom Kameraden Burkhard Brot und Dannys Bongos. Witzigerweise machten dann gerade die beiden KDV‹ler die Musik am Feuer. Burkhard sang denn auch ganz frech und unbehelligt den *Wolf Bierman*-Song:

>*Soldat, Soldat, in grauer Norm,*
Soldat, Soldat, in Uniform,
Soldaten sehn sich alle gleich,
lebendig und als Leich …!«

Vielleicht auch deswegen hatten einige der kurzhaarigen Uffze und Stuffze die Langmähnigen auf dem Kieker. Besonders, da sie ja auch noch Abiturienten und teilweise KDV'ler waren und sowieso immer alles durchdiskutieren wollten. Danny war wegen seiner Knieverletzung mitunter ›marsch- und sportbefreit‹ und sollte deshalb als Innendienstler auch öfter mal ein Thema für den Gesellschaftskunde-Unterricht Freitagvormittags vorbereiten. Bei solch einer Stunde quatschte ihm ein besonders scharfer Macho-Stuffz dazwischen. Daraufhin sagte Danny zu ihm: »Wenn Sie was zu sagen haben, halten Sie hier doch selber mal einen Vortrag.« Der bekam eine ›rote Bombe‹ im Gesicht, hielt die Schnauze, aber Danny war in dessen innerem Kalender bereits zum Abschuss freigegeben. So geschah es ihm eines Morgens beim Durchzählen. Danny war da gerade die Nummer 17, als er die ›sieb‹ der 17 so laut rief, dass er selber darüber erschrocken war und eine leise zaghafte ›zehn‹ hinterher schickte. Das war die Gelegenheit für den rachsüchtigen Stuffz, Danny eins auszuwischen. Der bestellte Danny nach dem Durchzählen zu sich und verkündigte ihm großkotzig als ›Diszi‹ Wochenendarrest, weil er nicht laut genug durchgezählt hatte. Das könnte dem so passen, Danny das Wochenende zu vermasseln. Denn das Wochenende war jedem Soldaten heilig, war es doch die einzige Gelegenheit, in die Heimat zu fahren und seine Lieben zu besuchen. In Dannys Fall seine erste Liebe Nicole. Also beschwerte er sich bei seinem Hauptmann über diese Ungerechtigkeit. Nach seiner vorgebrachten Beschwerde sollte er draußen vor der Tür warten. Daraufhin wurde der Stuffz über Lautsprecher ausgerufen und musste beim Hauptmann antanzen. Danny saß vor dem Büro des Kompaniechefs und hörte einen äußerst erregten und lauten Wortwechsel durch die Wand. Dort drinnen wurde gerade sein Stuffz gefechtsmäßig zusammengefaltet. Danach verließ dieser, wieder mal mit einer

›roten Bombe‹ und völlig zerknirscht das Büro und ging wortlos an ihm vorbei. Danach wurde Danny wieder zum Hauptmann rein zitiert, der ihm weise seinen Kompromiss verkündete: »Jäger Kowalski, Sie schreiben einen Aufsatz ›über den Sinn und Zweck einer deutlichen Aussprache bei der Bundeswehr‹. Den geben Sie dann hier ab. Wenn Sie ihn fertig haben, dürfen Sie danach ins Wochenende fahren.« Danny freute sich über den fairen Kompaniechef: »Juhuu, das war ein Sieg der Vernunft.« Den Aufsatz schrieb er mit links, zumal er eh wieder mal marsch- und sportbefreit war, und fuhr dann frohen Mutes in sein geheiligtes Wochenende.

Und dann war da noch die Sache mit seiner Zeit als UvD, das bedeutete Unteroffizier vom Dienst. Jeder reihum musste mal den UvD machen, d.h. nachts den Portier seiner Kompanie mimen, also aufbleiben, im Eingangsbüro rumhängen und eventuell zu spät gekommene Soldaten in der Nacht reinlassen, und am nächsten Morgen alle Kameraden in der ganzen Kompanie um 06.00 Uhr wecken. Als Danny da mal als UvD dran war, hatte er sich was Besonderes zum Wecken einfallen lassen. Denn die einzige Musik in dieser Zeit, die er mal hören konnte, war die, die er auf seinem kleinen tragbaren Kassettenrekorder hören konnte. Und darauf hatte er die passende Hymne für Soldaten aufgenommen, nämlich ›*Spiel mir das Lied vom Tod*‹ von *Ennio Morricone*. Damit ging er in die einzelnen Stuben mit den schlafenden Kameraden, und drehte den Rekorder auf volle Lautstärke auf. Makaber, makaber, wenn dann der tief melancholische Einsatz der Mundharmonika am Anfang des Stückes durch die Stuben waberte, aber das hatten sie davon, die lieben Kameraden, spielten sie doch mit dem Tod, oder …?

Viel Rauch um Nichts

Dies ist die Geschichte von Dannys allererster LP aus den 1970er Jahren. Er hatte keinen eigenen Plattenspieler für LPs oder Singles. Sein älterer Bruder Gerry hatte in den 1960ern so ein kleines Abspielgerät für Singles. Und seine Eltern hatten einen Plattenwechsler für ihre klassischen LPs. Danny hatte ja schon sein großes Musik-Live-Abenteuer auf dem Isle-of-Wight-Festival gehabt, wo er in der Nacht vom 29.08. auf den 30.08.1970 Jim Morrison und die Doors erleben durfte. Ein großer Moment in seinem Leben. Und dort hatte er auch sein erstes Petting-Erlebnis mit einem englischen Mädchen auf diesem Festival, mitten unter 500.000 jungen friedlichen Menschen. Er hatte also großartige Erinnerungen an dieses Ereignis von Love and Peace. Seitdem liebte er die Doors, hatte aber immer noch keinen Plattenspieler. Trotzdem kaufte er sich dann 1975 seine allererste eigene LP in der Halterner Rock-Disco ›Old Daddy‹, wo er und seine Freunde abends von Datteln aus immer hinfuhren.

Es war ein Sampler von The Doors mit Jim Morrison, obwohl der damals schon tot war, nämlich *The Best of the Doors*. So spielte Danny zusammen mit seinem Freund Harry zu Hause, immer wenn seine Eltern ausgegangen waren, jeden Abend seine einzige eigene LP von den Doors. Sie waren beide begeisterte ›*Riders on the Storm*‹, sie rauchten und juxten und tranken und tanzten und machten sich gegenseitig das Licht aus bei ›*Light My Fire*‹, hatten wahrlich seltsame Tage (*Strange Days*), wenn sie den Durchbruch zur anderen Seite schafften (*Break On Through To The Other Side*), erfreuten sich auch ohne Whiskey über den Alabama Song (*Whiskey Bar*), liebten ihre Freundinnen wie verrückt (*Love Her Madly*), fanden die anderen Menschen seltsam (*People Are Strange*) und blieben doch beide die Männer im Hintergrund, the *Backdoor Man*. Das waren gute alte Zeiten ›On *Love Street*‹ …

Danny erinnerte sich aber auch gerne an The *Cream*, wenn sie ihr ›*White Room*‹ besangen, und wenn es – wie im Sommer – mal so richtig heiß war. Dann hielt man sich gerne mal in einem ›weißen Raum' auf.

Denn das kühlte so good ….

»Oh, Carlos Santana,« fuhr Danny fort, »wenn die ersten Takte deines Songs ›*Corazón Espinado*‹ von Live at Montreux 2011 erklingen, da kommt das Latin-Rockige, meine latein-amerikanische Seele aus mir raus. Ich mache klapp-klapp klapp-klapp-klapp klapp-klapp mit den Händen, stürze mich sofort an meine Kongas, bis mir der Schweiß nur so aus dem Körper trieft. Yeah, Mann, ich liebe dich, Santana, für deine Musik …«

An besonders viel Spaß jedoch erinnerte sich Danny, wenn er sich ›Viel Rauch um Nichts‹ mit ›Cheech & Chong‹ vorstellte. Immer wenn er ›*Low Rider*‹ von der Gruppe *The War* hörte, die musikalisch im Film ›Viel Rauch um Nichts‹ mit ›Cheech & Chong‹ mitwirkten, da kam Freude auf, wonnich …!?

Schon bei den ersten Takten der ›War‹-Mucke zog sich ein breites Grinsen über sein Gesicht, denn es war das Intro-Stück von ›Viel Rauch um Nichts‹. Da blieb kein Auge trocken. Als er den Film von 1975 zum ersten Mal sah, da war er einfach zum Wegschreien lustig. Aber auch heuer – über 40 Jahre später – konnte er sich nur Abkugeln vor Lachen …

Und dann gab es da mal so eine Zeit Mitte der 70er Jahre, da machte Danny mit seinem Freund Carlos in Datteln häufig spontane Musik-Sessions. Carlos mit seiner akustischen Gitarre, Danny auf seinen Bongos, und Freund Harry war auch oft dabei. Dann fuhren sie mit Dannys Käfer zum Kanal und legten los: laut und ungezügelt, was sie so konnten. Und weil sie ja so mehr oder weniger ›on the road‹ waren, wenn sie nachts unter einer Straßenlaterne Session machten, da kam auch immer mal gerne der ›Road Jack‹ in ihre Karre. Dann gröhlten sie, frei nach *Ray Charles:* »Hit The Road Jack! No more, no more, no more, no mmoooooorrrre, hit the road Jack!«

Wunderbaaa…!!!

Knebworth-Festival und Bob Marley

Was wurde eigentlich aus den Isle-of-Wight-Festivals? Nachdem es 1970 zum letzten Mal veranstaltet wurde, damals noch mit Jimi Hendrix, mit Jim Morrison und mit Carlos und Danny, dauerte es 32 Jahre lang, bis ab 2002 wieder Festivals auf der Isle of Wight stattfanden. Auf dem Festival 2007 spielte *Donovan,* den die beiden 1970 dort auch schon singen sahen. Oder die Rolling Stones, die Danny 1976 zusammen mit Achim auf dem Knebworth-Festival in England live erlebte …

Und dann entdeckte Danny 2016 dieses Plakat vom Lynyrd Skynyrd-Konzert 1976. Das hatte er noch nie gesehen, obwohl er das Festival dort, only 40 years ago, erlebt hatte. Achim und er wohnten damals bei den Leuten in den ›squatted houses‹, also besetzten Häusern, in London. Die Leute dort sagten: »Kommt doch mit, wir wollen Lynyrd Skynyrd und die Stones angucken.« Gesagt – getan …

Und in Knebworth 1976 hatten sie die *Rolling Stones* live gesehen, bei einem Konzert-Festival zusammen mit *Lynyrd Skynyrd, Hot Tuna* und *10 CC.*

Das war pure Zeitgeschichte für ihn. Er erinnerte sich noch gut daran: ein heißer Sommer-Nachmittag in England, der in den Abend überging, und sie mittenmang dabei. Dann stimmten *Lynyrd Skynyrd* ihren Klassiker ›Free Bird‹ an.

Danny lief auch vier Jahrzehnte später noch ne Gänsehaut den Rücken rauf und runter. Nicht nur, weil Free Bird von Lynyrd Skynyrd so ein schönes Lied war, sondern weil er in Knebworth 1976 dabei gewesen war. »Wahnsinn ... Gnade ...! Boah, und sie lagen da auch auf der Wiese, voll gedröhnt bis in die Hut-Spitzen, zusammen mit ein paar Londoner Freaks aus einem besetzten Haus, wo sie für eine ganze Woche umsonst untergekommen waren.«

Auch ›das‹ Album von *Bob Marley* war 2016 nun schon vierzig Jahre alt, das ihn mit ›Roots, Rock, Reggae‹ zum Durchbruch gebracht hatte. ›Rastaman Vibration‹ war ein Reggae-Album des jamaikanischen Musikers Bob Marley. Es wurde am 30. April 1976 herausgegeben. Rastaman Vibration gilt als jenes Album, welches Marley zum Weltstar machte.

Danny und seine Freunde in Datteln wurden in ihrer Musik-Szene alle rasch zu Reggae-Fans. Danny bekam seine erste Bob Marley-Platte von seinem Kumpel Sven, die Doppel-LP ›Babylon by Bus‹. Und viele von seinen Freunden reisten gleich in die Karibik, um dort Reggae live zu erleben. Mit seiner damaligen Freundin Tina verbrachte Danny 1978/79 während ihrer halbjährigen Amerika-Reise auch zwei Monate auf verschiedenen kleineren karibischen Inseln wie Nevis, St. Kitts, Dominica, St. Thomas, Saint Martin, Antigua und Barbados. Auf Nevis erlebten sie auch einmal ein Reggae-Live-Konzert mit dem Local Star *Bankie Banx*, dem ›Prince of Darkness‹.

Das Bob Marley-Album ›Rastaman Vibration‹ startete mit dem Stück ›Positive Vibration‹. Aber die größte Ehre war doch für Danny, Bob Marley einmal live erlebt zu haben, in der Dortmunder Westfalenhalle am 13.06.1980: »Yeah man, Get Up Stand Up.« Bevor Bob Marley dann noch nicht einmal ein Jahr später, im Mai 1981, in den Rasta-Himmel einfuhr. Als Danny ihn zusammen mit seiner Freundin Lydia und Freund Achim in Dortmund live erlebte, da war der Krebs schon in Bob Marley, ohne dass sie das wussten. Denn er hopste auf der Bühne rum wie ein junger Spund. Mit der letzten Zugabe ›Lively Up Yourself‹ verschwand er für immer aus ihrem Leben. Später, am 23. September 1980, gab er in Pittsburgh, USA, sein letztes Live-Konzert. Man hatte inzwischen den Krebs in ihm entdeckt, der als unheilbar galt. Er entschied sich für einen deutschen Arzt, der im bayerischen Rottach-Egern am Tegernsee eine Klinik für hoffnungslose Krebspatienten betrieb und Methoden anwandte, die von der Fachwelt überwiegend nicht anerkannt wurden. Aber Bob Marley war leider sowieso nicht mehr zu helfen. Er starb am 11. Mai 1981 mit nur 35 Jahren in Miami auf dem Weg in seine jamaikanische Heimat. Da war Danny knapp 30 Jahre und mit Lydia in Marokko unterwegs. Ein Berber aus Al Hoceima und totaler Bob Marley-Fan überbrachte ihnen dort die Nachricht von Bob Marleys Tod: »Schnief ...«

Rockpalast-Nächte im WDR III-TV

Die erste Rockpalast-Nacht im WDR III-TV fand in der Nacht vom 23. auf den 24. Juli 1977 statt. Das war das Ereignis des Jahres für Danny und die anderen jungen Leute im westdeutschen Raum, als im TV eine ganze Nacht Rock-Musik gesendet wurde. Das mit der Rockmusik im TV, das war damals eher nicht die Regel. Deshalb wurde schon Wochen vorher geplant, wer mit wem und vor allem wo dieses Ereignis zusammen vor der Glotze zelebriert werden sollte. Unzählige Jugend-Parties wurden zu diesem Anlass in ganz Deutschland gefeiert. Der Macher *Peter Rüchel* und sein Moderator, der sprachlich etwas unbeholfen wirkende *Albrecht Metzger* mit seinem schwäbischen Akzent, hatten ein erlesenes Feld für ihre erste Rocknacht zusammen gestellt. *Rory Gallagher* trat auf, der früher der Kopf der Rockband *Taste* war. Außerdem die Gruppe *Thunderbyrd* mit *Roger McGuinn*, in den 1960er und 1970er Jahren eine der einflussreichsten Persönlichkeiten der amerikanischen Folk-Rock-Szene. Bekannt wurde er vor allem als Gründungsmitglied und Frontmann der *Byrds*. Aber am meisten und nachhaltigsten hat Dannys Szene und auch ihn selbst bei dieser ersten Rockpalast-Nacht der Auftritt der Gruppe *Little Feat* beeindruckt.

Viele, die ein TV-Gerät mit nicht so guten Lautsprechern hatten, was damals eher normal war, peppten die Konzert-Party in ihrem Wohnzimmer damit auf, dass sie die HiFi-Anlage mit dem Radio-Empfang angestellt hatten. Denn gleichzeitig wurde dieses Rock-Event auch im WDR-II-Radio live gesendet.

Dann hieß es endlich: ›German Television Proudly Presents‹, (›Tschörmen Telewischen praudli presents‹: unvergessen), und die Konzerte von Rory Gallagher, Little Feat und Roger McGuinn's Thunderbyrd konnten gesehen und erlebt werden. Unzählige Flaschen Bier oder Wein und Joints oder Pfeifen kreisten in deutschen Wohnzimmern.

Die Rockband Little Feat wurde 1969 in Los Angeles von *Lowell George* gegründet. Sie spielte Rock›n Roll, Bluesrock und Westcoast. Lowell George hatte vorher bei *Frank Zappa* mitgespielt. Aber nachdem Zappa den Song *Willin‹* von Lowell George abgelehnt hatte, verließ dieser zusammen mit *Roy Estrada* die *Mothers of Invention*, um eine eigene Band zu gründen. Sie konnten *Bill Payne* und *Richard Hayward* zum Mitmachen überzeugen. Und dann gab es noch weitere tolle Hits von Little Feat, außer dem Stück ›Willin‹, gesungen von Lowell George 1977: ›*Dixie Chicken*‹, oder das sagenhafte ›*Oh Atlanta*‹. Wer von allem nicht genug bekommen hat, höre sich diese, die gesamte LP von Little Feat an: ›*Waiting for Colombus*‹ von 1978.

1977 gab es also die erste WDR-Rocknacht, der noch viele folgen sollten. Später kam zum Rockpalast-Team der sympathische Engländer und Frauen-Schwarm *Alan Bangs* hinzu, um den nicht so sehr beliebten Albrecht Metzger zu entlasten. Ein ganzes Jahrzehnt voller Rocknächte mit unvergesslichen Ereignissen wie die mit *The Who* und *Grateful Dead*, *The Police*, *Van Morrison*, der Reggae-Band *Black Uhuru* oder aus Nigeria *King Sunny Ade and his African Juju-Band* erfreute die deutsche Jugend in jener Zeit.

Danny erinnerte sich an eine Rockpalast-Nacht in der Dortmunder Westfalenhalle am 26.11.1980, als er zusammen mit Lydia, Eddie, Lutze und einigen anderen Dattelner Fans live das Doppel-Konzert der Blues-Rockgruppe *George Thorogood & the Destroyers* und der Rhythm‹ and Blues-Band *Albert Collins & the Icepickers* erlebte. Da wurde echt gute Mucke mit Thorogood geboten, dem amtlichen Bluesrocker in Gestalt eines Bühnentiers. Dafür aber viel zu wenig Zuschauer und leider als Moderator Albrecht Metzger, der auch gleich von einem Vollpfosten aus dem Publikum mit »Metzger, du alte Fotze!« begrüßt wurde. Das war überhaupt nicht nett und total daneben. Aber dass der gute Albrecht dann auf der Bühne ausflippte, das war absolut nicht souverän – so wie er halt war, und er zeterte ins Mikrophon: »Wie kannst du mich hier ›Fotze‹ nennen? Das geht gar nicht.«

»Ja, wie konnte er …!?« Albrecht Metzger machte sich nicht gerade beliebter mit seinem peinlichen Auftritt.

Und schließlich folgte dann 1986 die letzte Rocknacht, nachdem ab 1983 die Zuschauerzahlen immer rückläufiger waren. Denn durch die damalige Veränderung der Medienlandschaft hatten die jungen TV-Zuschauer plötzlich viel mehr Auswahl. Danny fand das schade, denn es war eine geile Zeit. Genau das meinte auch 2017 der ›alte Indianer‹ Peter Rüchel 40 Jahre nach der ersten Sendung, inzwischen 80-jährig und immer noch mit langen, inzwischen schnee-weißen Haaren.

Söppel im Zirkuszelt

Im Sommer 1979 stand wieder Vest-Rock an, ein Rock-Festival für den ganzen Kreis Recklinghausen, dem so genannten Vest Recklinghausen. So wie früher Anfang der 70er Jahre die Beat-Shows in der Recklinghäuser Vestlandhalle, an der Danny mit seinen Bands Charly Brown 1971 und Dattelner Kanal 1972 teilgenommen hatte. Bloß gab es 1979 Vorentscheidungen in den einzelnen Städten des Kreises Recklinghausen, also auch in Datteln. Da gab es die Vorauswahl unter vier heimischen Gruppen aus dem Ostvest, sprich Datteln und Waltrop, und der Sieger durfte an der Endausscheidung in der Recklinghäuser Vestlandhalle teilnehmen. Die Anmeldung für das Festival fand im Dattelner Rathaus statt. Auf dem Weg dorthin überlegten Carlos, Eddie und Danny, wie sie sich überhaupt nennen sollten. Die endgültige Namensfindung ihrer Musikgruppe kam aus dem hohen Norden: ›Söppel‹ ist der norwegische Begriff für ›Müll‹. So waren sie also *Söppel*. Der Name war auch Programm, allerdings politisch, da Stücke wie ›*Cadmium-Reggae*‹ oder die ›*Zentral-Mülldeponie*‹ zu ihren Hits gehörten.

Erst probten sie mal ein paar Stücke ein, wofür sie einen Kellerraum in der St.Josefs-Schule zur Verfügung gestellt bekamen. Das war genau das Gebäude, in dem Danny von 1958 bis 1963 in die Volksschule ging. Zu den drei Gründungsmitgliedern Carlos (Gitarre), Eddie (Gesang und Tamburine) und Danny (Trommeln und Ansage) kamen dann noch der Schlagzeuger Timmy und der Bassist Benny hinzu, so dass die Gruppe dadurch ein solides musikalisches Fundament erhielt. Für ein paar Performance-Nummern holten sie noch Sven und Eddies damalige Freundin, die gut aussehende dunkelbraunhaarige Thea, mit an Bord. Und Freund Achim auf der Querflöte und Sänger des Söppel-Liedes war natürlich auch mit von der Partie. Weil es sich in Datteln rum gesprochen hatte, dass da was Tolles im Proberaum zusammen wuchs, bereicherte schließlich noch der rothaarige Ecki mit den vielen Sommersprossen und mit seinem Saxophon die Gruppe. Er kam ein paar Tage vor dem

Festival zu ihnen: ein guter Musiker, der später als Jazz-Saxophonist sogar Berufsmusiker werden sollte. So hatten sie ordentlich musikalische Substanz in der neunköpfigen Combo: vier Sänger, eine Sängerin, Gitarre, Bass, Drum, zweimal Perkussion, Saxophon und Querflöte.

Dazu Sven: »Mir fallen nur die ätzenden Proben ein. Anfangs wollte keiner mehr auftreten, der Herzschlag zertrümmerte allen Mut. Nur die starke Freundschaft und der einigende Schwur, dies zu Ende zu bringen, brachte uns auf die Bühne. Der Alkohol trat auch helfend zur Seite.«

Der große Tag war Söppel's Auftritt im Zirkuszelt im Sommer 1979 auf dem Platz vor der Böckenheck-Schule im Dattelner Süden, genau dort, wo später das Dattelner Jugendzentrum errichtet werden sollte. Ein Zirkus gastierte in Datteln. Und in dessen riesigem Zelt durften die Musikgruppen auftreten.

Das Festival wurde eröffnet von den sanften Klängen der Gruppe ›Magic Acustik Duo‹.

Danach hämmerte direkt vor Söppel die Waltroper Heavy Metall-Band ›High Voltage‹ auf den Saiten, dass es nur so krachte. Die Gruppe bestach hauptsächlich durch Lautstärke.

»Und das soll der härteste Konkurrent von Söppel in dieser Vorentscheidung sein …?! Kaum zu glauben, gegen unsere Vielseitigkeit hatten sie eigentlich nur das Argument Lautstärke anzumelden,« dachte Danny damals. Glücklicherweise gab es ja dafür eine Zuschauerabstimmung. Und Fans hatten Söppel reichlich mit ins Zirkuszelt gebracht.

Sie waren auf jeden Fall gut drauf im Zirkuszelt. Ihr Auftritt begann mit dem Titel ›Ouvertüre‹.

Darauf folgte ›Tag Tripper‹, was Dannys deutsche Übersetzung von ›Day Tripper‹ der Beatles war. Aber da Danny nur für Ansagen zuständig war, übernahm der hellblonde Sven den Gesangsteil vom ›Tag Tripper‹: »Ich wäre so froh gewesen, nur einen Ton richtig zu treffen, Beatles sind eben anspruchsvoll.«

Dann der so genannte ›Türkenbomber‹, wobei Carlos den dadaistischen Text von Hugo Ball zur türkischen Haremsmusik total verfremdete: »Fuschka Toballoball Zicki Zitopp …!«

Danach folgte schon einer ihrer Höhepunkte, wenn nicht gar ihr Hit: der ›Cadmium-Reggae‹ mit seinem lokalpolitisch brisanten Thema. Das war ne harte Nummer, die von Danny per Erklärung eingeleitet wurde: »Und zwar ist dieses die Geschichte eines Mannes. Nennen wir ihn mal Herr Horst (*in*

Anlehnung an den damaligen Dattelner Bürgermeister Horst Niggemeier). Der wohnte in der Nähe des Zinkwerkes, was jede Menge Cadmium ausstößt. Er hat deshalb Knochenerweichung bekommen. Das hat er nun davon, der Herr Horst. Halb Datteln ist schon verseucht, die Grenze geht bis zum ›Ollie‹ *(ihre damalige Szene-Kneipe an der Castroper Straße im Dattelner Süden).* Und zur weiteren Erklärung dieses Stückes: Niggegeier, so heißt unser Kanarienvogel.«

Dann fiel der provozierende Refrain von Sven, Thea und Danny ein, aber mit fröhlicher Reggae-Musik untermalt:

> » ... *und der Minister,*
> *Eiter pisst er,*
> *und dem Niggegeier,*
> *dem strahl'n die Eier!*«

Auf einmal gab es mitten im Cadmium-Reggae: einen Stromausfall.

Der Fall war für Söppel klar: »Zensur! Wer so stark den Dattelner Bürgermeister verhohnepipelt und durch den Dreck zieht, und das auch noch bei einer Veranstaltung des Dattelner Jugendamtes, dem gehört einfach der ›Saft‹ abgedreht, oder ...!?«

Was tun? Erst buhten ihre Fans ob der Ungerechtigkeit, ihnen einfach mitten in der schönsten Fete den Strom abzustellen. Dann sangen und musizierten Söppel einfach weiter auf den Instrumenten, die nicht unbedingt verstärkt werden mussten. Timmys Drums, Dannys Kongas, Percussions und Tamburine, Achims Querflöte und Eckis Saxophon: da kam noch einiges zusammen, was an Musik erinnerte. Und die Fans grölten den Refrain mit:

> » ... *und der Minister,*
> *Eiter pisst er,*
> *und dem Niggegeier,*
> *dem strahl‹n die Eier!*«

Sven erinnerte sich: »Fast der Schluss, der Eklat, aber auch das noch nie Dagewesene. Und die Glorifizierung im Zelt.«

Und siehe da: irgendwann hatten sie wieder Strom. Und sie konnten mit der

Nummer fortfahren. »Et war wohl anscheinend tatsächlich nur watt Technisches ...?«

Und Söppel konnten dann auch mit ihren restlichen Titeln weiter machen: ›Wir sind die Nr.1‹ war eine Parodie auf die deutsche Volksmusik, das Söppels liebliches Paar ›Marianne & Michael‹ trällerte, also Thea und Carlos.

»Wir haben ja heute Abend hier einen Wettbewerb, weshalb wir jetzt ebenfalls einen kleinen musikalischen Wettstreit für euch vorbereitet haben«, begann Danny mit der Vorstellung als Moderator: »als Startnummer eins ›Bouree‹ von TheoFall.«

Dazu imitierte Achim, der sonst tatsächlich auf der Querflöte spielte, lustigerweise mit ›Luft-Querflöte‹ und nöligen nasalen Lauten den alten Ian Anderson-Hit von Jethro Tull: »Eh eh je, eh eh je, düdede dederä ...!«

Spontan hielten die anderen Söppel-Musiker Pappschilder mit Nummern drauf in die Höhe, die an die Platzziffern beim Eiskunstlauf erinnerten.

»Aha, 4,7 – 5,3 – 4,9: das üben wir aber noch mal ...«, war Dannys Moderatoren-Kommentar.

»Und jetzt kommt Honky Tonk Woman von den Strolling Bones.«

Das lief dann so ab, dass Timmy mit den langen blonden Spaghetti-Strähnen an den Drums und an der Kuhglocke und Benny am Bass den typischen Stones-Rhythmus vorlegten, der aber nach einigen Zeilen rasch ins akustische Nirwana des Zirkuszeltes abdriftete.

»3,8 – 4,2 – 5,1, na ja, das war wohl noch nix ...«, hieß Dannys lakonischer Moderatoren-Blick auf die Platzziffern.

»Und jetzt ›Wir sind die Nr.1‹, der Erfolgshit von Marianne und Michael. Ob der Titel dieses Stückes hier symbolisch für die Nr. 1 von Söppel heute Abend sein mag?« war Dannys demagogische Frage ans Publikum.

Dann legten Thea und Carlos in bester Schlager-Performance los:

>»Wir sind die Nr. 1,
>Ich – Du – Er – Sie – Es – Wir,
>sind die Nr. 1,
>heute Abend hier ...!«

Das gab natürlich hohe Platzziffern: 5,7 – 6,1 – 4,8 zeigten die Schilder.

»Damit sind Marianne und Michael eindeutig hier und heute Abend die Nummer Eins ...!«, war Dannys erfreutes Fazit.

Es folgte mit dem Söppellied noch eine politische Nummer. Danny erklärte dem Publikum einleitend ihren Gruppennamen: »Söppel heißt Müll und hat mit all dem zu tun: Müllabfuhr, Gerd Müller oder Mülldeponie.«

Danach sang Achim mit nasaler Stimme erst von der ›Zentral-Mülldeponie‹ und schrie sich dann die Stimme aus dem Leib: » ... und dann gibt es hier eine Atom-Mülldeponie ....!!!«.

Sie waren ja auch alle dementsprechend fantasievoll verkleidet: Ecki hatte schlicht eine durchsichtige Plastiktüte über den Kopf gezogen, Danny in dunkelblauer Latzhose als Müllmann, Carlos mit weißer Gipsmaske vor dem Gesicht und Eddie in Frauenkleidern.

Als letztes Stück brachten sie den ›Sabbelbamba‹, ihr einziges Instrumentalstück, eben ein Samba, wobei alle Musiker sich zum Abschluss noch mal richtig austoben konnten.

Nach dem Ende des Auftritts versicherte ihnen der Zirkusdirektor, der sich das muntere Treiben der jungen Menschen interessiert angeschaut hatte: »Zu mir könnt ihr jedes Jahr wieder kommen, mit eurer Show ...!« Ein besonderes Lob für Söppel aus berufenem Munde eines Fachmannes fürs Show-Business.

Schließlich hätte *Söppel* eigentlich den Sieg vor ›*High Voltage*‹, der Heavy Metall-Band aus Waltrop, verdient gehabt. Aber leider hatten zwei ihrer Fans immer noch ihre Stimmzettel in der Tasche, als sie sich hinterher alle beim ›Ollie‹ trafen, um den zweiten Platz vor der Gruppe ›*Satelit*‹ zu feiern. Mit den zusätzlichen Stimmen der beiden Fans wäre Söppel Erster geworden, genauso wie das Lied aus ihrem Programm:

> »*Ich – Du – Er – Sie – Es – Wir,*
> *sind die Nummer eins heute Abend hier ...!*«

Nach diesem legendären Auftritt im Zirkuszelt am 05.07.1979 schrieb Söppel mit drei weiteren Auftritten Geschichte. Vor 500 Rockfans traten sie Ende Juli 1979 in der Stadthalle Waltrop zum Abschluss der Ferienspaßaktion auf. Sven resümierte: »Ich fand den Auftritt in Waltrop geschichtsträchtig, vor allem die einleitende Jam Session.«

In Castrop-Rauxel bei einem Schulfest Ende August 1979 lieferten sie den absolut schlechtesten Auftritt. Der fand open-air auf dem Schulhof und mitten am helllichten Nachmittag statt. Freund Harry durfte dabei mitspielen, ihr einziger mitgereister Fan.

Der letzte Söppel-Auftritt wurde im ToT-Heim St. Josef in Datteln-Hagem vor heimischen Fans zelebriert, als die Band am 25. September 1979 vor etwa 80 Leuten in recht familiärer Atmosphäre aufspielte.

Kurze Zeit später brach Söppel völlig auseinander, weil die beiden treibendsten Kräfte aus Datteln weggingen. Gitarrist Carlos zog wegen seiner Krankenpfleger-Ausbildung nach Lengerich. Danny ging wegen seiner Arbeit als Leiter des Jugendzentrums Hohenlimburg nach Hagen. Schade drum: Söppel hätte als Gruppe mit ihrem Potential eine echte Kult-Band im Ruhrgebiet werden können.

III. Herbst ist Erntezeit

Nach den flirrenden Sommermonaten mit den heißen Sommerhits und rauschenden Festivals folgte der Herbst. Die Tage wurden kürzer, und die Erntezeit begann. Dazu hatte *Neil Young* 1972 ein passendes Album herausgebracht: ›*Harvest*‹, sein viertes und zugleich erfolgreichstes Soloalbum. Es war damals das meistverkaufte Album in den USA. Sowohl in den dortigen Billboard 200 als auch in den englischen und kanadischen Charts eroberte es Platz 1:

> *»I wanna live, I wanna give*
> *I‹ve been a miner for a heart of gold*
> *It's these expressions I never give*
> *That keep me searching for a heart of gold*
> *And I'm getting old«*****

Es kommt, wie es kommt

Der allererste Hit von *Eric Burdon & The Animals*, den Danny bewusst wahr genommen hatte, als er 1968 raus kam, das war ›*Ring of Fire*‹, über Radio damals. Aber vorher hatte er auch schon den einen oder anderen Beat-Hit mitbekommen. »Es kommt, wie es kommt,« hieß damals das Motto in der Love-Generation. Meinten jedenfalls auch *The* Marmalade mit ihrem Hit ›*Ob-La-Di, Ob-La-Da*‹ im Jahre 1969.

Dabei war ›Ob-La-Di, Ob-La-Da‹ eigentlich ein Lied der *Beatles* und bedeutete sinngemäß: ›Es kommt, wie es kommt'. Es wurde im Juli 1968 aufgenommen und am 22. November desselben Jahres auf dem so genannten Weißen Album veröffentlicht. Geschrieben hat den Titel *Paul McCartney*.

---

* *Heart of Gold ist ein Lied von Neil Young aus seinem Album Harvest (1972) und der einzige Nummer-eins-Hit in seiner langen Musikerkarriere. (https://youtu.be/pO8kTRv4l3o)*

The Marmalade war eine britische Popgruppe, die zwischen 1968 und 1976 insgesamt acht Top 10 Hits in den englischen Single Charts hatte. Aufgrund ihrer Berühmtheit wurde ein Cocktail nach ihr benannt, der »Marmaladdie«. Ihr größter Hit war ebendiese Coverversion des Songs ›Ob-La-Di, Ob-La-Da‹ von den Beatles, den die Gruppe in orangefarbenen Anzügen aufführte. Damit erreichte sie Anfang 1969 die Nummer 1 in den britischen Charts.

Das war schon eine merkwürdige Zeit Ende der 60er Jahre, als sich öfters ein Titel gleichzeitig – von zwei verschiedenen Bands gesungen – in den Charts wiederfand, wie auch der Hit *Bend me shape me* von den *Amen Corner*. Diese Band wurde 1966 von sieben Schulfreunden in ihrer walisischen Heimatstadt Cardiff gegründet. Der Durchbruch gelang 1968 mit einer eigenen und anders aufgebauten Version des Liedes *Bend Me, Shape Me*. Gleichzeitig hörte man im Radio ›Bend me shape me‹ von der amerikanischen Band *The American Breed*, ebenfalls von 1968.

Erst ein paar Jahre später sollte Danny Eric Burdon richtig lieben lernen. Kurz nach seinem Einstieg in die Dattelner ›Underground-Szene‹ durch Matthes ab Oktober 1971 besuchte Danny regelmäßig die ›Kellerklause‹ unterhalb des Kolpinghauses. Dort hörten sie ›San Franciscan Nights‹ von Eric Burdon, Jim Morrison mit seinen Doors, Jimi Hendrix und The Who. Und alle diejenigen trafen sich, die von unten aus dem Keller von oben herab auf die schlichten Disco-Besucher im ›Western Saloon‹ blickten, die noch immer Dave Dee, Dozy, Beaky, Mick & Tich oder ähnliche Beatgruppen liebten.

›San Franciscan Nights‹ war einer von Dannys Alltime-Hits. Er hatte da so eine Musik-Cassette von 1967, die begann mit San Franciscan Nights von Eric Burdon and the Animals. Immer wenn er die in seinem Auto-Radio-Recorder einlegte, kam sofort gute Laune auf. Sie erinnerte ihn an eine tolle Zeit 1971/72 in Datteln, wo er – endlich weg von der Bundeswehr – seinen Zivilen Ersatzdienst leistete. Und dann auch noch die super Musik dort in dem Szene-Club, die Keller-Klause in der Kolpingstraße. Immer wenn Danny rein kam, legte der Ledschel, der Inhaber, diese Scheibe auf, ›San Franciscan Nights‹ von Eric Burdon's Animals: wunderbaaa …

Mandarinen-Träume eines Sturmreiters

Das *Doors*-Stück ›*Riders on the storm*‹ eignete sich vorzüglich für einen ›Ritt›, alleine im Auto ….: bei absolut schlechtem Wetter – so wie oft im Spätherbst –, peitschendem Regen, stürmischen Böen, fieser Nass-Kälte draußen, aber drinnen in der Kiste war es warm, very warmly, because of your car-heatrance. Danny fuhr durch die Nacht, die Musik-Anlage voll aufgedreht. Aber Jimmy Morrison war bei ihm, er ritt mit ihm durch die Nacht, mit ihm bestand er jeden Sturm ….

… und erreichte angewärmt von Doors-Musik das Haus seines Freundes Harry. Dort trafen sich öfters abends seine Freunde in der vom Ofen gewärmten Bude. Die Anlage wurde angeschmissen und eine LP nach der anderen aufgelegt.

Im englischen heißen die Mandarinen ›Tangerine‹. Da konnten Danny und seine Freunde auch schon mal Mandarinen-Träume haben, wenn es um die Gruppe *Tangerine Dream* ging, oder …!? Was sonst konnten die jungen Menschen an kalten zugigen Herbst- und Winterabenden Anno 1975 schon in der westfälischen Provinz machen, als Musikhören oder selber Musik machen? Oder gar ab und zu mal als Höhepunkt, zu einem Rock-Konzert fahren. Jedenfalls drängten sie sich mit gleichgesinnten Freaks um einen warmen Ofen. Dort tranken und rauchten und lümmelten sie sich, um ihre geheimnisvolle mystische Musik zu hören. Freund Harry erzählte seinen langhaarigen Gästen von einem merkwürdigen Ereignis beim Zelten im Wald. Denn er und Danny hatten im letzten Sommer zusammen mit zwei Freunden ihre ganz eigene ›Tangerine Dream-Nummer‹ mit ›Zeit‹ erlebt, und zwar aus Dannys kleinem schwenkbaren mobilen Kassetten-Recorder. Darüber berichtete Harry verträumt: »*Nachdem wir längere Zeit ins Feuer gestarrt und die zuckenden Flammen uns beruhigt hatten, stand Danny auf. Vom Kassetten-Recorder kam gerade die Musik von Tangerine Dream, meditativ schwoll das Brausen von ›Zeit‹ durch das Feuer in die Schwärze der Nacht hinaus, die Baumwipfel schaukelten leicht der Wind. In Matthes‹ Augen, der mir gegenüber saß, brachen sich die Flammen des Feuers, und vom Dunkelbraun seiner Iris wurden winzig kleine Blitze in die uns einschließende Dunkelheit geschossen. Andy lächelte sein Lächeln. Danny führte mit dem Kassetten-Recorder in der Hand gleichmäßige Bewegungen wie ein Schnitter* aus, die Musik wurde lauter und leiser, ein Mono-Rekorder auf dem Stereo-Trip. Ich seufzte und verlor mich irgendwo …«

Einer der anderen Freunde, der langmähnige Achim meinte begeistert dazu: »Hört mal, Jungs, die Tangerine Dream, die spielen übrigens morgen Abend in Düsseldorf. Sollen wir da nicht mal hin?« Gefragt – getan, am nächsten Abend ging es für Danny und seine Freunde auf zur Düsseldorfer Phillips-Halle, um die Gruppe Tangerine Dream live zu erleben. Da saßen sie auf der Bühne, die drei Musiker, vor ihren drei riesigen Musikmaschinen von Moog, die jeweils groß wie ein Haus waren.

Das war ein skurriles Konzert: psychedelische Rock-Musik, wenn sie die Augen schlossen. Alle saßen in ihren Sitzen und staunten die drei Typen hinter ihren Moog-Synthis an, hohen Kästen bis unter die Bühnedecke. Und diese Musik-Typen saßen ungewöhnlicherweise auch noch mit dem Rücken zum Publikum. Danny und seine Freunde hatten aber das Glück, in einer Sitzreihe mit viel Beinfreiheit gelandet zu sein, da direkt an einem Querdurchgang. Deshalb konnten sie auch aufstehen und tanzen. Das war geil, eine Mucke wie auf nem LSD-Trip, wenn sie die Augen geschlossen hielten. Ja, dann wähnten sie sich mitten im akustischen Universum eines Rock-Konzertes. Sobald sie die Augen aufmachten, war es wieder ernüchternd. Die drei Herren Musiker saßen oben auf der Bühne an ihren ›Häusern' und bewegten nur ihre flinken Fingerchen. Das Publikum saß stumm dabei: unglaublich, aber wahr …!

Southern Rock

Andere junge Leute erfreuten sich Mitte der 1970er Jahre an den teilweise obskuren Musikstilen von *ABBA, Boney M., Village People, Sweet, Kiss* oder gar *Gary Glitter*. Aber Danny und seine Freunde in ihrer Dattelner Szene verbrachten in jener Zeit eine merkwürdige Phase mit einer Vorliebe für Southern Rock. Gruppen wie *Marshall Tucker Band, Lynyrd Skynyrd* oder die *Allman Brothers* zelebrierten ihren Hillbilly-Rock aus den Bergen der US-amerikanische Südstaaten.

Über das Lynyrd Skynyrd-Abenteuer in Knebworth 1976 mit Achim hatte Danny ja schon einige Kapitel vorher bei den Sommer-Festivals berichtet.

Aber der ›*Southern Man*‹ von *Neil Young* hatte angeblich Lynyrd Skynyrd auf die Palme gebracht. Und warum das? Guckstu hier: der kanadische Sänger Neil Young sang sein Lied vom ›Southern Man‹, das er 1970 auf der *LP ›After the Goldrush‹* veröffentlichte. Darin äußerte er sich in ziemlich deutlichen Worten zur Situation der Schwarzen, dabei Bilder aus der Vergangenheit aufgreifend wie zum Beispiel die brennenden Kreuze, das Symbol des Ku Klux Klans:

> *›Southern man, better keep your head,*
> *Don't forget what your good book said.*
> *Southern change gonna come at last,*
> *now your crosses are burning fast,*
> *Southern man‹.*

Also übersetzt:

> *›Südstaatler, bewahr mal die Ruhe,*
> *vergiss nicht, was deine Bibel dir sagt.*
> *Die Veränderung im Süden wird schlussendlich kommen,*
> *nun wo deine Kreuze schnell verbrennen,*
> *Südstaatler‹.*

Im Jahr 1974 kam dann die musikalische Reaktion. Sie kam von der aus dem Norden Floridas stammenden Südstaatenband *Lynyrd Skynyrd*. ›Sweet Home Alabama‹ hieß der Song, in dem Neil Young zur persona non grata in den Süstaaten erklärt wurde:

> *›Well I heard mister Young sing about her*
> *Well, I heard ole Neil put her down*
> *Well, I hope Neil Young will remember*
> *A Southern man don't need him around anyhow‹*

Übersetzt:

> *›Ich habe Mister Young über sie (Südstaaten) singen hören,*
> *ich habe gehört, wie der alte Neil sie runtergemacht hat.*

Ich hoffe, dass Neil Young nicht vergisst,
dass er in den Südstaaten gar nicht erst aufzutauchen braucht.‹

Rückblickend wurde allerdings nie ganz klar, wie ernst die ganze Geschichte gemeint war. Es hieß, Lynyrd Skynyrd und Neil Young hätten sich gegenseitig musikalisch respektiert. *Ronnie van Zant*, der Leadsänger von Lynyrd Skynyrd, äußerte sich einmal in einem Interview folgendermaßen: »We wrote Alabama as a joke. We didn't even think about it – the words just came out that way. We just laughed like hell, and said ›Aint that funny‹. We love Neil Young, we love his music.« Ronnie van Zant lief sogar oft im Neil-Young-T-Shirt durch die Gegend. Ironie oder ernst gemeint?

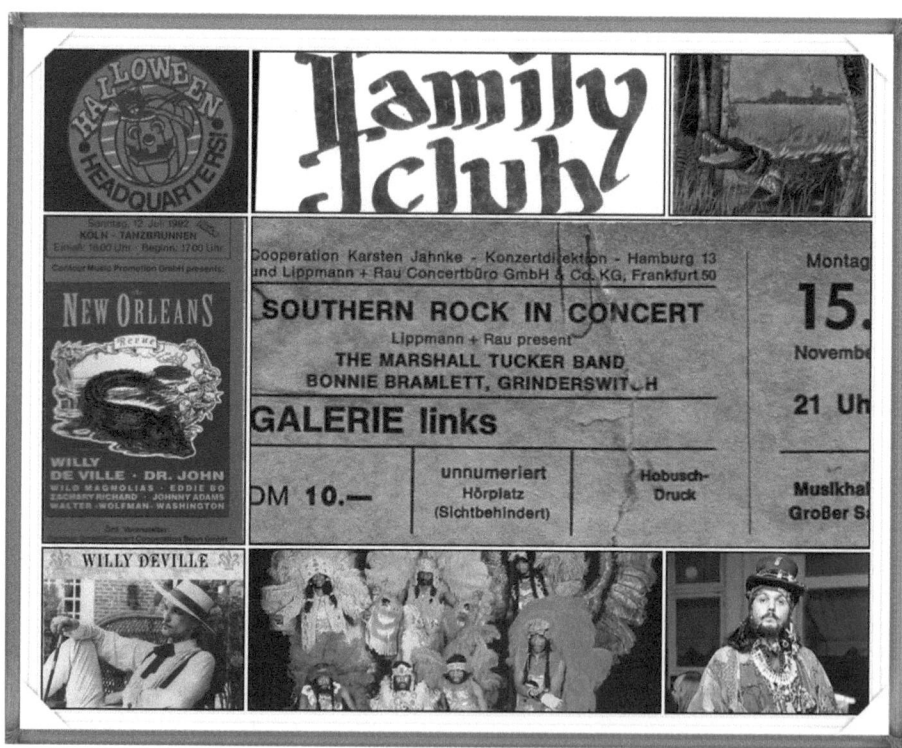

Und dann kam die *Marshall Tucker Band* in die Hamburger Musikhalle. Wahnsinn …!

Deshalb trampten Danny und Carlos 1977 nach Hamburg, um sich dort mit ihren drei anderen Dattelner Freunden Harry, Eddie und Achim zu treffen. Gemeinsam erlebten sie das Konzert der Marshall Tucker Band in der ehrwürdigen Hamburger Musikhalle am 15.11.1977. Das war echt ein toller Gig. Denn die schweren Jungens aus den Südstaaten heizten ihnen gut ein. Die bärigen MTB-Musiker aus den Bergen von Carolina um die Brüder *Toy* und *Tommy Caldwell* legten gut los. Aber sie waren da nicht die einzigen.

In der zweiten Halbzeit öffneten die Ordner die Galerie oben, so dass die Freunde runter in den Hauptsaal kommen konnten, um dort zu tanzen. Sie waren auf Grund ihrer Marihuana-Dröhnung gut drauf, kamen deshalb mutig von der Galerie runter und mischten sich im Gang vor der Bühne unter eine Horde Rocker mit langen Haaren, Bärten und Kutten. Die waren offensichtlich genauso gut drauf. Einer von diesen ›bärigen' Gestalten schrie nach einem Stück zu den Musikern hoch auf die Bühne: »Los! ›Can't you see‹ noch mal, aber schneller und lauter!!!« Damit hatte er die Lacher auf seiner Seite. Geil, was …!?

>»Can't you see (oh, she's such a crazy lady), can't you see*
>*What that woman, she been doin‹ to me*
>*Can't you see (Lord, I can't stand), can't you see*
>*What that woman, she been doin‹ to me«*

Und die Freunde rauchten und tanzten und kotzten sich dazu in Ekstase. Danny hatte nämlich bei dem Konzert ›Demasiado Corazon‹, wie *Willy de Ville* dazu passender Weise singen würde, also ›zu viel Herz‹. Sein Kreislauf machte nicht mehr mit, er musste kotzen, rannte raus, aber schaffte es nicht mehr bis zu den Toiletten, sondern kotze an einem Flurende gegen ein dort hängendes Heizungsgerippe. Was für ein super Abgang …!? Trotzdem warteten die Freunde hinterher noch am Band-Bus auf die Marshall Tucker-Bären und klopften ihnen euphorisch auf die Schultern. Darauf meinte einer von denen zum Pimpf Danny: »Hey guy, you must grow up, you bloody cock, hahaha …!«

Maracatu und Vogelfrei

Vogelfrei war das Produkt von Pedro Fisch und Danny Kowalski. Durch den Posaunisten Nobse Rüther, der damals Honorarkraft im Jugendzentrum Hohenlimburg war, kamen Pedro und Danny Ende 1979 musikalisch zusammen. Und es war nach zehn Minuten gemeinsamen Musizierens Freundschaft auf den ersten Blick, sowohl musikalisch als auch persönlich. Die Freundschaft hielt auch noch bis ins neue Jahrtausend an, obwohl nach dem letzten Auftritt von Vogelfrei am 17.01.1987 die Gruppe auseinander fiel. Denn Pedro zog ins Münsterland, wo er auch heute noch in vielen musikalischen Projekten mit seinem Saxophon weiterwirkt.

Anfangs trafen sie sich regelmäßig im Partykeller ihres ersten Drummers Chris in Hagen-Dahl. Dann fanden sie im Luftschutzkeller des Schutzengelkinderheims, der damalige Arbeitsstelle von Pedro, einen idealen Übungsraum. Der verschluckte mit einem halben Meter dicken Mauern jedwedigen musikalischen Krach. Den renovierten sie, indem sie erst mal eimerweise alten Staub zusammenkehrten und raus trugen. Dabei roch es dort durch die staubgeschwängerte Luft wie beim Steinkohle-Abbau. Fertig gestellt hatten sie ihr Übungsdomizil: vogelfrei im musikalischen Urwald.

Vogelfrei war eine Gruppe von wechselnden Musikern, die Jazz, Latin-Jazz, Freejazz, Polit-Rock und African Music machten. Ihr erster Auftritt war am 15.05.1982 im Hagener Haus Waldfrieden. Fast immer spielten sie ohne Gage, zumal sie meistens bei Solidaritätsveranstaltungen auftraten, oder just for fun. So war der wöchentliche gemeinsame musikalische Übungsabend über sieben Jahre lang auch der Antrieb für ihre Schaffensfreude, sozusagen: der Weg ist das Ziel.

Ihr bester Musiker war Max Borg, der Vogelfrei einige Jahre als sein musikalisches Experimentierfeld nutzte. Mit ihm hatten sie die meisten Auftritte, und er brachte sie alle musikalisch vorwärts.

Zu speziellen Auftritten machten sie auch spezielle Musikstücke, wie bei einem Auftritt am 21.05.1983 im JZ Buschey, wo der Verein für alkoholfreie Begegnung im Rahmen einer Aktionskampagne Veranstalter war. Da vertonten sie das Charles Bukowski-Gedicht » ...*Ameisen krabbeln mir über meine trunkenen Arme*« sehr eindrucksvoll, mit einem schrägen Cello untermalt.

Diesen Auftritt ›Live im Jugendzentrum Buschey am 11.05.1983‹ gab es auch als unveröffentlichtes Tape: »Helmut zuckt noch – Ave Maria Stella – African Market Place – May Dance – Noch‹n Standard – Kurze Erläuterung zum Pusteblume-Lied – Pusteblume, oder auch ›Ameisen‹, nach Charles Bukowski – Lonely Woman – Rif Raf – Kein schöner Land – Sucht und Ordnung«

Ihr Hit war ›*Helmut zuckt noch*‹, ein politisch-musikalisches Happening, noch zu Zeiten von Helmut Schmidt vor der Wende 1982 entstanden, als Helmut Schmidt gerade einen Herzschrittmacher bekommen hatte. Aber auch der neue Helmut, nämlich Kohl, konnte nach der politischen Wende 1982 von Vogelfrei mit leicht verändertem Text per ›Helmut zuckt noch‹ durch den Kakao gezogen werden.

In den letzten Jahren ohne den Max, und zwar von 1984 bis 1987, konzentrierten sie ihre musikalischen Ergüsse hauptsächlich auf Latin-Jazz, wobei es mit teilweise bis zu vier Bläsern gut nach vorne abging, wie beim Auftritt am 06.02.1984 im Info-Zentrum Hagen-Volkspark.

Aber als dann Pedro nach dem letzten Auftritt am 17.01.1987 in der Pelmkeschule ins Münsterland verzog, verlor Vogelfrei damit die Seele der Gruppe, denn die drei Übriggebliebenen: Bassist, Drummer und Percussionist, die Rhythmussektion, übten nur noch einmal zusammen. Sie waren geradezu nur das Herz von Vogelfrei gewesen, das noch schlug, aber ohne Saxophon entseelt war.

Pedro spielte später nach Vogelfrei auch noch bei der Wuppertaler Latin-Gruppe *Maracatu*. Immer bei schlechtem herbst-grauen Wetter umtrieb die Menschen natürlicherweise eine verständliche Sehnsucht nach Wärme und tropischer Lebensart. Da kam Brasilien gerade recht. Dort war Sommer, wenn hier Winter herrschte. Dort war nicht nur der Fußball zu Hause, dort hatte es auch Musik, wie den Maracatu, ein brasilianischer Musikstil aus Pernambuco. Er geht auf traditionelle afrikanische Musikstile zurück und fand durch die afrobrasilianischen Sklaven Verbreitung. Durch diese Tradition ist er auch mit der Samba verwandt, die ebenfalls ein brasilianischer Volkstanz mit afrikanischen Wurzeln ist. Besonders in den Städten Recife und Olinda, im Herzen des Bundesstaates Pernambuco, entwickelte sich der Maracatu. Er ist eng mit dem Karneval verknüpft, ein Beispiel hierfür ist der Tanz Bumba-meu-boi im Landesinneren Pernambucos. In jener Zeit war den Sklaven erlaubt, ihre Traditionen und Religion öffentlich zu leben, dort wurde eine Krönungszeremonie ihres Königs und der Königin zelebriert.

Dannys Punk- und New Wave-Zeit

Von den ›Großvätern des Punks‹, *The Clash,* erschien mit ›*London Calling*‹ ihr im Dezember 1979 drittes Album.

Dannys eigene Punk-Zeit war Anfang der 1980er Jahre, als er mit den Punks in den Punk-Kellern Pogo hopste, in der Hagener Wave-Disco Hype abtanzte und live Punk-Musik hörte, wie *KFC* und *No Names.*

Es waren die Zeiten Ende der 70er/Anfang der 80er Jahre, als der Punk als Lebensstil mit schneller harter und einfacher Musik und entsprechender Lebensform von England nach Deutschland rüberschwappte. Als sich Sicherheitsnadeln durch die Ohrläppchen oder die Backen zu stechen, noch als eine der leichteren Übungen galt. Von solcherart Aktivitäten hatte Danny allerdings Abstand gehalten. Stattdessen entwickelte er damals diesen Zyklus von ›blasphemischen Geschichten‹ mit aggressivem Atheismus. Dieser Zyklus von praktizierender Gotteslästerung war autobiographisch, hart, aber gerecht. Er war ein Spross seines Vaters, dem die praktizierende Blasphemie ein traditionelles Anliegen war, und seiner Mutter, einer Krypto-Christin inmitten einer heidnisch-germanischen Familie. Somit wurde ihm der Start ins Leben ohne den Ballast von religiösen Ideologien sehr leicht gemacht.

In dieser Situation schlug sich sein erster Akt von aggressiver Blasphemie nieder. Blasphemie kommt aus dem Griechischen und bedeutet Gotteslästerung, Läster- und Schmährede.

»Punktueller Punk …
… als Denkmäler aggressiv zensiert wurden, die es verdienten, gestürzt zu werden, weil sie vergangene Nazi-Schreckensherrschaften verherrlichten …
… als der Leib Christi endlich vom vermodernden Holzkreuze abgenommen wurde für diejenigen, die nach diesem hölzernen Manna dürsteten und hungerten. Welch wundervolle Speisung für die westfälischen Holzwürmer …
… als die Statue des Unheil verkündenden Apostels endlich von seinem Sockel gestürzt wurde, weil er genug gelogen hatte. Und weil sich die christliche Symbolik mit autoritärem Steinbrockengehabe und menschen-schindenden Inquisitions-Riten als verderblicher Anachronismus erwiesen hatte …
… damit hatte die Apokalypse der Blasphemie und des aggressiven Atheismus ihre endliche Sinnerfüllung gefunden. Das Jammertal auf dieser Erde

*konnte jeder religiösen Symbolik beraubt werden und als das angesehen
werden, was es war: die ungerechte Wirklichkeit der Unterdrückten, die gegen
ihre Peiniger ankämpften und sie nicht mehr länger anbeten wollten ...«*

»Whow, whow, whow: what a strong tobacco ...!?!«

Jop, so war‹n die Zeiten dammals: »hart, abba gerecht!«

Da haute Danny auch schon mal auf die Pauke, wenn er sich ungerecht behandelt fühlte, entweder von seiner Freundin Kirsten oder sonst wem. Dann knallte er ne Punk-Kassette in das Tape-Deck und stellte seinen Receiver auf volle Lotte, dass das Dach weg flog ...! Damit konnte er super Aggressionen abbauen.

Oder in den Punk-Discos, wenn man dazu überhaupt Disco sagen sollte? Denn das waren eher schmucklose Kellerräume ohne Deko und ohne jeglichen Tamtam, was ein Hippie sonst so liebte. Da wurde grader schnörkelloser Punk a la Clash oder Sex Pistols gespielt: Hauptsache laut. Ja, das konnte sich Danny heute kaum noch vorstellen. Da tanzte er in seiner alten schwatten abgewetzten Kunstlederjacke von Onkel Heiner mit den jungen Punkies Pogo, dass es nur so krachte in den Gelenken. Spätestens dabei kam er sich dann mit seinem gesichts-bedeckenden Vollbart etwas fehl am Platze vor. Na ja, schließlich hatte er sich den dann ja auch nach 15 Jahren Vollbart 1986 endlich abrasiert. Glatt rasiert erkannten ihn erst weder Freunde noch Bekannte wieder, aber er blieb bis heute bartlos und rasiert dabei: Punk hin oder her.

Passend zur politischen Eiszeit und dem aufkommenden Chauvinismus im Jahr 2016 war diese Clash-Hymne ›London Calling‹ auch gleichzeitig Dannys politische ›Sendung‹ an die nationalistische Endzeitstimmung nach Brexit in England und Trump-Wahl in den USA.

> *»London calling to the faraway towns*
> *Now war is declared, and battle come down*
> *London calling to the underworld*
> *Come out of the cupboard, you boys and girls*
> *London calling, now don't look to us...*
> *The ice age is coming, the sun is zooming in*
> *Meltdown expected, the wheat is growin‹ thin*

Engines stop running, but I have no fear
›Cause London is drowning, and I, I live by the river...«

Der Melody Maker aus Großbritannien: »Dass das nicht so verzweifelt oder deprimiert rüberkommt wie das vorherige Album, liegt grundsätzlich an zwei Dingen. *The Clash* haben Amerika entdeckt und dadurch auch sich selbst. Die übliche Kritik an Doppel-Alben könnte man hier anbringen, und, da es einige Schwachstellen gibt, auch zu Recht. Aber das würde am Thema vorbeigehen: ›*London Calling*‹ zeigt The Clash in voller, kämpferischer Kontrolle über alles, was sie einmal so klasse gemacht hat. Es ist unendlich viel besser geworden, als wir jemals erwartet hätten.«

Während der ›Vogelfreien‹ Zeit in den 80er Jahren wurden Pedro und Danny auch schon mal von anderen befreundeten Gruppen als Gastmusiker eingeladen, wie bei dem Projekt *Mazo Mazo* in Menden. Der Name Mazo Mazo war ein Fantasieprodukt und entstand in einer Zeit des New Waves, als Gruppen wie *Duran Duran* durch die verdoppelte Namensgebung mehr Aufmerksamkeit wünschten. Als Nachfolgeband von *Rostfrei* existierte Mazo Mazo nur zwei Jahre lang, von 1982 bis 1984. An Veröffentlichungen gab es damals das Mazo Mazo-Demo-Tape von 1983 mit den beiden Stücken ›*TV-Fieber*‹ und ›*Von Sinnen*‹. Der Kopf und Sänger der Gruppe war Kalle Kess aus Menden, der später nach Hagen zog und als Hagener sogar mit *Pleasure Pain* zu TV- und Radio-Meriten kam.

Mazo Mazo verschrieb sich dem New Wave und Elektro Pop, dazu gehörten neben Kalle die Mendener Jungs Uwe an den Keybords, Jörg an der Guitar und Christian am Bass. Dazu gesellten sich als Gastmusiker aus Hagen von der Gruppe Vogelfrei Pedro Fisch am Saxophon und Danny Kowalski an den Kongas. Sie traten zusammen bei einer der legendären Hitfestivals des Musikertreffs 1983 im Schillerbad in Lüdenscheid auf, oder vor 150 Fans beim Musikfestival in Hohenlimburg. Nachdem Mazo Mazo Ende 1984 aufgelöst wurde, sang Kalle Kess bei der Gruppe *Florence Nightingdale*.

Jonglieren ist Rhythmus

Durch seine Hagener Freundin Carlotta lernte Danny 1987 das Jonglieren. Das ging recht flott. Sie gingen zusammen in den Stadtgarten oberhalb von Wehringhausen. Dort auf einer Wiese unter einem großen Laubbaum brachte sie ihm das Jonglieren mit drei Bällen bei, oder besser mit drei Bean-Balls, also kleine, mit Hirse gefüllte Bälle. Da Danny als langjähriger Percussions-Musiker den Rhythmus im Blut hatte, ging das auch ganz gut. Drei Stunden später konnte er jonglieren.

Danny brachte diese neue Fähigkeit mit zu seiner Hagener Arbeitsstelle, in das Jugendinformations-Zentrum Volkspark. Überraschenderweise konnten dort schon einige junge Männer und Frauen jonglieren, wie Akim, Olli und Miss G. Deshalb machten sie das gemeinsam, als Info-Jongliergruppe.

Carlotta kannte einen Jongleur aus Berlin, den Mike. Der machte dann mal im Info-Zentrum ein Jonglier-Workshop, wobei er den Hagener Jongleuren so einiges beibrachte. Mit Dannys Lieblings-Jongleur Akim hatte er dadurch als erstes Hagener Jongleur-Paar das Keulen-Passing geschafft. Für die Laien: Passing bedeutet, dass beide Jongleure mit je drei Keulen jonglieren, sich dabei gegenüber stehen und sich dann auf ein vorher verabredetes Kommando eine Keule zuwerfen, und weiter und weiter und weiter. Hach ja, die Anfänge von Dannys Jonglage waren erst mal sparsam, mit drei Bällen, später kamen auch noch Keulen, Ringe, Tücher und andere Gerätschaften dazu.

Da sich aber das Keulen-Jonglieren im Info-Zentrum wegen der zu niedrigen Decke als schwierig erwies, suchte Danny mit den anderen Jongleuren im Winter 1988 nach einem Gebäude mit hoher Decke. Das fanden sie rasch in der Hagener Pelmke-Schule und gründeten dort die erfolgreiche Jonglier-Gruppe. Aus denen gingen mehrere super Jongleure wie Rolle und Ole hervor, die auch noch Jahrzehnte später von Jonglier-Auftritten lebten. Das erfuhr Danny, als er zum Jonglier-Jubiläum ›20 Jahre Jonglier-Gruppe‹ im Januar 2008 in die Pelmke-Schule als Gründungs-Mitglied eingeladen wurde.

Doch zurück zu den Anfängen. Akim und Danny hatten dann in der Folgezeit einige Auftritte unter dem historischen Namen ›The Flying Hip-Hops‹, im August 1988 im Jugendzentrum Hagen-Buschey und in zwei Altenpflegeheimen. Dafür nahmen sie immer gerne rhythmische Musik als Untermalung mit, die sie auf einem Ghetto-Bluster abspielten – wie die Hits von *Talking Heads*.

Und schließlich als Höhepunkt ›Georg lebt!‹ im Stadtmuseum Hagen am 13.12.1990. Live-Musik und Live-Jonglage der Gruppe ›*Georg lebt!*‹, wozu sich die Musiker extra T-Shirts hatten machen lassen – mit der Aufschrift ›Georg lebt!‹ Das war eine Koproduktion von drei verschiedenen Info-Zentrums-Gruppen, nämlich der Literatur-Gruppe, die zum Anlasse der Georg Weerth-Ausstellungs-Eröffnung zusammen mit der Videofilm-Gruppe und der Jonglier-Gruppe performte, dazu Live-Musik im Museum, wie der *Georg's Rap*. Musiker waren am Schlagzeug Mats, am Bass Olli, Percussion und Geschrei Danny, dazu Filmaufnahmen von Akim, Jonglage mit Georg-Weerth-Büchern durch Olli und Danny, und Jonglage mit Keulen machten Akim und Olli. Das war super für alle Beteiligten, denn es ging bei diesem Auftritt im Museum ab wie ›Schmidt's Katze‹.

Später jonglierte Danny aus Spaß in aller Welt, wobei da die geografische Bandbreite von Hagen über Finnland und die Toskana bis zur Karibik und nach Sri Lanka und wieder zurück nach Hagen-Fley reichte. Da waren auch schon ganz schöne Raritäten bei. Im November 1987 beim deutsch-finnischen Jugendaustausch jonglierte er in einem Jugendzentrum in Kouvola. Bei einem Italienisch-Bildungsurlaub im September 1988 versuchte er sich mit drei Klobürsten auf einem Markt in der Toskana. Oder mit Kokosnüssen in der Karibik – Jonglieren mit Kokosnüssen, hihihi. Sowas gab es bei Danny nur in Tropen-Urlauben, wie 1998 am Palmenstrand von Samana in der Dominikanischen Republik, oder im neuen Jahrtausend in Sri Lanka 2004.

Und Danny schenkte seinem Vadda Götz zum 70. Geburtstag einen kleinen Jonglierauftritt. Im Garten am Schürenheck 32 wurde in Datteln am 04.05.1996 der besondere Ehrentag gefeiert. Dort gab er ne kleine Jonglier-Show mit vier Bällen, Devilstick und Keulen-Jonglage für die ganze Verwandtschaft und Gästeschar.

Danny benutzte die Fähigkeit, mit vier Bällen jonglieren zu können, auch gern aus therapeutischen Gründen. Er hatte sich bei einem winterlichen Waldspaziergang im Januar 2003 auf einer abschüssigen mit Eis bedeckten Straße bei einem Sturz einen komplizierten Bruch des linken Handgelenks zugezogen. Da half ihm hinterher neben der Krankengymnastik das Jonglieren, um die Bewegungsfähigkeit im Handgelenk wieder herzustellen.

Später nutzte er das Jonglieren auch gerne als Teil seines regelmäßigen Fitness-Programms. Dafür kam nämlich alles in Frage, was Spaß machte, was er auch alleine machen konnte und was trotzdem gut für seine Knochen war, also auch das Jonglieren. Er hatte mal gehört, dass dabei durch die wechselseitigen Beanspruchungen der beiden Gehirnhälften neue Hirnzellen aufgebaut würden. Na, das war ja mal ein positiver Gesundheits-Aspekt: länger fit im Kopf durchs Jonglieren, hihihi. Zusammen mit den ›Fünf Tibetern‹ gehört das Jonglieren auch heute noch zu seinen all-morgendlichen Fitness-Übungen, immer zu rhythmischer Musik von *Radio Cosmo*, dem früheren *Funkhaus Europa*. Dabei liebte er lateinamerikanische Stücke, gerne auch mal was von *Shakira*. Denn die hatte den Rhythmus noch viel mehr im Blut, die kleine temperamentvolle Kolumbianerin.

Halloween in New Orleans

Halloween feiert man am 31. Oktober, der bei uns in Deutschland eigentlich der Reformationstag ist. Halloween hat bei uns keine lange Tradition, sondern ist – wie so vieles – aus den USA rübergeschwappt. Dazu erinnerte sich Danny an eine besondere Geschichte: ›Halloween in New Orleans‹. Und das kam so: eine seiner Lieblings-Bands waren die Neville Brothers, schon seit über einem Vierteljahrhundert.

1991 besuchte er dann tatsächlich New Orleans, die Heimat der Nevilles. Seine Reise in die pulsierende Metropole am Mississippi hatte sicherlich auch ein bisschen mit ihnen zu tun, weil sie dort her waren. Und natürlich auch mit dem unvergleichlichen Willy de Ville, der zu der Zeit ebenfalls in diesem kulturellen Melting-Pot wohnte. Da aber die Neville Brothers bereits ein paar Tage vorher, an Halloween, im ›Big Easy‹ gespielt hatten, als Danny selber gerade mit seinen beiden Freundinnen Amy und MaryLou aus Massachusetts in New York City Halloween feierte, würden die Nevilles während seines zweiwöchigen New Orleans-Aufenthaltes genauso wenig wie Willy de Ville dort live spielen. Also musste er umdisponieren. Und so war dann sein musikalischer Höhepunkt in den USA *Charmaine Neville*, die Schwester der Neville Brothers, mit ihrer Band, die vier Stunden lang im Snug Harbour spielten: really great. Charmaine hatte eine gute Power und ne gute Show, hatte lange Dreadlocks bis über den Po hinaus. Sie sang und bediente die Percussion nebenher. Natürlich performten sie auch ihren wunderbaren Hit ›The Right Key, But The Wrong Keyhole‹.

Ihre Band bestand aus Saxophon, Piano, Bass, Drums und Percussion, vier Schwarze und zwei Weiße. Die Musik von Charmaine Neville gefiel Danny so gut, dass er sich eine Musikkassette der Band kaufte. Von der Körpersprache her hatte Danny natürlich am besten der schwarze Percussionist Gerald gefallen: sein Körper lächelte. Nach dem Konzert hatte er sich noch ein wenig mit ihm unterhalten und war sogar einmal mit ihm in seinem Auto um den Block gefahren. Was für ein Gerümpel der da drin hatte – wie bei Hempels hinterm Sofa.

Weil Dannys Lieblings-Band ja die Neville Brothers waren, hatte ihn sein Freund Harry eingeladen, gemeinsam mit ihm deren Konzert in Osnabrück zu besuchen. Das war so kurz nach 1990, also vor über 25 Jahren. Es gab nur Weniges, was Danny in seinem Leben bereute. Aber das gehörte dazu, dass er diese Einladung schweren Herzens absagen musste. Denn er hatte am selben Abend eine Musik-Veranstaltung in seiner eigenen Jugendeinrichtung in Hagen, die er ausrichtete. Never mind, das Leben ging weiter.

So, und weil er denn also die Neville Brothers live verpasst hatte, konnte er sich das Konzert in Osnabrück nur von Harry erzählen lassen.

Zu runden Geburtstagen macht man ja schon mal was Besonderes. Danny hatte zu seinem Vierzigsten eine Riesen-Party mit Cocktails, Tombola und Jonglier-Auftritt gegeben. Und Harry wollte zu seinem Sechzigsten 2014 Danny eine Freude machen und ihn im neuen Jahrtausend doch endlich zu einem Neville Brothers-Konzert einladen, und zwar zu deren Gig in San Francisco, California, USA.

Das traf sich super gut, denn Harry hatte derweil beruflich in den Staaten zu tun, während Danny urlaubsmäßig Seattle besuchte. Sie wollten sich in San Francisco treffen, und zwar im Fillmore West, wo die Neville Brothers auftreten sollten. Fillmore war der Name von drei Musiktheatern des Konzertveranstalters *Bill Graham* in den USA: *Fillmore East* in New York City und *Fillmore West* (1968 bis 1971) als Nachfolger des Fillmore Auditoriums in San Francisco. Nach dem Tod Grahams bei einem Hubschrauberabsturz 1991 wurde das Gebäude des Fillmore Auditorium an der Ecke Geary Boulevard/ Fillmore Street saniert und am 27.04.1994 unter dem alten Namen The Fillmore wiedereröffnet. Es ist heute wieder eine der populärsten Konzertstätten San Franciscos. Besonders beeindruckend sind die mit Original-Konzertpostern aus vier Jahrzehnten Rockmusik geschmückten Wände an vielen Stellen des Clubs. Tja, und dort wollte sich Harry 2014 zu seinem 60. Geburtstag mit Danny treffen. Der kam mit dem Flieger aus Seattle, Staat Washington, runter zum Oakland Airport. Oakland liegt ja direkt gegenüber von San Francisco, nur durch die Bay getrennt. Erst nahm er den Bus vom Oakland-Airport zum ›Coliseum‹, einem riesigen Sport-Stadion. Von dort fuhr er mit der U-Bahn namens BART, also ›Bay Area Rapid Transit System‹, unter der Bay rüber nach San Francisco. Schnell fand er die Adresse 1805 Geary Boulevard. Dann stand er vor dem Fillmore und ging rein. Harry hatte für ihn ein Ticket an der Kasse hinterlegt. Das Neville Brothers-Konzert hatte wohl schon angefangen. Die Bühnendekoration hinter den Musikern bestand aus dem bekannten Plattencover von ihrer LP ›Fiyo On The Bayou‹ von 1981 mit einem riesigen brennenden Alligator in den grünen Sümpfen von Louisiana. Von dieser LP spielten die Nevilles gerade das erste Stück ›Hey Pocky Way‹.

»Hey, das kenne ich doch schon aus New Orleans von Charmaine Neville: super Musik«, dachte sich Danny, tanzte mit und sah sich dabei nach Harry um, ohne ihn zu entdecken. Das war bei über tausend Zuschauern auch kaum möglich. Anschließend kam auch schon das Titelstück ›Fire on the Bayou‹ mit seinen treibenden Rhythmen und den funkigen Grooves. Danny fand einen Programm-Flyer des Konzerts, auf dem die Konzert-Titel einzeln aufgeführt waren. Daraus erfuhr er, dass die nächsten Stücke von der LP ›Yellow Moon‹ von 1989 waren: erst das geniale Titelstück ›Yellow Moon‹, und dann ›Will The Circle Be Unbroken‹ mit dem mehrstimmigen Gesang der Nevilles, der hervorragend rhythmisch unterlegt war. Aber Harry hatte ein Auge auf die reinkommenden Fans gehabt, wodurch er Danny entdeckt hatte. Harry brauchte sich nur noch zu ihm durchzudrängeln. Und plötzlich wurde Danny von hinten stürmisch umarmt: »Hey, Brother Danny, sei gegrüßt.« Er drehte sich um und stand seinem grinsenden Freund Harry gegenüber. Sie herzten sich heftig, hatten aber keine Gelegenheit für ein Gespräch, denn es kamen schon als Zugaben einige Stücke von der LP ›Fiyo On The Bayou‹. Und da ging's wieder richtig ab mit schnelleren Rhythmen. Als Erstes spielten dabei die Nevilles ihr geniales Stück ›Brother John – Iko Iko‹, was ja Danny als Neville-Kenner ebenfalls vom Neville-Sister-Konzert im Snug Harbor schon kannte. Und als allerletzte Zugabe fetzten sie noch mal mit ›*Run Joe*‹ einen flotten Rhythmus los. Nachdem er die Nevilles hier in San Francisco 2014 zum ersten Mal live erlebt hatte, wo sie eine Mixtur aus ›Fiyo On The Bayou‹ von 1981 und ›Yellow Moon‹ von 1989 spielten, konnte er gut verstehen, warum auch Harry solch ein Neville Brothers-Fan geworden war. Die vier Brüder *Art, Charles, Aaron* und *Cyril Neville* waren zwar eine Ecke älter als Harry und er, aber sie trafen Danny mitten in sein musikalisches Herz und sein Tanzbein sowieso: »Die machen einfach echt gute Mucke …!«, dachte er sich. Noch überraschter war er, als sich Aaron und seine Brüder nach der letzten Zugabe auf den Bühnenrand setzten und ganz locker mit dem Publikum plauderten.

»Das machen die wohl immer so, die sind echt gut drauf,« kommentierte Harry, und die beiden Freunde gingen zusammen zur Bühne, um sich ein wenig von den Nevilles erzählen zu lassen …

IV. Winter-Sonnenwende

Kurze Tage, lange Nächte, manchmal Sonne, aber oft so kalt, so kalt. Die dicken Klamotten rausgekramt, Afghanen-Mäntel, Duffel-Coat oder Island-Pullover samt Stiefel, Schals, Mütze und Handschuhe übergezogen. Der Winter kam und brachte die Menschen dazu, in sich zu gehen. Es war nun die Zeit von philosophischen Diskussionen oder Utopien, in Gedanken, Literatur und Musik …

>*In the year 2525, if man is still alive*
If woman can survive, they may find<[*]

Keine Milch für die Affen im Jahr 2525

Als Danny ein Kind war, in den 1960er Jahren, da kam der Milchbauer in ihre Siedlung. Vorne war das Pferd Lotte mit der blonden Mähne eingespannt, dahinter der Milch-Wagen. Da stand Danny dann mit der Milchkanne der Familie Kowalski und dem Deckel dafür. Und alles war aus Aluminium. Einmal den Hebel am Milch-Tank umlegen hieß >ein halber Liter<, einmal hin und einmal her hieß >ein ganzer Liter< aus dem Milchkran. Später kam der Milchbauer dann ohne Pferd, mit einem Lieferwagen. Heute kommt er gar nicht mehr. Da muss sich jeder seine Milch aus dem Lebensmittel-Geschäft selber holen. Deshalb heißt es auch heute, wie schon 1966 bei der englischen Gruppe *Herman's Hermit* >*No Milk Today*<.

Ende der 60er Jahre hatten die Monkees ein paar Riesen-Hits, die den jungen Menschen von dammals immer noch im Ohr blieben. Und dazu gab es flankierend die lustigen Monkees-Filme im TV, die Danny als Jugendlicher

---

[*]   *Zager & Evans sangen schon 1969 zukunftsträchtig* >*In the year 2525*<: *https://youtu.be/ izQB2-Kmiic*

immer mit großer Begeisterung schaute, denn die waren einfach nur blöd-sinnig-albern:

›Hey, hey, with the Monkees …!‹

Und dass sich die Monkees im Nachhinein als eine der ersten gecasteten Boy-Groups herausstellten, das störte Danny ganz und gar nicht. Er fand deren Mucke einfach nur gut, mit super Beat-Hits, wie ›Daydream Believer‹ von 1967.

But 45 years later: Singer Davy Jones died 2012-02-29. R.I.P., only 66 years old. Die Gründung der Monkees war 1965; die Auflösung 1971. Und das waren die Vier: *Michael Nesmith*, Gesang, Gitarre; *Davy Jones* († 2012), Gesang, Per-kussion; *Micky Dolenz*, Gesang, Schlagzeug; und *Peter Tork*, Gesang, E-Bass, Keybord.

Im Gegensatz zu den fröhlichen Liedern der Monkees, die Danny so gerne hörte, gab es aber auch nachdenkliche Songs in den Radio-Sendern. Dazu gehörte auch dieser Riesenhit von *Zager & Evans*, die mit ›In The Year 2525‹ die ferne Zukunft besangen. Und diese Zukunft stellte sich Danny wegen des sich abzeichnenden Klimawechsels auch nicht gerade rosig vor: »*Denn durch Lebensraumverluste werden viele Tierarten ausgestorben sein. Die Flora wird ebenfalls stark gelitten haben. Viele Lebensmittel werden nicht mehr erhältlich sein. El Nino wird ein ständiger Begleiter der Einwohner der Erde sein, begleitet von ständig blasenden starken Winden und schweren, jährlich mehrere Monate andauernden Regenfällen. Während der Trockenzeit wird es sehr heiß sein. Ent-waldung wird aus zwei Gründen stattfinden: einerseits durch Stürme, die ganze Wälder entwurzeln werden und andererseits durch die weltweite grenzenlose Zerstörung von Urwäldern, inklusive dem tropischen Regenwald. Wobei diese Abholzung ja auch wiederum ein Grund für den Klimawandel werden wird.*«

Immer, wenn Danny diesen alten Song von Zager & Evans hörte: «*In the year 2525, if man is still alive, If woman can survive, they may find.*» (Im Jahr 2525, *falls Männer da noch leben sollten, falls Frauen überleben konnten, da werden sie finden …*), dann summte er die Melodie trotz dieser unwirtlichen Zukunft-visionen voller Inbrunst mit. Denn die Frage der beiden US-amerikanischen Folksänger aus Nebraska von 1969, *Denny Zager* und *Rick Evans*, schien Danny auch heutzutage berechtigter denn je: »*Allerdings auf eine perfide Weise, denn nicht nur die Natur wird Schaden nehmen: und das nicht zu knapp. Ob die*

Menschen dagegen überleben werden, ist sehr fraglich. Denn die Wissenschaft wird viele künstliche Wege erfinden, um das menschliche Leben zu verlängern. Und die Lebenserwartung wird auf über 100 Jahre steigen. Dementsprechend überbevölkert wird die Erde sein ...«

Die BEAT-Festivals in Recklinghausen

.... dass Danny sich 1970 seine ersten Bongos kaufte, das war ein Ergebnis von *Santana*'s Hit ›*Jingo*‹: »Jiiiiingoooooo-jingo-ba-ba-ba-ba ....!«

Das Stück hatte ihn für Santana begeistert.

Carlos Augusto Santana Alves, geb am 20.07.1947 in Jalisco, Mexiko, ist ein US-amerikanischer Musiker und Gitarrist mexikanischer Herkunft, der durch seine Musikrichtung des Latin Rocks die Rockmusik um eine Variante erweitert hat. 1969 wurde die erste LP von Santana aufgenommen. Anschließend tourte die Band durch die USA, wo sie besonders durch einen Auftritt im August beim Woodstock-Festival bekannt wurde. Für den Woodstock-Film wurde später ihr sehr expressives Stück ›*Soul Sacrifice*‹ ausgewählt. Aber dann kam 1970 ein Hit nach dem anderen heraus, denn das zweite Album der Band, *Abraxas* , enthielt die Klassiker *Samba Pa Ti* , Oye Como Va von Tito Puente und *Black Magic Woman* von Peter Green. Das war die Zeit, als Danny sich wegen Santana seine ersten Bongos kaufte.

Der ehemalige Recklinghäuser Stadtjugendpfleger Kurt Oster (1920 – 1982) organisierte in den 1960er/70er Jahren verschiedene Beat-Festivals in der Recklinghäuser Vesthalle. Da spielten Mitte/Ende der 1960er Jahren relativ erfolgreiche bekannte Dattelner Musiker wie Karl ›Charly‹ Wewer, Manfred ›Manni‹ Ludwiczak, Eduard ›Eddie‹ Krzyzostaniak, Wolfgang ›Wolle‹ Thimian, Karl-Heinz ›Charly‹ Hölscher und Ringo S. mit ihren diversen Bands auf. Mit letzterem hatte Danny ja sogar 1971/72 zusammen und mit großem Spaß den Zivilen Ersatzdienst im Dattelner AWO-Altenwohnheim gemacht.

Charly Wewer schrieb an Danny 50 Jahre später: »*Die Bands, mit denen ich dort aufgetreten bin, waren ›The Mods‹ und später ›Tea Set‹. Mit letzterer Formation haben wir den 3. Preis bei der Recklinghäuser Beat-Show gewonnen.*

Ringo S. war auch mal eine Zeit lang bei den Mods. Bei den ersten Beat-Festivals war ich übrigens der jüngste Teilnehmer mit 13 Jahren.« Charly verwies noch für Neugierige auf das interessante Buch ›Beatgeschichte(n) im Revier‹, eine ganz ausführliche Dokumentation über alle Beatfestivals. *

Dagegen berichtete ein halbes Jahrhundert später Manni Ludwiczak selber ausführlich und detailliert wie ein Sachbuch, aber total spannend über die Gründung der Dattelner Beatgruppe ›Dumps‹. Zu denen gehörten Eddie Krzyzostaniak, Karl-Heinz Hölscher, Hubert K., Norbert K., Ringo S. und Manni Ludwiczak: *»Die Gründung der Dumps. Mittlerweile hatte Ringo in Datteln einige Jungens kennen gelernt, die mit uns eine eigene Band aufmachen wollten. Da war ein Typ dabei, der hatte sogar einen richtigen Verstärker und ... er spielte Bass. Eine Seltenheit damals, denn die meisten Jungens wollten ja lieber Sologitarre spielen und zur Bassgitarre allein konnte man schlecht singen. Dieser Typ war Karl Hölscher. Ein noch heute in Datteln allseits bekanntes Musik-Unikum. Zusammen mit Karl und seinem Cousin Norbert K. gründeten wir die ›Dumps‹. Geübt wurde im Keller (ca. 8 m²) eines bekannten Lebensmittelgeschäftes an der Castroper Straße, manchmal auch im Keller des Lutherhauses. Vom Radiogeschäft Wewer besorgten wir uns noch einen alten Verstärker, der bisher für Stadion-Lautsprecherdurchsagen bei Schulsportfesten gedient hatte. Dazu gehörte eine Lautsprecherbox, die wir, um den Sound zu verbessern, innen dick mit Walzblei auskleideten. Das Ding wurde dadurch so schwer, dass es kaum noch zu transportieren war. Schnell folgten nun einige Auftritte in der Gaststätte Vereinshaus und im Jugendheim St. Josef zum jeweiligen Jugendtanz. Aber immer zusammen mit anderen Bands, da unser Equipment ja noch relativ dürftig war. Bei einem dieser Auftritte spielten wir zusammen mit den ›Red Stones‹, der ältesten Dattelner Beatband. Ihr Sänger wurde vorgestellt als James Butler. Schulterlange blonde Haare und einen Zylinderhut auf dem Kopf. Singen konnte er ganz gut, aber für einen Typen mit englischem Namen konnte er absolut kein Englisch. Das war, wie ich später erfuhr, Hubert K. (mit Perücke), der kurze Zeit später zusammen mit seinem Bandkollegen und Sologitarristen Eddie Krzyzostaniak bei den Dumps anheuerte. Die Texte der Beatles, Stones etc. musste ich ihm dann immer so aufschreiben, wie es gesprochen wurde, denn Englisch konnte er ja nicht.*

---

* Mannel, Horst D./Obeling, Rainer – Beatgeschichte(n) im Revier, Journal Verlag 1993

Überhaupt das Üben. Man darf sich das nicht so leicht vorstellen wie heute. Heute schaut man ins Internet oder auf YouTube, und Spezialisten zeigen einem, wie ein Musiktitel oder Solo gespielt wird, und du bekommst den kompletten Text mit Grifftabellen. Damals hingen wir stundenlang am Plattenspieler oder Tonbandgerät, um uns einen Titel immer und immer wieder anzuhören, und um die richtigen Gitarrenriffs und Griffe rauszuhören und spielen zu können. Gleichzeitig wurden hierbei die Texte auswendig gelernt. Vieles schaute man sich bei anderen Bands oder in Gesprächen mit deren Mitgliedern ab. Manche haben mich schon gefragt, wieso nanntet ihr euch eigentlich ›Dumps‹? Nun, der Name ist eigentlich eine Fehlinterpretation meines Deutsch-Englisch-Lexikons. Da unser Schlagzeuger Ringo meinte, er käme sich manchmal vor wie der letzte Dreck (in Bezug auf seine ›Alten‹), schlug er einen Bandnamen vor wie ›Abfall‹. Natürlich mussten alle Bandnamen damals englisch sein. Da ich der einzige mit einigermaßen Englischkenntnissen war, aber nicht wusste, was Abfall auf Englisch heißt, schaute ich in meinem Wörterbuch nach, und der erste Begriff, auf den ich stieß, war ›Dump‹. Eigentlich wären ja Begriffe wie ›garbage‹, ›waste‹ oder ›trash‹ richtig gewesen, aber das wusste ich damals ja nicht. So entstand der Bandname ›The Dumps‹.

Nachdem wir nun komplett waren, ließen die ›Erfolge‹ nicht lange auf sich warten. Unser Repertoire bestand aus Stücken der Beatles, Rolling Stones, Kinks, Animals, Shadows etc., und wir konnten schnell einige Auftritte verbuchen. Zu unseren Auftritten fuhren wir mit dem Obst- und Gemüse-Transporter des Lebensmittelgeschäftes Minarzik, einem alten Ford Transit Kastenwagen. Tagsüber wurden damit die Obst- und Gemüsekisten zu Markt gefahren, zu unseren Auftritten wurden ein paar Kunstlederbänke aus unserem Übungskeller auf der Ladefläche festgeschraubt, und ab ging Party. Neben den schon bekannten Dattelner Auftrittsmöglichkeiten spielten wir bei Löw und in der Stadthalle in Erkenschwick. Von unseren Erfolgen ermutigt, meldeten wir uns 1966 zu den damals weit über seine Grenzen bekannten Beat-Festivals in Recklinghausen und Erkenschwick an. In Recklinghausen in der Vestlandhalle spielten wir vor einigen tausend Leuten. Mann, waren wir aufgeregt. Auf der Bühne standen Schießbuden (für den Laien: Schlagzeuge) im Wert von über 40.000,-- DM und Gitarrenverstärker nur vom Feinsten. Diverse Vox AC 30 und Fender Verstärker. Der Traum einer jeden Band. In Recklinghausen belegten wir bei den Nachwuchsbands den 3. Platz, bei den Fortgeschrittenen den 15., und beim Beatfes-

tival in Erkenschwick den 2. Platz. Sieger wurde in allen drei Recklinghäuser Wettbewerben ›Percy And The Goalbirds‹ aus Enger bei Bielefeld. Die beste Gruppe aus dem Recklinghäuser Umfeld war jedoch ›Frederic And The Rangers‹, die bei fast allen Festivals vorne lag und selbst bei der deutschen Beatmeisterschaft den 2. Platz belegte. Es folgten Auftritte mit der Berliner Profigruppe ›The Vanguards‹ bei Kutscher in Recklinghausen-Suderwich. Ein halbes Jahr später musste unser Sänger zum Bund. Für ihn sprang unser Kumpel Heinz ›Köbes‹ F. ein. Er machte seine Sache so gut, dass er nach einem Auftritt in der Recklinghäuser Vestlandhalle ein Schallplattenangebot von Hansa-Records erhielt, Probeaufnahmen zu machen. Dieses wurde von uns allen jedoch abgelehnt, da die Aufnahmen nur unseren Sänger betrafen und die Band mit Sicherheit daran zerbrochen wäre. Sorry ›Köbes‹, vielleicht wäre aus dir ja auch ein großer Schlagerstar wie Jürgen Markus oder Peter Kent geworden. Deren Karriere nahm ihren Anfang auf den Recklinghäuser Beatfestivals. Die Musikindustrie versuchte, sich von den großen Festivals die besten Sänger und Gruppen zu sichern. Meistens wurden sie dann jedoch in das damals in Deutschland vorherrschende Schlagerkonzept gepresst und aus Rocksängern wurden Schlagerbarden (siehe Jürgen Marcus oder Peter Kent).

1967 brachen dann die ›Dumps‹ auseinander. Einige von uns schlossen sich den ›Mods‹ an. Ich versuchte es noch eine Zeit lang mit einigen Leuten aus der Recklinghäuser Beatszene wie Peter H. von den ›Levis Boys‹ bzw. ›Navajos‹. Schluss war für mich, als mir von einem befreundeten amerikanischen GI meine Gitarre geklaut wurde. Vielleicht hatte er ja auch nur vergessen, sie mir zurückzugeben, als er von Datteln zurück in die Staaten ging. Sei es drum. In Zukunft hatten der Beruf und vor allem meine heutige Frau Vorrang, mit der ich damals zusammen kam.«

Ein anderer aus der alten Garde der Dattelner Beat-Musiker war Wolfgang ›Wolle‹ Thimian, der über die Beat-Zeit schwärmte: »*Im Jahre 1963 hörte ich das erste Mal die Beatles mit dem Lied ›She Loves you‹. Ich war gerade 15 Jahre alt. Da war es um mich geschehen. Ich wollte Beatmusiker werden. Mein Stiefvater war Musiker und spielte 8 Instrumente. Unter anderem Gitarre. Das wollte ich natürlich auch spielen. Also begann, versuchte ich, diese zu spielen. Nach ein paar Monate merkte ich, dass dieses Instrument für mich zu schwer war. Da ich immer im Takt auf Kisten bei der Musik mitgespielt habe, holte ich mir vier leere Holzkisten in verschiedenen Größen. Das klappte sehr gut. Nun kaufte ich mir auf Abzahlung eine ›Schießbude‹, also ein Schlagzeug. Damals bei Radio Wewer am Südring. Mein Stiefvater konnte auch Schlagzeug spielen und zeigte mir alles. 1965 versuchte ich, in verschiedene Dattelner Bands zu kommen. Die Dumps waren in der Auflösung gewesen. Kalle Hölscher wollte bei mir einsteigen. Ich hatte einen Sänger, Organisten und Bassisten für unsere Gruppe. Der Name sollte lauten ›The Heart Beats‹. Wurde aber nichts draus. 1966 traf ich die ›Rangers‹. Der Drummer war krank gewesen. Ich spielte hier einige Monate. War eine super Band gewesen. Als der Stamm-Drummer zurück kam, war ich wieder raus. Dann 1966, die nächste Gruppe ›The Silverstone‹ aus Recklinghausen. Die waren aber sehr schlecht gewesen. Ich lernte ›The Crashers‹ kennen. Zweimal Platz 3 und einmal Platz 2 beim Beatfestival in Recklinghausen. 1968 lernte ich die Band ›Jeronimo‹ kennen. Dort spielte ich bis zur Neugründung im Jahre 1969. Mitte 1969 ging ich zum Bundesgrenzschutz. Im Jahre 1970 lernte ich in meinen Standort Bonn die Band ›The Strangers‹ kennen. Die waren absolute Klasse. Wir tingelten überall herum, Hessen, Rheinland-Pfalz und NRW. Viele Erfolge und ein Plattenvertrag waren der Lohn unserer guten Band. Bis 1977 spielte ich dort. 1977 begann ich meine Ausbildung bei der Polizei. Leider hatte ich da keine Zeit mehr für Musik und die Band. Im Jahre 1995 traf ich einige Leute in Recklinghausen wieder. Wir wollten ein Comeback starten. Leider waren einige Mitglieder verstorben. Wir wären nur noch zu Dritt gewesen. Das war das Ende meiner Musikerlaufbahn. War eine geile Zeit gewesen. Mädchen flogen dir nur so zu. Tanzlokale gab es an jeder Ecke. Wir hatten gutes Geld neben meiner Arbeit verdient. Ja, Danny, so war das. Es war einfach eine schöne Zeit gewesen.«*

Und Danny selber? Ja, der wollte mit seinen Musikfreunden den Dattelner Beat-Legenden nacheifern und 1971 bei der Beat-Show in der Recklinghäuser Vesthalle auch mal mitmachen. Eigentlich wollten sie nur die Stargruppe ›Golden Earring‹ aus Holland umsonst gucken. Deshalb hatten sie sich für den Beat-Wettbewerb angemeldet, gründeten spontan zwei Wochen vorher eine Gruppe, nannten sich ›Charly Brown‹, probten einmal ›Hey Capello‹ von Heino, und dann legten die fünf los: Bollo an der Bass-Gitarre und Gesang, Nobse an der Lead-Gitarre, Mattin an der Rhythmus-Gitarre, Heini an den Drums und Danny an den Bongos.

Ihr Auftritt dauerte wie für alle anderen 24 teilnehmenden Musikgruppen nur ein Stück lang oder ca. 5 – 6 Minuten. Ihr Stück begann mit Dannys Bongo-Solo als Intro, danach sangen und spielten sie ›Hey Capello‹ von *Heino*:

> » ... *es lebt eine Frau in Spanien,*
> *ihre Augen so braun wir Kastanien,*
> *ihre Haare so schwarz wie die Nacht,*
> *ganz Sevilla lebt auf, wenn sie lacht ...*
> *Hey Capello, Hey Capello, Hey Capello ...*«,

das am Ende immer mehr verfälscht und freejazz-mäßig verzerrt wurde, so dass Heino aus seinem Bett fallen würde, wenn er es je hören sollte. Passend dazu setzte Danny sich ans Schlagzeug, wo da schon mal eines stand. Er spielte dabei zum ersten Mal im Leben an den Drums, was ihm sichtlich zu gefallen schien.

Nach dieser ›überzeugenden‹ Leistung wurden sie unter den 24 Beat-Gruppen sogar Publikumssieger, bekamen 150,-- DM Preisgeld für ihren Sechs-Minuten-Auftritt, was einem Stundenlohn von sage und schreibe 1500,-- DM entsprechen würde: hahaha. Und auch in der Jury-Wertung landeten sie immerhin auf dem 17. Platz, wegen des besonderen künstlerischen Beitrages.

Diese Art von Happening gefiel ihnen so sehr, dass sie gleich ein Jahr später Ähnliches noch mal versuchten. 1972 machten sie das gleiche Spielchen mit Dannys zweiter Band. Da wollten sie die Stargruppe *Can* mit deren Macher und Bassisten *Holger Czukay* (gestorben 2017 mit 79 Jahren) umsonst sehen. Dieses Mal stiegen sie als nur noch Drei-Mann-Kapelle mit dem Namen ›Dattelner Kanal‹ auf die Bühne, dafür aber ›als Geck‹ schwer bewaffnet mit Krücken und Krückstock, um damit aufzufallen. Auf den aus dem Altersheim besorgten Rollstuhl mussten sie leider verzichten, weil der nicht ins Auto passte. Als Kapelle diente ihnen – mangels Musikern – ein Kassettenrekorder, zu dessen vorher aufgespielter Musik sie dann parodistisch mimten. Bei Words von den Bee Gees sank Danny vor Bollo schwer gerührt auf die Knie, um schließlich beim abschließenden Rock-Klassiker ›Judy in Disguise‹, intoniert von *John Fred & his Playboyband,* die Krücken von sich zu werfen. Mit ihrer Gruppe ›Dattelner Kanal‹ wurden sie dieses Mal nur Vierter. Dafür betitelte die Dattelner Morgenpost ein paar Tage später in ihrem Artikel über die Beatshow dieses Happening mit ›BeeGees auf Krücken‹.

Leider war das fürs Erste die letzte Beat-Show dieser Art. Sie hätten jederzeit einen neuen Gag auf Lager gehabt. So mussten sie noch sieben weitere Jahre warten, bis acht Männer und eine Frau von der Gruppe *Söppel* mit ihrem Po-lit-Rock-Kabarett beim Vest-Rock das Zirkuszelt im Dattelner Süden erzittern ließen.

Vor seinem ersten Schlagzeug hatte Danny jahrelang nur seine Bongos, die er mit mehr oder weniger Erfolg mit den Händen ›beackerte‹. Dann kaufte er sich 1973 ein Schlagzeug mit doppelter Bass-Drum unten, also mit zwei Pedalen für die zwei großen Trommeln, wie einst *John Hiseman* von der Jazzrock-Band ›*Colosseum*‹. Aber der gute Mann konnte auch – im Gegensatz zu Danny – mit seinen Drums richtig gut umgehen. Diese beiden Bass-Drums waren so ne Art Konzertpauken, die durch Fußmaschinen bedient wurden. Außerdem bestand Dannys Schlagzeug noch aus einem Hi-Hat, zwei gegeneinander lie-genden Becken, die durch eine Fußmaschine gegeneinander geklappt werden konnten. Dann einem Snare, eine flache Trommel. Die hatte am Unterboden eine etwa 4 cm breite, über das ganze Trommelfell in der Diagonale befestigte Metallschiene, die aus einem halben Dutzend dünner in sich gedrehter Drähte bestand. Die verursachte beim Anschlagen auf das obere Trommelfell das so genannte Schnarren, weshalb sie auch ›snare‹ genannt wurde. Außerdem zwei Hänge-Tom-Toms, einfache Trommeln von unterschiedlicher Größe. Auf denen konnte er herrliche Drum-Läufe spielen. Dazu ein Stand-Tom-Tom, also eine große Trommel, die rechts von ihm stand, während Snare und Hi-Hat links von ihm standen. Schließlich hingen noch zwei Becken, also un-terschiedlich große beckenartige Metallscheiben aus Kupferlegierung, frei in einer Aufhängung der Beckenständer.

Als Handwerkzeuge hatte er einige Paare hölzerner Drum-Sticks. Die ver-schlissen aber relativ häufig. Sie brachen entweder oder wurden an den oberen Verjüngungen der Drum-Stick-Spitze zerfasert. Denn sie hielten auf die Dauer das Anschlagen an die metallenen Becken nicht aus. Ein Paar Besen, also eine Art von metallenen Rührgreifern, konnte er nur für groovige Jazz-Stücke ge-brauchen. Und er schaffte sich noch einige Paare Konzertklöppel an, also mit flauschigem Fell oder Filz überzogene Holzbällchen am Ende des Stocks, die den unverwechselbaren speziellen Sound des Drum-Solos vom *Pink Floyd*-Stück ›*Set The Control For The Heart Of My Sun*‹ von ›*Pink Floyd in Pompeji*‹

erzeugen konnten. Und genau mit diesen Konzert-Klöppeln experimentierte er an seiner ›Schießbude‹ herum, als er damals dieses grandiose Pink Floyd-Werk mit den treibenden Rhythmen unter gleißendem Sonnenschein von Pompeji sah. Dabei bearbeitete Pink Floyd-Schlagzeuger *Nick Mason* mit Konzert-Klöppeln seine Drums.

Und 50 Jahre später sah sich Danny mal einen italienischen Kriminalfilm an, der in einem unterirdischem Gemäuer spielte, da kamen als Hintergrund-Filmmusik diese eindringlichen Grooves …

… und er wusste sofort: »Das kenn ich doch, das ist doch …, genau, von Pink Floyd, vom Doppel-Album ›*Ummagumma*‹, das unnachahmliche ›Set The Controls For The Heart Of The Sun‹.«

Dannys ›Schießbude‹ war im Keller viel zu laut, weil sie wegen des starken Halls wie ein startendes Flugzeug dröhnte. Also baute ihm sein Vater den Dachboden aus und isolierte dort einen Raum. Danny übte mehr schlecht als recht, aber laut vor sich hin.

Deshalb hörte man sein ›musikalisches‹ Getöse auch noch 200 Meter weiter bis zu Dattelns wichtigster Nord-Süd-Verbindung, der Castroper Straße, die dort auch die Bundesstraße B 235 ist. Man hörte es im ganzen Schürenheck. Es gab Streit mit den direkten Nachbarn des elterlichen Doppelhauses. Der Nachbar wollte sogar die Polizei holen. Danny hatte sich deshalb vorsichtshalber bei den ›Bullen‹ telefonisch erkundigt, um zu erfragen, ob er im Haus Schlagzeug spielen durfte. Sie sagten: »Ja, er dürfe Schlagzeug spielen, wenn er es nicht in den Ruhezeiten täte.« Tat er dann auch nicht. Aber sich das Schlagzeugspielen ganz verbieten zu lassen, wollte er überhaupt nicht akzeptieren.

Aber er lernte kaum, auf den Drums zu spielen, außer vielleicht den Schlag zu halten, also einen Rhythmus durchgehend zu spielen.

Nur wenn Carlos mit seiner E-Gitarre samt Verstärker kam, machte es Spaß, Blues und Rockstücke zusammen zu spielen. Da gab es sogar einmal ein extra Lob von Walburga, einer Nachbarin vom Haus hinter ihnen: »Das hörte sich ja mal richtig gut an heute.«

In langen Rockmusikstücken der 60er und 70er Jahre waren ja Schlagzeug-Soli oft Höhepunkte der Rockgeschichte. Man erinnere sich nur an das legendäre ›*In A Gadda Da Vida*‹ von *Iron Butterfly* aus dem Jahre 1968. Danny jedoch hatte fast ein Jahr lang ununterbrochen Schlagzeug-Soli gespielt: das wurde ihm auf die Dauer echt langweilig. »Stell dir vor, du hättest ein Jahr lang ununterbrochene Orgasmen, ohne Essen, Schlafen, TV, Fußball oder auch nur Spazieren gehen ….: weißte Bescheid.«

Weil es ihm also auf die Dauer doch nix brachte, verkaufte er die ›Schieß-bude‹ nach einem Jahr wieder und bekam dann sogar den gleichen Preis von 400,-- DM heraus, den er bezahlt hatte. Ein kollektives Aufatmen ging durch die Nachbarschaft, denn es kehrte wieder Ruhe und Frieden im Schürenheck ein.

Und aus dem isolierten Raum unterm Dach wurde dann der legendäre ›Taubenschlag‹, ein mit Matratzen bewährtes Liebesnest im Hippie-Stil. Aber das ist wieder eine andere Geschichte.

A million miles away

Danny und Ringo, sein Kollege vom Zivilen Eratzdienst, besuchten zur Sylvester-Feier 1972/73 einen Kotten im Münsterland, wo Zille, ein Freund aus früheren Tagen, eine große LSD-Party organisiert hatte. Für Danny lief diese ›Reise‹ hervorragend. Er hatte wunderschöne Farb-Halluzinationen, intensive Gefühle und Gespräche und genoss diesen Drogenrausch sehr intensiv mit extrem positiver Stimmung. Er erlebte die tollsten Sachen, als er unglaubliche Farben und Bewusstseinsveränderungen erfuhr, wie sie in ›Voodoo Child‹, dem Song von *Jimi Hendrix*, geschildert wurden. Während er Hendrix hörte, fühlte er sofort das galaktische Paradoxon dieses Songtextes, als wäre er selber der psychedelische Hauptdarsteller:

>*»Cause I'm a million miles away*
>*And at the same time*
>*I'm right here*
>*in your picture-frame«.*
>(aus dem Song ›Voodoo Child‹ von Jimi Hendrix)

LSD-Reisende fühlen sich oft während ihres Trips der Natur und dadurch auch dem Weltall näher. Allerdings stoppte Danny in diesem Fall sofort diese unendlichen Galaxien-übergreifenden Gedankengänge und lenkte sein Denken und Fühlen auf etwas anderes und näher Liegendes, etwas Schönes und Greifbares. Denn philosophische Gedanken über das Weltall können einen Menschen schon mit klarem Verstand in den Wahnsinn treiben. Davon sollte man ›auf Droge‹ besser Abstand nehmen. Denn jeder LSD-Trip bietet dem ›Reisenden‹ die Chance, ein Gefühl der Erleuchtung zu bekommen, den Sinn der Natur und unserer Existenz zu verstehen. Er kann zu einer Licht erfüllten Vision traumhafter Schönheit führen. Man kann dabei eine machtvolle mystische Erfahrung machen, die das Leben eines Menschen ziemlich verändern kann. Aber gleichzeitig lauert in jedem psychedelischen Trip, besonders bei labilen jungen oder unbedarften LSD-Reisenden, ein so genannter Horrortrip. Das hatte Danny selber glücklicherweise noch nie erlebt. Aber sein Freund Ringo stand hier in diesem idyllischen Kotten am Rande des Abgrunds. Er lief ›wie Falschgeld‹ im Kotten rum und sah auch nicht gerade glücklich aus. Dummerweise wurde ihm von einem anderen Party-Gast genau diese absolut falsche Frage gestellt: »Geht es dir schlecht?« Er war ein unerfahrener ›Reisender‹, da es sein erster Trip war. Da er sich tatsächlich etwas drömmelig fühlte, nahm er diese Frage dankbar auf, bejahte sie und kam natürlich stante pede auf den Horror. Da waren dann im allgemeinen Vitamine als Gegenmittel angesagt. Also gab man ihm ne Handvoll Traubenzucker zum Schlucken. Da wäre er fast noch dran erstickt.

Aber damals bekamen sie Ringo dann doch noch einigermaßen in den Griff. Alle bemühten sich, eine relaxte Stimmung mit Tee und ruhiger Musik herzustellen. Der Jasmin-Tee duftete blumig, und im Hintergrund plätscherten die Klavier-Stücke von *Ludwig van Beethoven* wie ›*Für Elise in a-Moll*‹, die ›*Mondscheinsonate Opus 27,2 in cis-Moll*‹ oder ›*Die Wut über den verlorenen Groschen*‹ in beruhigendem Klangvolumen durch die WG-Küche.

»Nee nee, so machen wir das heute nicht«, dachte sich Danny. Er fühlte sich weiter wohl. Und als er dann hinterher zu Hause in seinem Bett lag, da hatte er Visionen von den strahlenden kornblumen-blauen Augen einer jungen Frau, die er vor kurzem kennen gelernt hatte.

Wintersonnenwend-Feier

Zusammen mit Laufi, Wim und Baku, den Holy Flips aus Herten und Recklinghausen, erlebte Danny die legendäre Wintersonnenwend-Feier 1975 mit *Moondog* im ›Baum‹ in Recklinghausen. Das war eine Alternativ-Kneipe für junge Leute, wo mitten drin ein richtiger riesiger Baum stand. Der blinde US-amerikanische Musiker Moondog, der immer ein Wikinger-Kostüm trug, lebte damals in Oer-Erkenschwick und war ein Multi-Musik-Talent. Er bat alle, ihre Trommeln mit zum ›Baum‹ in Recklinghausen zu bringen. Und dort machten sie dann kurz vor Weihnachten alle zusammen eine riesige Trommel-Session zur Wintersonnenwend-Feier: Indianer-Musik im Ruhrgebiet.

Moondog hieß eigentlich *Louis Thomas Hardin* und wurde 1916 in Marsville, Kansas, geboren. Er war ein nur Insidern bekannter US-amerikanischer Komponist und Musiker und starb 1999 in Münster, Westfalen.

Und noch etwas anderes erlebten sie in jenem Winter 1975, nämlich die ›kosmische Walze‹. Mit seinen beiden Holy-Flip-Compadres Laufi und Wim fuhr Danny in seinem blauen VW-Käfer ins nahe gelegene Sauerland, um im Schnee zu zelten.

Sie verließen die Sauerland-Linie an der Abfahrt Lüdenscheid-Nord, dann Richtung Altena den Berg hoch und landeten schließlich in einem Wald, wo kein anderer Mensch mehr längs kam. Dort stochten sie in einer Landschaft mit frisch gefallenem Schnee herum.

Zuerst wollten sie in ihrem jugendlichen Wahnwitz einen Iglu bauen, um darin zu nächtigen. Denn die sollen ja angenehme Wärmeverhältnisse bieten, da der Schnee als Wärme-Isolator wirkt, wie man von den Inuit weiß. Glücklicherweise gaben sie dieses Vorhaben auf. Sie hatten nämlich ein kleines Iglu-Modell gebaut und merkten, dass dafür ihre Zeit noch nicht reif war. Später erfuhr Danny dann durch seine Sister BärBel, Völkerkundlerin und durch ein Jahr Forschungstätigkeit bei den kanadischen Inuit ausgewiesene Eskimo-Expertin, dass man Iglus auch nur aus altem festen Schnee bauen kann. Nicht aber aus dem Neuschnee, den sie in den Wäldern des Sauerlands vorfanden. Statt des Iglus bauten sie zwei Zelte auf. Das eine war Dannys Tramper-Minipack für ihre mitgebrachten Musikinstrumente. Und das andere für sie drei ›Schneemenschen‹, in Felle gehüllt. Laufi schlief im Afghanenmantel. Danny trug seinen Fohlenmantel aus Amsterdam. Und Wim hatte im Winter immer seinen Afghanen an, den er sich 1974 selber aus Afghanistan mitgebracht hatte. Das andere Zelt war die ›kosmische Walze‹, ein Zelt mit Glasfiberstangen und mit der Form eines Halbzylinders. Die Liegeordnung im Zelt ergab sich wie folgt. Alle drei lagen sie mit den Köpfen zum geöffneten Zelteingang, also die schneebedeckten Baumzweige und den Sternenhimmel über sich. Laufi lag in der Mitte, gewärmt rechts und links von Wim und Danny. Die beiden hatten wiederum ihre Horizonte durch den mexikanischen Zauberpilz Teonanacatl kosmisch erweitert und erwärmt. Denn dieses alte traditionelle Naturmittel der Psilocybin-Pilze wurde von den mexikanischen Indianern aus spirituellen Gründen genommen, um zu besserem Einklang mit der Natur zu kommen. Und näher an und mit der Natur als die drei war wohl in dieser Nacht kaum jemand in ganz Deutschland.

Sie hatten das Schlafzelt mit dem Glasfiber-Gestänge auf einem sanft gerundeten Hügel aufgebaut, sodass ihre Körper konkav lagen und sie deshalb ihre eigenen Füße nicht mehr sahen. Denn die lagen weiter unten im nicht sichtbaren Zeltende. Da unten lagerte sich im Laufe der Nacht ein regelrechter ›Sumpf‹ von verschiedenstem Krempel ab. Dorthin musste ab und zu mal einer von den Dreien runtertauchen, um irgendetwas ihrer Sachen zu holen. Da dieses alles zu Dritt in einem kleinem Tramperzelt geschah, konnte man sich das jeweilige Gedränge und erst recht das Durcheinander im Sumpf ihrer Fußenden gut vorstellen.

Anfangs war's recht toll und romantisch, philosophierend im Zelt zu liegen. Sie fühlten sich durch ›Psilocybe mexicana‹ und die besondere Situation der weißen Schneelandschaft um sie herum mit der Natur im Einklang. Und sie hatten auch bei ihrer Trommelsession mitten im Wald und im Schnee ein irres Indianer-Feeling.

Aber im Laufe der Nacht wurde es leider wärmer. Es begann zu tauen. Aus der Schneelandschaft wurde eine reale tröpfelnde Nasskälte. Denn die Wärmeisolierung des Schnees ließ langsam, aber deutlich nach. Und die nasse Kälte kroch ins Zelt.

In dieser Nacht blieb Danny ohne Schlaf, nur damit beschäftigt, Laufi zu wärmen und mit Wim zu philosophieren. Und siehe da – am nächsten Morgen war auch das Iglu-Modell getaut. Und sie wären es auch, hätten sie sich am Abend zuvor für die eisige ›Halbkugel-Herberge‹ entschlossen. Danny stand früh auf und hatte bei Morgengrauen und wabernden Nebelfetzen ein denkwürdiges Zusammentreffen mit dem Förster: Staatsgewalt trifft Freak. Sie hatten eine ge-

genseitige Skepsis, denn der Förster als Vertreter von Gesetz und Ordnung traf in seinem Revier einen zotteligen Freak mit langen Haaren, Bart und Ketten. Das roch nach Anarchie. Aber beide waren naturverbunden, wünschten sich gegenseitig einen ›Guten Morgen‹ und stapften freundlich gesinnt ihrer Pfade.

Danach hatten die Drei es auf einmal recht eilig. Sie packten beide Zelte mitsamt der Schlafsäcke und allem Krempel drinnen nass und knautschig in den Kofferraum des Käfers und düsten los. In Altena fanden sie ein Cafe, in dem sie ihre durchgefrorenen Körper mit frischen heißen Getränken aufwärmen konnten. Und dann fuhren sie hoch auf die Burg Altena, um dort Ritterkrempel zu begucken, mittelalterliches Sperrgut, Schrott, Gerümpel.

Twist in einer halben Minute

In einem anderen Winterjahr machte es sich Danny in der warmen Wohnung vor dem Fernseher gemütlich. Da sah er diese TV-Show: den alten *Matt Bianco*-Hit ›*Half a minute*‹ aus den 1980er Jahre hörte er sich noch immer ganz gerne an. Aber noch besser gefiel ihm die ›köstliche‹ Szene, als bei einer TV-Preisverleihung Mitte der 1980er Jahre die rauen Jungs von den *Fine Young Cannibals* mit den eher softeren Burschen von *Matt Bianco* aneinander gerieten. Jedenfalls konnten die beiden Bands sich wohl überhaupt nicht ausstehen. Einer von den Cannibals bewarf den Sänger von Matt Bianco mit einem Naturjoghurt, der ihn voll auf seinen feinen schwarzen Zwirn traf. Daraufhin entwickelte sich eine kleine Schlägerei live im TV. Desirée Nosbusch, die hübsche luxemburgische Moderatorin, konnte die Männer nur mit Mühe im Zaum halten. Sie hatte alle Hände voll zu tun, um die Streithähne auseinander zu halten: hihihi …

Das winterliche Musik-Kaleidoskop hatte über die Jahrzehnte noch viele andere Facetten: Anfang Januar 2017 kamen wieder die Sternsinger an die Haustür. Wie jedes Jahr hörten Danny und Moni sich erst ihr Lied an, fragten, wofür sie dieses Mal sammelten und spendeten dann. Letztes Jahr sollte der Spendenerlös für die Kinder in Bolivien sein.

Aaaahhh, dazu bekam Danny eine Assoziation. Denn immer wenn Danny die ersten Takte von *Tanita Tikaram's* Hit ›*Twist In My Sobriety*‹ von 1988 hörte und dabei dieses Video vor sich sah, dann hatte er Gedanken an Indios in den Anden, in Peru oder Bolivien, an karge Lebensweisen der dortigen Bevölkerung. Die Stimmung im Song trägt ja auch einiges zur Melancholie dazu. ›Twist In My Sobriety‹ könnte man auch in etwa übersetzen mit: ›Wende dich meiner Schlichtheit zu‹ ….

Die britische Sängerin Tanita Tikaram wurde 1969 in Münster geboren. Ihre Mutter stammte aus dem malaysischen Teil Borneos und ihr Vater von den Fidschi-Inseln. Die beiden lernten sich in England kennen und zogen ins westfälische Münster, weil ihr Vater dort in Diensten der britischen Armee stationiert war. So kam es, dass Tanita in Münster geboren wurde. Doch im Alter von zwölf Jahren zog sie mit ihren Eltern nach Basingstoke in England. Als musikalischen Einfluss gab sie die Songs von *Joni Mitchell* an. Im September 1988 erschien ihr Debütalbum *Ancient Heart*, auf dem auch der Single-Hit ›Twist in My Sobriety‹ zu finden war.

Millennium-Party

Vor zwei Jahrzehnten erlebte Danny zusammen mit seiner Moni *The Comets,* zwar ohne *Bill Haley,* aber dafür ›*Rock around the clock*‹ live. Ein neues Jahrtausend – das hatte man ja auch nicht alle Tage. Der Wechsel vom 31.12.1999 zum 01.01.2000 bescherte den Menschen ein weltweites Getöse an Feierlichkeiten rund um den Globus von nie erlebten Ausmaßen. Über Hagen sollte das geilste Feuerwerk aller Zeiten geprasselt sein. Danny und Moni waren auch dabei, ohne es gesehen zu haben. Wie ging denn das? Ganz einfach: sie feierten die Millenniums-Sylvester-Feier in der Hagener Stadthalle, zusammen mit der Freundin Lia Böchterbeck und ihren Freunden Salvo und Roberta. Und Dannys späterer Sportskamerad H.K. und seine damalige Frau Jutta waren auch dabei, dazu einige Tausend andere Rock‹n Roll-Fans. Moderiert wurde alles von Uschi Nerke, bekannt aus dem BEAT-Club von Radio Bremen, in der Zeit von 1965 bis 1972 die beste Musik-TV-Sendung, und von WDR-II-Radioreporter Manni Breuckmann, übrigens auch ein Ex-Dattelner wie Danny. Als Musikgruppen heizten zunächst die *Lennerockers* ein, die lokalen Rockabilly-Heroen aus Hohenlimburg. Danach zeigte *Wanda Jackson*, was sie noch zu röhren hatte. Als dann schließlich die Comets loslegten, konnten sie es kaum glauben, dass Rock‹n Roll-Opas um die 70 Jahre noch solch eine Power haben konnten. Das waren original die Männer, die in den 50er Jahren als *Bill Haley & the Comets* mit ›Rock around the clock‹

Musikgeschichte geschrieben hatten. Bill Haley lebte ja schon nicht mehr, aber die anderen, die Comets, waren dermaßen fesselnd, dass Danny und seine Freunde um Mitternacht lieber auf das Millenniums-Feuerwerk verzichteten, um keine Sekunde von den Comets zu verpassen. Und der Eintrittspreis für die ganze Millenniums-Party kostete übrigens nur coole 19,99 DM: danke dafür, Stadt Hagen.

Shakira Shakira

Danny interessierte sich nicht für die Techno- und *House-Musik* der Raver in den 1990er Jahren. Man hätte zwar sagen können, dass er nicht mehr die Kondition dafür hatte, eine ganze Love-Parade durchzutanzen. Aber wahrscheinlicher war es eher, dass ihm diese Mucke zu langweilig war. Nicht mehr die abwechslungsreichen Hits wie in den 60ern oder 80ern. Sondern immer das gleiche Gehämmer: bummm-bummm-bummm …!!! Auch stand er nicht so besonders auf den Sprechgesang von *Rap-Musik* oder *Hip-Hop, Scratching* oder *Break-Dance.* Dafür reiste er lieber mit seiner Moni durch die Weltgeschichte und hörte die Musik dieser Länder. Wenn schon tanzen, dann lieber *Salsa* oder die kurzen schnellen Schritte des *Merengue* in der Dominikanischen Republik.

Im neuen Jahrtausend geschah es nicht mehr so oft, dass sich Danny in eine Band, einen Sänger oder eine Sängerin verliebte. Aber bei einigen der jungen Hüpfer, da konnte auch er schwach werden, vor allem wenn sie via Video-Clip rüber kamen. Denn das Auge hörte mit, und da wurde Danny nicht nur stimmlich, sondern auch rein optisch viel geboten, allein schon wenn er sich den tanzenden Irrwisch *Shakira* anschaute. Das kam so: als Danny wegen einer Knie-OP im Krankenhaus lag, rief ihn sein Freund Eddie an. Sie diskutierten wie so oft über neue Musik. Dabei fiel dann auch der Name Shakira, die Eddie wegen ihres politischen und gesellschaftlichen Engagement neben ihrer Musik empfahl. Später und wieder zu Hause spürten Danny und seine Frau Moni CD's von Shakira auf, und so wurde sie im Laufe der Zeit zu Dannys Lieblings-Sängerin.

Besonders wenn der Winter lang und kalt war, liebte er es, sich von heißen Sängerinnen erwärmen zu lassen. Denn Shakira war und ist eine absolut sexy Frau, was sie auch immer wieder in ihren Songs unterstreicht. Da sang sie ganz leidenschaftlich ›Underneath your Clothes‹. Oder in ihrem Song ›Gitana‹

wurde Danny als Shakira-Fan auf eine harte Probe gestellt, denn die hübsche Kolumbianerin zeigte sich in einer delikaten Szene.

»Mann-Mann-Mann,« dachte sich Danny, »da räkelt sich Shaki nur leicht bekleidet am Strand rum … mit einem Mann. Das ist doch …, tatsächlich: that guy is Rafael Nadal, der spanische Tennis-Crack. Ej hombre, wenn du demnächst wegen eines Tennis-Matches mal nicht kannst, ich übernehme diesen Part hier im Video-Clip gerne für dich …«

Als Danny das Video ›Shakira – *Cumbia De Colombia*!‹ zum ersten Mal sah, da dachte er: »Whow, da geht mir als Trommler, Percussionisten und Konga-Spieler das Herz auf. Da wird getrommelt, was die Finger und Hände her geben.«

Und dazu gab es als extra Augenschmaus Shakira, seine kolumbianische Lieblings-Sängerin und -Tänzerin ...: »Oye como va, ab zum Genießen.«

Dannys nannte das Video ›Shakira – *La Tortura, ft. Alejandro Sanz*‹ für sich insgeheim ›künstlerische Fango-Packung‹. Damit ist das Filmchen gemeint, in dem sie sich lasziv schwarzen flüssigen Schlamm über ihren Körper fließen lässt. Dazu dachte sich Danny schmunzelnd: »Wo andere mit Schoko-Sauce Plätzchen verzieren, lasse ich die Schoko-Sauce lieber über Skakira laufen: hihihi ...«

Nachdem Danny den Video-Clip ›Shakira – *Can't Remember to Forget You, ft. Rihanna*‹ gesehen hatte, war ihm völlig klar: »Ich kann euch gut verstehen, liebe Shakira und Rihanna. Denn wenn ich bei diesem Set in eurem Bettchen dabei gewesen wäre, würde ich auch nur noch sagen: ›Can't Remember to Forget You‹. Mir wird schon ganz heiß, noch bevor die erste Kerze angezündet wurde. Zwei ganz heiße Feger tummeln sich da zusammen im Bett, vier leidenschaftliche Augen, vier lange schlanke Beine und was da sonst noch im Bett mit Shaki und Rihanna rum macht ...«

Ganz anders als Kontrast dagegen ihr Sommer-Hit 2016, zusammen mit einem anderen kolumbianischen Sänger, nämlich *Carlos Vives*. Sie sangen ›La Bicicleta‹. Da tanzte Shakira, wie wir sie kennen, am Strand oder in der Kneipe – mit anderen; oder sie fahren mit dem Bicicleta. Das hatte ja fast was Ökologisches, mit dem Fahrrad zum Strand fahren. Zur Belohnung wurde dieser Song zum Latin-Lied des Jahres 2016 gewählt.

Hah, 2017 endlich mal wieder was Neues von Dannys Lieblings-Sängerin Shakira, zusammen mit *Prince Royce* sang sie ›Deja vu‹. Eine sehr romantische Ballade, sie tanzten dazu Rumba. Und er schien doch ein wirklich netter Junge zu sein, den sie dabei hatte. Da konnte man sie ja mal getrost mit ausgehen lassen, ohne befürchten zu müssen, dass was passierte ...!?

Dieser Prince Royce wurde 1989 in New York als Geoffrey Royce Rojas geboren und ist ein US-amerikanischer Latin-Pop-Sänger. Er ist der Sohn von Einwanderern aus der Dominikanischen Republik.

Und Shaki tanzte dabei so schön, aber dieses Mal so anmutig wie eine Prinzessin aus dem Morgenland, nicht mehr dieses zuckige Youth-Gehopse. Sie war ja auch inzwischen 40 Jahre alt geworden, dazu zweifache Mutter, aber sie blieb trotzdem eine tolle Frau in ihrer vollen Blüte …: Shakira – ti amo

Eine andere junge 32-jährige US-amerikanische Sängerin aus New York, nämlich *Lana Del Rey*, hatte Danny gleich beim ersten Hören ihrer Stimme begeistert. Das war ein total voller Klang, er hörte eingängige Melodien, und sie sah dabei auch noch sehr gut aus. Auch wenn ihr Hit ›*Summertime Sadness*‹ von 2012 eher eine traurige Ballade war, machte es Danny immer Spaß, ihr zuzuhören. Auch die dazugehörigen Videos wie bei ihrem Super-Hit ›*Video Games*‹ von 2011 gefielen jung und alt …

Und dann gab es ja auch in Old Germoney ein neues musikalischen Frollein-Wunder. Danny freute sich mit Millionen anderen Menschen in Europa über den neuen smarten Schwung der jungen deutschen Sängerin *Lena Meyer-Landrut* aus Hannover, als sie mit dem Song ›*Satellite*‹ beim Eurovision Song Contest 2010 für Germany sang und dann auch noch mit Pauken und Trompeten gewann.
NRW fürchtete sich nicht vor Carolin Kebekus ›Pussy Terror‹. Denn diese WDR-III-Sendung moderierte die Lady mit der Kölner Schnauze aus der ›Bronx von Deutz‹ derartig authentisch und sympathisch, dass sogar Lena Meyer-Landrut 2016 bei Carolin Kebekus in ›Pussy Terror‹ auftrat. Und aus dem einstigen Teenie-Hopser Lena von 2010 war inzwischen eine ansehnliche attraktive junge Frau geworden. Meinte jedenfalls Carolin Kebekus, als sie sie als ›die schönste Frau der Welt‹ in ihrer Show vorstellte. Na ja, Carolin neigte ja manchmal dazu, ein wenig zu übertreiben. Aber immerhin …
… denn Lena Meyer-Landrut hatte ganz Europa und auch Danny vor sieben Jahren in einer einzigen Nacht verzaubert.

V. Karneval, die 5. Jahreszeit

Nach den klassischen vier Jahreszeiten Frühling, Sommer, Herbst und Winter haben besonders die Rheinländer eine 5. Jahreszeit eingeklinkt, den Karneval. Damit et ihnen nich so langweelig is – im langen un nasskalten Winter, ne …

»Mir jonn zum F.C. Kölle un mir jonn zum KEC
Mir drinke jän e Kölsch un mir fahre KVB
Henkelmännche – Millowitsch, bei uns is immer jet loss
Mir fiere jän – ejal ob klein ob jroß – wat et och koss'!

Da simmer dabei! Dat is prima! VIVA COLONIA!
Wir lieben das Leben, die Liebe und die Lust
Wir glauben an den lieben Gott und hab'n noch immer Durst.« [*]

Viva Colonia hieß der Titel eines Karnevalslieds der Kölner Band *Höhner*, das 2003 heraus kam und europaweit bekannt wurde. Die Melodie des Liedes Viva Colonia (›Es lebe Köln‹) beruhte auf dem Refrain des gemeinfreien Volkslieds *Im Wald, da sind die Räuber* und auf einer irischen Volksweise. Der in weiten Teilen auf Kölsch gesungene Text stellte eine Hymne auf die Stadt Köln dar, verbreitete Lokalkolorit über den 1. FC Köln, KEC, Kölsch, KVB und andere kölsche Eigenheiten und drückte das Kölner Lebensgefühl aus. Der einprägsame, größtenteils hochdeutsche Refrain trug zum Erfolg des Liedes bei.

Danny fiel dazu die Herkunft des offensichtlich lateinischen Begriffes ›carne vale‹ wieder ein: also ›Fleisch, lebe wohl‹. Nach dem närrischen Treiben der Karnevalszeit folgte ja stets und abrupt am Aschermittwoch die Fastenzeit. Diese alljährliche Massengeselligkeit unter den anonymen Masken und

---

[*] *Ich glaube, jedes Kölsche Kind hört dieses Lied von den Höhner als erstes Karnevalslied …!? Da kommt sofort die richtige Stimmung auf, bei – Viva Colonia: https://youtu.be/ qnuoKOOOrgE*

Verkleidungen zeigten die sonst so braven Bürger und Bürgerinnen in ungeahnten spaß-, sauf- und sexwütigen Verhaltensweisen, quasi als letzte demokratische Einrichtung. Denn ursprünglich stammte der Karneval ja von den römischen Saturnalien her. Saturn war der Gott der Fruchtbarkeit: »den dreitägigen Festen zur Erinnerung an das verlorene ›Goldene Zeitalter‹. Diese Feste, an denen die Herren mit ihren Sklaven gemeinsam den jungen Wein kosteten, öffnete dem Volke ein Ventil in der Form einer kurzfristigen Gleichheit aller. Sie setzten sich bis in unsere Tage als Karneval fort.«[*] Die drei Tage Straßenkarneval im Jahr ermöglichen es den Menschen heutzutage, sich in relativ freizügiger und freiheitlicher Phantasie auszuleben. Das nannte Danny deshalb demokratisch, weil sich jeder – im Gegensatz zum Alltag – so verkleiden und das darstellen konnte, was er mochte: eine sonst unmögliche Gleichheit. Wenn bei der Weiberfassnacht die Närrinnen Polizisten küssten, dann war das auch mehr als karnevalistische Freiheit, sondern eher schon Ironie.

Karnevals-Lieder einst und jetzt

Dannys eigene Karneval-Vergangenheit sah eher harmlos aus. Anfang der 70er Jahre, das war die lustige Zeit, als der aktuelle Karnevalshit hieß: ›Auf die Bäume, ihr Affen, der Wald wird gefegt.‹ Am Rosenmontag 1971 in Recklinghausen ›funkte‹ es zwischen Nicole und ihm. Und er lernte seine erste ›große Liebe‹ näher kennen.

Am so genannten ›Tulpendienstag‹ fand immer in Olfen ein ausgelassener Karnevalsumzug statt, der Danny und seine Freunde gerne die 6 km Entfernung zwischen Datteln und Olfen überbrücken ließ.

Zwölf Jahre später freute man sich zu Karneval ein ›Ohr ab‹ über Weisen von Klaus & Klaus wie ›Es steht ein Pferd auf dem Flur‹.
›Mardi Grass‹ in New Orleans, den ›fetten Dienstag‹, hatte Danny leider nie selber erlebt. Aber nach seinem intensiven Aufenthalt dort in der Hal-

---

[*] *Leo Kofler – Zur Dialektik der Kultur, Frankfurt/M. 1972, S.179*

loween-Zeit 1991 hätte er gerne mal die musikalischen und menschlichen Exzesse während des Mardi Grass in New Orleans erlebt.

Ja, da staunt der geneigte Leser, wonnich? Es gab nicht nur die ›Fünfte Jahreszeit‹ im Rheinland, wenn besonders am Rosenmontag die Jecken beim Schunkeln und Kamelle Futtern in Kölle ›Alaaf‹ und im Rest-Rheinland ›Helau‹ brüllten, sondern auch im sonst so als dröge verschrienen Westfalen existierte eine ausgesprochen rege Karnevalskultur, wie die Umzüge in Recklinghausen, Olfen und nicht zuletzt Hagen bewiesen. Hier in Hagen bekamen die städtischen Mitarbeiter in alter Tradition jeweils am Rosenmontag einen halben Tag arbeitsfrei, um beim Hagener Karnevalsumzug kräftig ›Hagau logohn‹ rufen zu können.

Erst im neuen Jahrtausend wurden zeitlose Karnevalsklassiker gekürt wie ›Viva Colonia‹ und ›Hey Kölle, du bes e Jeföhl‹ von De *Höhner* oder ›Superjeile Zick‹ von den *Brings*. In dem Karnevalshit ›Drink doch eene mit‹ von den *Bläck Fööss* wurde einem armen Mann ein Bier spendiert. Was bei uns in Westfalen völlig normal war, darüber machte der Kölner gleich nen Song. Offenbar war so etwas dort ein Weltereignis – weil die Bierpreise mittlerweile so hoch gestiegen waren …?

Danny chattete 2017 mal zur Karnevalszeit mit seiner Facebook-Freundin Jutta, einer Rheinländerin aus Mettmann, über den Karneval:

Jutta: »Wir haben hier die 5. Jahreszeit … also KARNEVAL – da ist alles geschlossen. Aber hier ist AUSNAHMEZUSTAND.«

Danny: »Ja, das kann ich mir gut vorstellen, liebe Jutta, dass bei euch in der Hochzeit der 5. Jahreszeit die Hölle los ist. Aber jetzt ist ja Aschermittwoch und alles vorbei. Und bist du froh oder traurig, dass Karneval vorbei ist?«

Jutta: »Beides wie immer … mit einem lachenden und einem weinenden Auge.«

Danny: »Ja, das scheint ne ambivalente Geschichte zu sein, der rheinische Karneval, was …!?«

Jutta: »Der ist der Beste … wir Rheinländer können feiern … nicht nur zu Karneval.«

Danny: »Das scheint mir auch so.«

Jutta: »Warst du hier schon mal feiern? So richtig?«

Danny: »Nee, ich muss gestehen, ich bin kein Karnevalist. Früher als Kind, da war das was anderes. Aber später, als ich Jugendzentrums-Leiter war, da war dann immer im JZ ordentlich was los, mit Verkleiden und Feiern und Musik. Das hatte mir dann wohl gereicht …: hihihi.«

Jutta: »Wenn du den rheinischen Karneval nicht kennst, kannste das nicht wirklich beurteilen.«

Danny: »Das glaube ich dir gerne.«

Jutta: »Ist was völlig anderes.«

Danny: »Ja, ist sicherlich anders. Aber was viele Rheinländer gar nicht wissen, es gibt auch westfälische Karnevals-Hochburgen mit Festumzügen, wie die Rosenmontags-Züge in Recklinghausen oder in Hagen, oder der Tulpen-Dienstag-Zug in Olfen. Während des Recklinghäuser Karnevals 1971 habe ich ja sogar meine erste Liebe kennen- und lieben gelernt.«

Jutta: »Doch sicher weiß ich, dass auch Münster … Selbst in Hannover gibt's Karneval. Aber eben eher aufgesetzt und steif, also ganz anders. Selbst die Mainzer kommen da an uns nicht mal entfernt ran.«

Danny: »Ja, der rheinische Karneval und die Lebenslust der Rheinländer ist phänomenal. Nicht umsonst bin ich – obwohl Westfale – Fan des 1.FC Kölns …«

Jutta: »Ja wir sind schon ein lustiges Völkchen.«

Danny: »Ich sehe auch immer gerne die Mitternachtsspitzen mit Jürgen Becker: ›Et hätt no imma jut jejange …!‹ und ›Pussy Terror‹ von und mit Carolin Kebekus.«

Jutta: »Ja die sind ja juut. Und Bernd Stelter, ein Ausnahmekünstler und guter Freund von mir.«

Danny: »Ja, da schau her. Bernd Stelter kommt aus Unna, dem Geburtsort meiner Frau Moni.«

Jutta: »Ich weiß, aber er ist aus Köln nicht mehr weg zu denken.«

Danny: »Ein echter Westfale in Kölle, auch datt givet …«

Jutta: »Ja Level un Level looten. Mein Wahlspruch, oder auch: Jeep soll nach seiner Facon glücklich werden. Schönen Abend wünsche ich. Ich geh jetzt, den Bacchus beerdigen …«

Danny: »Watt is datt dann, ›den Bacchus beerdigen'? Ist datt euer Nachfeiern am Aschermittwoch …?«

Jutta: »Jaa, bis er am 11.11. wieder ›aufersteht'. Dann jeit datt widda loss.«

Danny: »Ja, denn viel Späsken.«

Jutta: »Danke und Helau Hellblau Helau.«

Danny: »Hagau ….: so sagen sie hier in Hagen.«

Die Kölner hätten ja am liebsten immer Karneval, datt janze Jahr über. Erst machten sie nach dem ersten Europapokaleinzug des 1.FC Köln seit 25 Jahren im Mai 2017 die Stadt am Rhein zur rot-weißen Jecken-Stadt. Zumal der FC sich ja auch immer gerne und volkstümlich als ›wir sinn ja nur en Karnevals-Verein …‹ benennt.

Und auch bei ›Kölner Lichter‹ am 15. Juli 2017 wurde Viva Colonia gesungen, von 23 Chören und hunderttausenden Menschen rechts und links des Rheins. Dazu bis Mitternacht ein halbstündiges Feuerwerk vom Feinsten, immer abgestimmt auf den jeweiligen Song. Es wurde gesungen, dass es eine Freude war, zusammen mit den Höhnern ›Viva Colonia‹, aber auch ›*We are the world*‹, das von Michael Jackson und Lionel Richie für ›USA for Africa‹ 1985 geschrieben wurde. Sodann von *Reinhard Mey ›Über den Wolken‹* und sogar das Städtegrenzüberschreitende ›*Tage wie diese*‹ von den Düsseldorfer *Toten Hosen*, und das in Kölle …

Bankie Banx

Bei seinem ersten Versuch eines ›Karneval in der Karibik‹ erlebte Danny auf der kleinen Karibikinsel Nevis 1979 zusammen mit seiner damaligen Freundin Tina während der Karnevalszeit nix besonders Aufregendes, da die Inselbewohner ihren eigenen Karneval lieber im Hochsommer feiern wollten. Auch auf der Nachbarinsel St. Kitts wurde im Hochsommer Karneval gefeiert, wenn alle Touristen weg und die Einheimischen wieder unter sich waren.

Danny erinnerte sich dagegen an ein Konzert in der Karnevalszeit auf der Karibikinsel Nevis. Dort erlebte er zusammen mit Tina im März 1979 mal einen richtigen und grandiosen karibischen Musikabend life. Und zwar die zwölfköpfige Calypso-Rock-Formation ›*Grand Ash II. Express*‹ aus St.Kitts, und dann später als Attraktion des Abends ›*Bankie Banx*‹, Reggae life aus Anguilla.

Tina und er waren einige der wenigen Weißen unter Hunderten von gut gelaunten und schweißglänzenden Schwarzen. Als rockte der ›Papst im Kettenhemd‹, so ging da die Post ab …!

Aber auch die Musiker alterten ein wenig. »Sieh an, sieh an, der Bankie Banx,« dachte Danny, als er den vier Jahrzehnte später in einem YouTube-Video entdeckte. Denn da machte er mit seinem All-Time-Hit ›Prince of Darkness‹ immer noch seine entspannte Reggae-Mucke.

Umso größer war Dannys Überraschung, als er zusammen mit Moni im September 2017 einen TV-Bericht über die Folgen der Hurrikans Irma und Maria verfolgte. Die hatten mit teilweise über 300 km/Std. mehrere Karibikinseln verwüstet oder unbewohnbar gemacht. Das traf dann leider immer genau die Ärmsten der Armen in ihren leicht gebauten Holzhütten. Erst verwüstete Monster-Hurrikan ›Irma‹ die Karibik-Inseln Barbuda, Saint Marteen und einige der Jungferninseln wie kein Sturm zuvor, streifte Kuba und fegte dann durch Florida. Kurze Zeit später tobte der nächste Hurrikan ›Maria‹ über die kleinen Antillen-Inseln Dominica, Guadeloupe, St. Kitts, Nevis, Anguilla und schließlich auf Puerto Rico. Da zeigten sie in der Sonder-TV-Sendung die Zerstörungen auf den verschiedenen Inseln. Auf einmal sprach ein Mann mit Rasta-Locken von der Insel Anguilla, während er in den Trümmern seines zerstörten Haus rum räumte. Darunter stand sein Name eingeblendet: ›Bankie Banx‹.

»Boah, den kenn ich, Moni,« rief Danny, »guck ma, guck ma, der Bankie Banx aus Anguilla. Genau den hab ich 1979 live gesehen, bei einem Reggae-Konzert.« Über seine Reggae-Auftritte und sein Musik-Geschäft berichteten sie im TV auch, während er sich hoffnungsvoll an seinen weißen Konzert-Flügel setzte, auf den nur ein paar Bretter runtergefallen waren. Er klimperte einige Tasten an, aber die Töne hatten sich durch die mißlichen Umstände ziemlich verstimmt. »Wir werden das schon schaffen, wenn wir in ein paar Monaten wieder elektrischen Strom zurück bekommen,« war Bankie Banx‹ optimistischer Kommentar, wie fast alle Reggae-Musiker mit ›Positiv Vibrations‹ …

Der Wixer von Wallenstein

Es war Anfang der 80er Jahre, ja, genau, Karneval 1981, Hagener Ische-land-Halle, der so genannte ›Sockenball‹. Die Jugendlichen durften nur mit Socken oder Turnschuhen in die Halle, die ja sonst von Hagener Erstliga-Bas-ketballern benutzt wurde.

Der Sockenball war eine Gemeinschafts-Veranstaltung zum Karneval des Hagener Jugendamtes. Danny als damaliger Jugendzentrums-Leiter machte natürlich auch mit. Er war als ›Security‹ für den Künstler-Eingang eingesetzt worden. Da er in jener Zeit eine eigene Musik-Gruppe hatte und damit auch Auftritte machte, schien er den Verantwortlichen der richtige Mann für die Künstler zu sein.

Bei diesem Sockenball spielten die ›Stripes‹ mit Sängerin *Nena Kerner,* ›Green‹ mit *Milla Kapolke* und als Star-Band *Wallenstein* mit ihrem Hit ›Char-line‹ von 1978. Am Künstler-Eingang musste Danny sich öfters die irresten Ausreden von Fans ohne ›Kohle‹ für Eintritt anhören, die versuchten, umsonst in die Halle zu kommen.

So verwunderte es ihn auch nicht, als ein langmähniger Typ rein wollte, mit einer ziemlich haarsträubenden Begründung.

Deshalb sagte Danny ihm die Meinung: »Ja, ja, Kumpel, da kann ja jeder kommen, und behaupten, er sei der Wixer von Wallenstein …!«

Boah, da flippte der Typ aber dermaßen aus, und tobte wild rum: »Mensch, du Blödmann. Ohne mich läuft hier gar nix. Ich bin der Mixer von Wallen-stein …!«

Da musste Danny allerdings schallend lachen …

›Bruttosozialprodukt‹ von Geier Sturzflug

Genau Rosenmontag 1983, also vor 35 Jahren, war Danny Leiter des Jugend-zentrums Hohenlimburg und hatte *Geier Sturzflug* zu einem Gig im JZ-Saal eingeladen. Dort spielte doch tatsächlich Werner Borowski bei Geier Sturzflug am Bass. Den erkannte er direkt wieder, den Mann mit der Afro-Mähne. Das war ja erst sechs oder sieben Jahre her, seit er ihn zuletzt gesehen hatte. Denn Danny hatte an der Ruhr-Uni Bochum von 1972 bis 1977 studiert und dort bei Prof. Leo Kofler seine Dipl.-Arbeit geschrieben. Zu jener Zeit war Werner Borowski einer der ›Jünger' von Kofler. Werner sprach fließend ›Dialektischer Materialismus' und nur die Eingeweihten verstanden ihn. Umso größer war Dannys Überraschung bei seiner nächsten Begegnung mit Borowski, eben beim Geier Sturzflug-Gig im JZ Hohenlimburg: »what a Gegensatz …!: dammals in'ne 70er Jahre Dialektik pur, und nu in'ne verrückten 1980er der dauer-bekiffte Bassist bei Geier Sturzflug.!« Dazu meinte Danny mit einem Grinsen im Gesicht: »Ich glaube, datt nennt man gelebte Dialektik, wa ej ….!?«

Danny hatte einen Autoradio-Rekorder. Darauf spielte er beim Autofahren immer gerne seine aufgenommenen Kassetten. Und wenn er seine Kassette mit den Hits der Neuen Deutschen Welle hörte, dann musste er unwillkürlich an seine zweite Begegnung mit Werner Borowski denken. Wenn nämlich aus seinen hoch geboosterten Autoboxen ›Bruttosozialprodukt‹ von Geier Sturzflug dröhnte, dann räsonierte Danny vor sich her, während er den flotten Reggae von 1983 dieser angesagten Ruhrgebietsgruppe auf seinem Lenkrad mit klopfte. Er wunderte sich immer wieder aufs Neue darüber, was für eine Veränderung so manche Menschen gemacht hatten: »Das ist ja man nen Dingen, wonnich …? Der Bobo, der olle Schwerenöter, menno, der macht jetzt bei den Männern aus Bochum den zugekifften Bassisten. Dabei war er vor etwa fünf bis zehn Jahren noch der eloquente wissenschaftliche Assistent Borowski bei Prof. Leo Kofler am roten sozialwissenschaftlichen Institut der Ruhr-Uni Bochum. Damals konnte ich ihn wegen seiner Verwendung von vielen Fremdwörtern und vor lauter dialektischem Materialismus kaum verstehen. Und jetzt Geier Sturzflug. Ja, the times they are changing …!«

Karneval in der Karibik

Moni und Danny erlebten 1998 in der Dominikanischen Republik einen richtigen karibischen Karneval. Und da sollte es niemanden wundern, dass es dort weitaus rhythmischer zuging als bei uns in Deutschland.

So war dann der Karnevalsumzug in der Stadt Samana auf der gleichnamigen Halbinsel im Nordosten der Dominikanischen Republik für die beiden einer der Höhepunkte ihres Karibikurlaubes 1998.

Was in Deutschland mit Karneval zu tun hatte, war ›am Aschermittwoch alles vorbei‹. Die verschiedenen Inseln und Städte in der Karibik hatten jedoch ihren eigenen Karnevalskalender. Auf der Halbinsel Samana wurde der ›Tag der Unabhängigkeit‹ am Freitag nach dem Aschermittwoch, also der 27. Februar 1998 genutzt, der sowieso ein nationaler Feiertag war, in der Stadt Samana das Ende der Karnevalszeit zu feiern. 1844 hatte an diesem Tag Duarte mit seinen Leuten die Dominikaner von der Macht der Haitianer befreit.

Der Tag begann mit einer riesigen Karawane schwarzer Dominikaner zum Strand. Sie feierten ihren Nationalfeiertag mit Musik und einem Strandpicknick. Dann ging's auch für Danny und Moni los. Zusammen mit Christian und Claudia nahmen sie sich ein Pick-Up-Taxi nach Samana, das unterwegs für sie am Playa Puerto Luis anhielt. Dort hatten sie eine schöne Aussicht auf einen Strand unter sich. Und außerdem konnten sie von dort aus in der Bucht von Samana einige Buckelwale beobachten. Dann weiter zum Karnevalsfest nach Samana. Am Verkehrskreisel unterhalb des Hotels Cayacoa trafen sie auf einen großen Menschenauflauf. Sie stiegen vom Pickup, um sich unter die Feiernden zu mischen. Schwarze Gesichter in bunter Kleidung, vor allem Kinder mit Masken und verschiedenen Kostümen. Es war ein großartiges Gefühl, dort als ›Gringo‹ unter all den feiernden Schwarzen durch zu stromern. Das war fast wie auf einem anderen Stern. Es herrschte eine gute Stimmung. Von einem Musik-LKW dröhnte *Merengue-Musik* über die Menge. Der Alkohol floss schon tagsüber in Strömen. Sie hatten das Gefühl, das wäre das wichtigste an der ganzen Angelegenheit: sich treffen, jede Menge Rum saufen und dazu Merengue tanzen.

Aber auch die vielen herausgeputzten Kinder prägten das Bild: Mädels in Kleidchen und mit Glasperlen-Zöpfen, Jungens in Verkleidungen als Teufel, Batman, flauschige Figuren oder in zottelige Zeitungspapierfetzen gehüllt.

Diese Zeitungsfetzen-Jungs im karibischen Samana mit ihren Teufelsmasken erfreuten sich am Popo-Klatschen mit ihren Schweinsblasen-Bällen. Sie schlugen sich damit gegenseitig, aber am liebsten auf Mädchen-Popos.

Immer wieder hatten Danny und Moni vor allem mit den schwarzen Dominikaner-Kindern eine gute Kommunikation. Entweder redete Danny für sie ganz überraschend spanisch mit ihnen, über ihre Kostüme, oder er fotografierte sie, was vielen auch gut gefiel. Einmal fragte er drei Jungens, warum sie immer mit ihren Bällen oder Schweinsblasen am Bändel hauptsächlich auf Mädels einschlugen? »Fanga!«, war deren fröhliche, aber eindeutige Antwort.

Vielleicht so eine Art Brauchtum? Später recherchierte Danny im Internet, dass Fanga ein afrikanischer Trommel- und Tanz-Rhythmus war.

Genauso wie beim Songkran-Fest, dem thailändischen Neujahr, die Touristen dort aus alter Sitte üppig mit Wasser bespritzt werden, so machten sich hier in Samana die jungen Schwarzen einen Spaß mit reichlichstem Popoklatschen für alle Mädels und Frauen, die nicht rechtzeitig weg springen konnten. Auch Monis Popo hatte das ›Vergnügen‹, von solch einer Schweinsblase am Bändel beklatscht zu werden.

Trotzdem bereuten die beiden es auf keinen Fall, einen karibischen Karneval mal hautnah mit erlebt zu haben. Überall brodelte es vor Lebensfreude, Tanzfreude, Farbenfreude …! Und sie mittenmang dabei, manchmal machten sie ein paar Merengue-Schritte mit, was zur großen Überraschung der Einheimischen wohlwollend von ihnen registriert wurde. Denn den *Merengue* hatten sie ja in der Dominikanischen Republik als ihren neuen karibischen Musik- und Tanzstil kennen- und lieben gelernt.

Als Höhepunkt des Festes bildeten sich dann einige Züge, Wagen, Karnevalsgruppen mit Musik, Hullahoop-Reifen und weiß-roten Kostümen zu einem Umzug durch die Stadt. Brugal war die beliebteste Rumsorte der Dominikanischen Republik, hatte sogar die Nationalflagge im Emblem und wurde während des Karnevals exzessiv getrunken.

Als dann bei einbrechender Dunkelheit von den feiernden Einheimischen dem Rum immer mehr zugesprochen wurde, machten die beiden sich vorsichtshalber ›vom Acker‹. Sie wurden nämlich vorher gewarnt, dass diese Kombination aus sehr viel Rum, Dunkelheit und exzessiv feiernden Schwarzen eventuell für sie Weiße gefährlich werden könnte.

Sie nahmen sich für den Rückweg dann auch wieder einen Pick-Up, wo sie hinten auf der Ladefläche saßen und unterwegs sogar noch einmal an einem kleinen dörflichen Karnevalsfest in El Cacao vorbei kamen. Es war ein schöner und interessanter Tag mit sehr vielen menschlichen Begegnungen, den sie nicht missen mochten und an den sie gerne zurückdachten.

VI. Fußball-Saison

»When you walk through the storm
Hold your head up high and don't be afraid of the dark
At the end of the storm there's a golden sky
And the sweet silver song of a lark
Walk on through the wind
Walk on through the rain
For your dreams be tossed and blown
Walk on, Walk on
With hope in your heart
And you‹ll never walk alone
*You‹ll never walk alone«**

Der lateinische Ausdruck ›panem et circenses‹ stammte vom römischen Dichter Juvenal. Er bedeutete ›Brot und Zirkusspiele‹: mehr brauchten die Menschen damals im alten Rom nicht, was zu essen, und ab und zu etwas Unterhaltung.

Und heutzutage: das tägliche Brot wurde durch die Arbeit verdient, und zur Unterhaltung gab es Fußball-Spiele.

Früher wurde bei den Römern im Kolosseum ein hungriger Löwe zu 22 gefangenen Christen gesteckt, auf dass es ging um Leben oder Tod.

Heutzutage warf man in den modernen Kolosseen 22 gekauften Spielern einen Ball zu, auf dass es ging um Sieg oder Niederlage.

Da wo früher die Römer durch das Spektakel unterhalten wurden, da verkloppten und schlugen sich heuer die Zuschauer in den modernen Fuß-

---

* *Wann gab es je einen größeren Gänsehaut-Effekt für Fußball-Fans als im Liverpooler Stadion an der Anfield Road gegen die BvB Borussia. Dabei sangen Liverpooler und Dortmunder Fans gemeinsam ›die‹ Fußball-Hymne, die du dir jetzt in diesem Video anhören kannst ›You'll Never Walk Alone‹, Liverpool vs. Dortmund 14th April 2016: https://youtu.be/ j72tBjGNIxI*

ball-Arenen selber. Besonders gerne auch in Rom, wenn die AS Roma gegen Lazio Rom spielte oder im Ruhrgebiet das Derby BvB Borussia Dortmund gegen Schalke 04 anlag. Immer waren es dann Hochsicherheits-Spiele für Polizei und Ordner.

Dieser Unterschied zwischen dem alten Rom und den modernen Fußball-Stadien erschien doch als eine Ausgeburt von verdrehter Perversität.

Aber immerhin gab es einen positiven Kontrast der Fußball-Songs und – Hymnen in den letzten Jahrzehnten gegenüber den früheren Fußball-Liedern, wie 1974 die *deutsche Fußball-Nationalmannschaft* mit ihrem ›*Fußball ist unser Leben*‹: oh, gröhl- gröhl-gröhl. Und dann sang *Udo Jürgens* mit der DFB-Mannschaft 1978 das unsägliche ›*Buenos Dias Argentina*‹: oje, Buenos Dias, Musikgeschmack.

Oder 1990 die deutsche Nationalmannschaft mit ihrem zweifelhaften Gassenhauer ›*Wir sind schon auf den Brenner*‹, wieder mit *Udo Jürgens*. Was hatte der eigentlich mit Fußball zu tun?

Da waren die Schlager-Versuche der 60er Jahre eher rührend, als es mit *Gerd Müller* im Jahre 1969 ›*Dann macht es bumm*‹ bumste, oder *Franz Beckenbauer* 1966 mit seinem Rühr-Stück ›*Gute Freunde kann niemand trennen*‹. Da trieb es Danny die Tränen in die Augen, aber nicht vor Rührung.

Allerdings gab es auch rühmliche Ausnahmen, aber die hatten alle was mit Torhütern zu tun: *Petar Radenkovic* ›*Bin i Radi, bin i König*‹ war ein Klassiker, genauso wie der Evergreen von *Theo Lingen* ›*Der Theodor im Fußballtor*‹, ja, der Theodor, der stand im Fußballtor.

Und natürlich *Wencke Myhre* durfte mit ihrem ›*Er steht im Tor*‹ von 1969 nicht fehlen:

> ›*Er steht im Tor, im Tor, im Tor,*
> *und ich dahinter.*
> *Frühling, Sommer, Herbst und Winter,*
> *bin ich nah bei meinem Schatz,*
> *auf dem Fußballplatz*‹.

Das kannte Danny noch aus seiner eigenen Fußball-Zeit in den 70ern, als er im Tor stand und seine Freundin Tina dahinter. Und fröhlich – wie sie damals war – Wencke's Schlager lauthals mit trällerte.

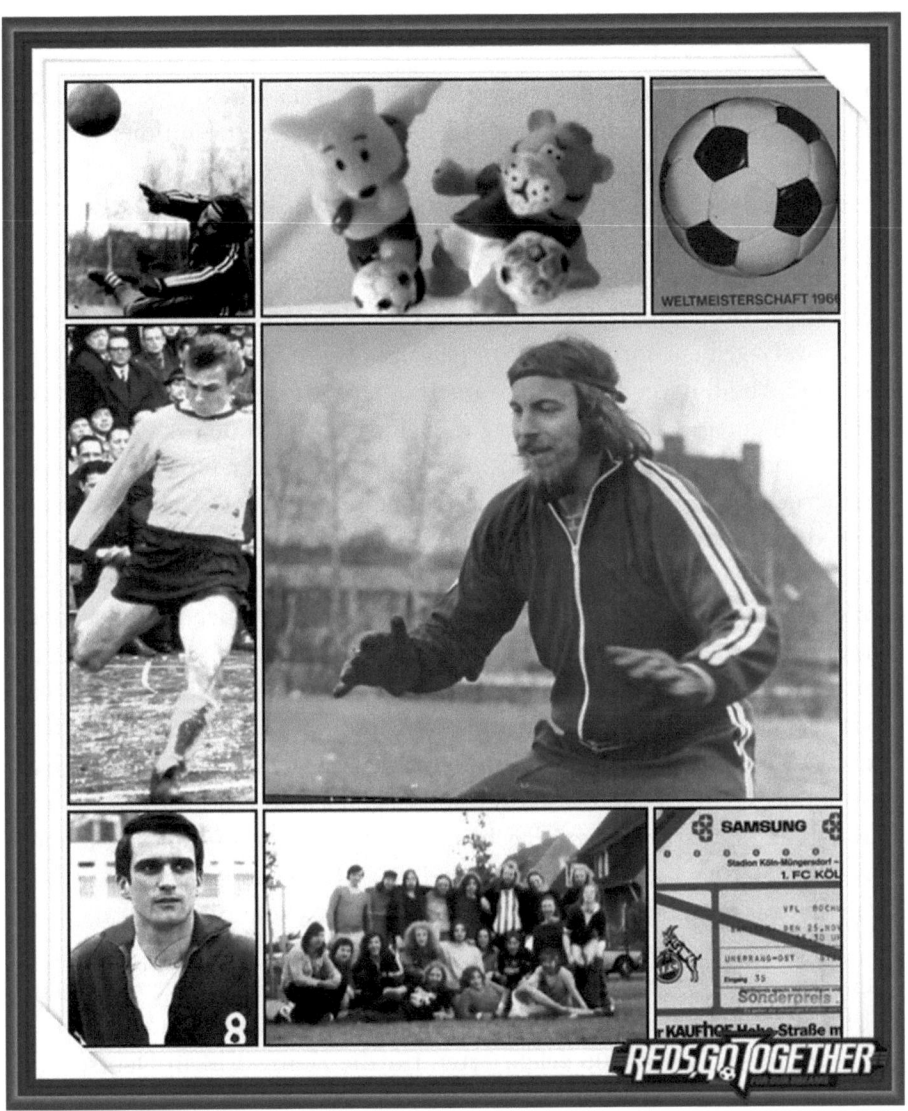

You‹ll never walk alone

Der Song kam ursprünglich aus Liverpool, wo das aus einem amerikanischen Musical stammende ›You‹ll never walk alone‹ zuerst zu einem Nummer-Eins-Hit für die englische Beatgruppe *Gerry & the Peacemakers* und dann im Stadion bei den Spielen des FC Liverpool zu deren Hymne wurde. Und heuer war es die Hymne im schottischen Glasgow beim phantastisch mitgehenden Publikum von Celtic Glasgow, in Hamburg am Millerntor beim Kult-Club FC St. Pauli oder auf der Dortmunder Südkurve beim BvB Borussia Dortmund. Das half den schwarz-gelben Borussen schon gewaltig, wenn bei Heimspielen 80.000 Zuschauer ›You‹ll never walk alone‹ anstimmten. Als die Dortmunder im April 2017 bei einem Champions-League-Heimspiel gegen den AS Monaco im Bus-Transport zum Stadion einem Sprengstoffanschlag zum Opfer fielen, da solidarisierten sich die mitgereisten Schlachtenbummler aus Monaco spontan und sangen die Hymne zusammen mit den Dortmundern. Es entstand sogar eine Art Fan-Freundschaft zwischen den Dortmundern und Monegassen. Denn das Spiel wurde wegen des Sprengstoff-Anschlags abgesagt und um einen Tag verschoben. Daraufhin boten viele Dortmunder Fans spontan für die Monaco-Anhänger auf Twitter unter dem Hashtag ›#bedforawayfans‹ eine Übernachtungsmöglichkeit privat bei sich zu Hause an. Die Antwort beim Rückspiel eine Woche später hatte Gänsehaut-Feeling, weil nämlich zum ersten Mal im Stadion des AS Monaco die Dortmunder Hymne ›You‹ll never walk alone‹ gespielt und zusammen gesungen wurde – zu Ehren der noblen und gebeutelten Dortmunder. Für diese grandiose Aktion der Borussen-Fans wurden sie bei den jährlich vergebenen ›Best FIFA Football Awards‹ in der Kategorie ›FIFA Fan Awards‹ nominiert.

Aber es gab auch noch einige andere Knaller-Fußball-Hymnen, wie zur Fußball-EM 1996 in England der Mitgröhl-Song ›Football's coming home‹ von den *Lightning Seeds*. Oder 2006 zelebrierten für die Heim-WM in Deutschland optimistisch die *Sportfreunde Stiller* ihren Hit ›54, ›74, ›90, 2006.

Trotz des Halbfinalausscheidens waren die Deutschen total stolz, dass ihr Teamchef Jürgen Klinsmann mit der deutschen Mannschaft überhaupt so weit gekommen war, am 08.07.06 sogar begeisternd Dritter wurden und eine nie für möglich gehaltene ›südländische‹ Stimmung über Deutschland gebracht hatten.

Es wurde gefeiert bis zum Umfallen. Die Stimmung war bestens. Bei dem damaligen Fußballmusik-Hit lagen sich die Kicker und Fußballfans, Frauen und Männer, Musiker und Politiker schunkelnd und hüpfend in den Armen, besonders wenn die Sportfreunde Stiller ihren Hit anstimmten: »*54, 74, 90, 2006* (nach dem deutschen Ausscheiden im Halbfinale optimistisch auf 2010 geändert, der nächsten WM) …

Ja, so stimmen wir alle ein:
Mit dem Herzen in der Hand,
und der Leidenschaft im Bein,
werden wir Weltmeister sein …«

Un' Estate Italiana

1990 besang *Gianna Nannini* gemeinsam mit *Edoardo Bennato* während der Fußball-WM in Italien in ihrem von Giorgio Moroder komponierten Cansone ›*Un estate Italiana*‹ die ›notte magice‹, also die zauberhaften Nächte der abendlichen Fußballmatche unter lauer mediterraner Luft. Vielleicht hörten wir diesen Italo-Hit immer noch so gerne, weil diese WM beim Endspiel am 08.07.1990 für uns Deutsche mit dem dritten Gewinn einer Fußball-WM für Männer glücklich, aber verdient endete? Schon damals wurde Jürgen Klinsmann als Spieler Weltmeister; und Teamchef ›Kaiser‹ Franz Beckenbauer lief nach dem gewonnenen Endspiel einsam und rastlos nach dem Schlusspfiff auf der leeren römischen Fußballwiese herum, während seine Jungens sich am Spielfeldrand von und mit den Fans abfeiern ließen.

Danny selber erlebte die WM auch in Italien, als er auf einem internationalen Camping-Platz am Lago di Bolsena mitfieberte und feierte. Beim ›Public Viewing‹ auf der Großleinwand des Campingplatz-Restaurants zwischen lauter Niederländern, Iren, Italienern und Deutschen, wobei es auch damals schon eine entspannte friedliche und fröhliche Atmosphäre zwischen Pizza, Vino, Fußball und generationsübergreifenden Großfamilien zu erleben gab. Dorthin begleitete ihn selbst seine damalige Freundin Julie mit ihrer Tochter, die sonst eigentlich mit Fußball nix am Hut hatte. Und beim morgendlichen Einkauf fürs Frühstück im italienischen Campingplatz-Geschäft hatte er schon das strahlende Gesicht der Käse-Verkäuferin auf seiner Seite. Denn er reimte mit dem Namen seines damaligen italienischen Lieblingsspielers, dem allseits beliebten Roberto Baggio, seine Einkaufsbestellungen auf Formaggio.

So blieb die deutsch-italienische Freundschaft über Jahrzehnte erhalten. Nachdem Deutschland 1990 in den italienischen ›notte magice‹ Fußball-WM-Gewinner wurde, holte sich die italienische ›Squadra Azzura‹ 16 Jahre später unter mediterraner Sommersonne den Fußball-WM-Titel 2006 in Deutschland, wenn auch glücklich im Elfmeterschießen gegen Frankreich. Damit legte Italien eine der erstaunlichsten Fußballserien hin, indem sie seit 1970 alle 12 Jahre ein Fußball-WM-Endspiel erreichte: 1970 – 1982 – 1994 – 2006, wobei sie je zweimal Weltmeister wurden und zweimal von den Brasilianern geschlagen wurden.

La Copa de la Vida

Bei dem Samba-Stück ›La Copa De La Vida‹ des Puertoricaners *Ricky Martin* 1998 bei der Fußball-WM in Frankreich ging richtig die Post ab, als die Sambatrommeln des ›Cancion Oficial de la Copa Mundial‹ die Beine beim ›Cup of Live‹ zum Zucken brachten. Vielleicht lag es auch daran, dass der ›Champagner-Fußball‹ der französischen Weltmeister 1998 um Zinedine ›Zizou‹ Zidane, Dannys langjährigen Lieblingsspieler, sogar über die brasilianischen Zauberer vom Zuckerhut triumphierte?

Ebenfalls von Ricky Martin wurde das temperamentvolle ›*Livin' La Vida Loca*‹ gesungen, und zwar in Spanisch. Früher war Danny um die Winterzeit immer gerne in die Tropen gefahren, nach Südostasien oder in die Karibik. Aber jetzt blieb er zu Hause und schaute sich stattdessen heiße Musik-Videos an, wie dieses von Ricky Martin:

schöne Mädchen in kurzen Röckchen,

leicht bekleidete Frauen,

sexy Tänze.

Knutschen, Fummeln, im Auto, auf der Bühne,

konnte der Betrachter seltsamerweise alles bei diesem Mann aus Puerto Rico erleben. Denn der Mann, der Männer liebte, stand für ein verrücktes Leben, eben das ›la vida loca‹.

Força

Danny ist Fußball-Fan und liebte schon immer gut aussehende Sängerinnen, die dann auch noch super Musik machten. Da gehörte natürlich ›Forca‹ von *Nelly Furtado* als Klassiker dazu. Die hübsche langhaarige Kanadierin mit portugiesischen Wurzeln begeisterte schon mit dem offiziellen Song der EURO 2004 in Portugal dermaßen, dass Danny diesen rhythmischen Hit auch immer wieder gerne im Radio hörte.

Aber im Gegensatz zur Super-Musik von Nelly Furtado gewann bei der EURO 2004 in Portugal sensationell die griechische Fußball-Mannschaft. Die waren zwar auch eine südeuropäische Mannschaft, aber mit dem defensivsten und zerstörerischsten Fußball, den Danny je erlebt hatte. Mit ihrem deutschen Trainer Otto ›Rehhakles‹ kämpften sie sich zweckorientiert und nüchtern mit 1 : 0-Siegen bis ins Endspiel und zum Gewinn der Europameisterschaft.

Und was wurde aus Nelly Furtado? Gute Musik macht sie noch immer. Aber neuerdings sah sie auf einmal etwas anders aus. Rank und schlank, so kannte man die nur 1,58 m große Nelly von früher. Die Sängerin präsentierte sich 2017 in New York mit neuem Kurzhaarschnitt und fraulichen Kurven. Damit begeisterte sie ihre Fans. Am Ende zählt doch nur eines: dass man – oder in diesem Fall besser frau – sich in der eigenen Haut wohlfühlt, egal was andere sagen. Und das schien bei Nelly Furtado tatsächlich der Fall zu sein.

Waka waka

Es war Sommer 2014, mit super Sonnenwetter und viel Musik, und dazu noch die Fußball-WM in Brasilien. Wenn es um Fußball ging, da passte die attraktive kolumbianische Sängerin Shakira gut rein.

Danny interessierte sich bekanntermaßen für Sport, und im Sommer 2014 natürlich für die Fußball-WM in Brasilien und alles drum herum. Er war total aufgedreht und stimmte sich zu Hause schon mal mit entsprechenden rhythmischen Songs ein. Dabei gefiel ihm besonders gut *Bellini* mit den Stücken ›Samba do Brasil‹ oder ›Samba de Janeiro‹.

Aber Danny war auch schon länger begeisterter Shakira-Fan. So erlebte er den Höhepunkt des WM-Endspiels 2006 in Berlin bereits bei der WM-Abschlussfeier vor dem Spielanpfiff, als die temperamentvolle *Shakira* zusammen mit dem schwarzen Haitianer *Wyclef Jean* ›Hips don't lie‹ sang und dabei von 500 Tänzern und Trommeln mitreißend begleitet wurde. Dagegen gähnte Danny beim darauf folgenden Finale ›Italien gegen Frankreich 0 : 0 nach Verlängerung‹ wegen des elenden Ballgeschiebes. Da gab es zwei Stunden Langeweile, wenn man von Zidane's Kopfstoßausrutscher absah.

Na, jedenfalls erlebte Danny 2014 beim WM-Finale eine Parallele zu 2006. Wieder durfte Shakira vor dem Endspiel singen. Aber im Gegensatz zu ihrem tollen Auftritt 2006 mit ›Hips don't lie‹ vor einem langweiligen Fußball-Finale war es 2014 andersherum. Shakira fiel anscheinend nichts besseres als ›La-la-la‹ ein. Dabei hatte sie doch noch 2010 bei der WM in Süd-Afrika mit ihrem ›*Waka waka*‹ die ganze Welt verzaubert, als sie mit dem kurzen Baströckchen über ihren kreisenden Hüften begeisternde Tänze mit einheimischen Kindern und Tänzerinnen zelebrierte.

Aber inzwischen hatten Shakira und Gerard Piqué 2013 ja ein Baby bekommen. Seitdem hielt Danny sowohl die spanische Fußball-Nationalmannschaft als auch den FC Barcelona für weitaus schwächer als vorher, obwohl diese bis vor kurzem als die besten Mannschaften der Welt galten. Man sah es ja an ihrem Partner, dem Abwehrmann Piqué, und damit an der Defensivschwäche vom FC Barcelona und der spanischen Nationalmannschaft, die ja tatsächlich bei der WM 2014 bereits nach der Vorrunde ausschied. Der Mann war – nach der Geburt von Shakira's Baby – einfach nicht mehr ausgeschlafen. Mit zwei so kleinen Quirlen wie Baby Milan und Shakira, dem Wirbelwind, auch kein Wunder.

Na ja, jedenfalls bei der Fußball-WM 2014 sang Shakira ›*Dare La La La*‹: wirklich mucho Leggo. Allerdings war ihr Final-Song bedeutend weniger spektakulär als das folgende Endspiel ›Deutschland gegen Argentinien‹, das die Deutschen nach dem grandiosen 7 : 1-Halbfinalsieg gegen die heimischen Brasilianer nur nach spannendem Kampf mit 1 : 0 gewannen und damit nach 24 Jahren endlich wieder Weltmeister wurden. Die Deutschen gewinnen in Fußball-WM-Endspielen gerne gegen die Argentinier, wie Danny 2014 mit Freude feststellte und sogar das 1 : 0-Endergebnis vorher richtig getippt hatte.

Zwei Jahre später, bei der Fußball-EURO 2016 in Frankreich, am 13. Juni, schoss Gerard Pique das einzige Tor für Spanien gegen Tschechien. Er und

Shakira schienen sich mittlerweile in Punkto Kinderbetreuung gut eingespielt zu haben. Denn er wirkte wieder ausgeschlafen. Dank ihm gewann Spanien mit 1 : 0 im Auftaktspiel.

Und die Fans feuerten Shakiras Lebensgefährten daraufhin mit ›Waka waka‹ an. Danach wartete Danny noch auf eine ausgeschlafene Shakira mit einem neuen EURO-Song. Oder ist sie vielleicht nur auf WM's abonniert? Da hatte ihm und den Deutschen ja Shakira mit ihrem dreimaligen WM-Song-Triple 2006 – 2010 – 2014 immerhin Glück gebracht. Zumindest den Hörern ihrer Songs.

2017 brachte Shakira mit ›El Dorado‹ nach dreijähriger Baby-Pause wieder ein neues Album heraus. Darauf befand sich auch ihre Liebeserklärung an Gerard Piqué, ihren Lebensgefährten und Vater ihrer beiden kleinen Söhne: ›Me Enamoré‹. Schöne Bilder einer verliebten Frau, die einen Baum umarmte, mit einem blauen Schmetterling auf den Hüften, einem gemeinsamen Fall-schirmabsprung und Kissen- und Pizza-Schlachten im Bett. Sie selber kom-mentierte das so: »Der Song handelt genau von diesem Moment, als ich Gerard vor 7 Jahren traf, und wie ich mich fühlte, als ich ihn sah. Es war, als hätte der Blitz bei mir eingeschlagen. Ich fühlte diese Explosion in meinem Herzen und konnte mich kaum unter Kontrolle halten. Deshalb umarmte ich damals wirklich Bäume …«

Gänsehaut bei den Nationalhymnen

Beim Abspielen der Nationalhymnen im EURO 2016-Viertelfinalspiel Deutsch-land gegen Italien bekam Danny Kowalski glatt ne Gänsehaut. Aber nicht etwa bei der deutschen, sondern bei der italienischen Nationalhymne. Mit welcher Begeisterung und Inbrunst die Azzurris ihre National-Hymne mitsangen, das war schon bewegend. Damit lösten sie bei dieser EURO 2016 den bisherigen Spitzenreiter im Nationalhymnen-Singen bei Danny ab. Denn das waren die Brasilos bei ihrer Heim-WM 2014 gewesen. Die spielten zwar von Spiel zu Spiel schlechter, aber sie gewannen die Goldmedaille im A Capella-National-Hym-nen-Singen. Das machten sie richtig gut, ihre National-Hymne absingen. Auch nachdem die Kapelle schon die Hymne beendet hatte, sangen sie immer noch weiter, zusammen mit den Zuschauern, a capella. So bekam damals sogar Danny eine Gänsehaut davon, nur vom Zuhören. Dazu weinten die brasi-lianischen Spieler vor Rührung. Aber durch Tränen wurde ja noch nie eine

Mannschaft Weltmeister. So sollte auch das Halbfinale der Brasilianer gegen Deutschland in Belo Horizonte am 8. Juli 2014 für immer in die Geschichte aller Weltmeisterschaften einziehen. Denn dass die deutsche Mannschaft dort gegen Brasilien gewann, damit war an sich schon nicht unbedingt zu rechnen, aber dass sie gleich mit 7 : 1 die armen bedauernswerten Brasilianer überrollte, das war historisch.

Die Nummer Zwei beim Mitsingen von Nationalhymnen ging für Danny glatt an die Franzosen. Sie sangen fast wie einen Pop-Hit und total inbrünstig zusammen mit allen Zuschauern die ›Marseillaise‹, die ja auf der ganzen Welt auch einen Einfluss auf die ›Internationale‹ hatte. Denn im 19. Jahrhundert war die Marseillaise die Hymne vieler Freiheitsbewegungen und auch der Arbeiterbewegung, beispielsweise als Deutsche Arbeiter-Marseillaise. Erst als die Marseillaise zur *französischen Nationalhymne* wurde, löste sie als Lied der internationalen Arbeiterbewegung die Internationale ab: »Völker, hört die Signale. Auf zum letzten Gefecht. Die Internationale erkämpft das Menschenrecht.«

Wogegen Kowalskis Nummer Drei, nämlich ›*God save the Queen*‹, die *Nationalhymne der Briten*, eher einen absoluten Gröl-Faktor hatte. Die mitsingenden Engländer waren meistens schon sturzbetrunken und mussten deshalb aufpassen, dass sie ihre Queen nicht eher rasierten denn retteten, indem sie aus Versehen ›God shave the Queen‹ sangen …: »God Shave the hairy Queen …« Außerdem musste Danny dabei immer an die *Sex Pistols*-Version von ›*God save the Queen*‹ von ihrer legendären *LP* ›*Anarchy in the UK*‹ denken, die eine raue Punk-Orgie war und die so was von gar nix Feierlichem einer National-Hymne an sich hatte.

VII. Reisezeit

Außer den klassischen vier Jahreszeiten, der 5. Jahreszeit des Karnevals und der Fußball-Saison gibt es im modernen Leben unserer Zivilisation eine besonders schöne Zeit: die Urlaubs- und damit Reisezeit. Nicht zur täglichen Arbeit gehen zu müssen, bringt uns Menschen des westlichen Abendlandes Muße und die Freiheit, eine Reise machen zu können.

Wie kaum ein anderer Song symbolisiert ›San Francisco‹ von *Scott McKenzie* das unbeschwerte Reisen, das Trampen der Hippies mit Blumen im Haar und einem friedlichen Lächeln im Gesicht.

> »*If you‹re going to San Francisco* [*]
> *Be sure to wear some flowers in your hair*
> *If you‹re going to San Francisco*
> *You‹re gonna meet some gentle people there*
> *For those who come to San Francisco*
> *Summertime will be a love-in there*
> *In the streets of San Francisco*
> *Gentle people with flowers in their hair*
> *If you come to San Francisco*
> *Summertime will be a loving day*«

Dagegen brachten Trio eher einen Anti-Reisesong heraus. Zwar ist Reisezeit auch Touristen-Saison, denn bin ich auf Reisen, bin ich (k)ein Tourist, weil du mich küsst ... ... sangen *Trio* einst 1981 so schön bei ihrem ›Girls Girls‹ auf der B-Seite des Superhits ›Da da da‹:

---

[*]   ›*If you‹re going to San Francisco, be sure to wear some flowers in your hair*‹ – *wenn du nach San Francisco kommst, trage Blumen im Haar: https://youtu.be/7I0vkKy504U*

»Smog in Berlin,
nichts wie hin,
weil du mich küsst, bin ich kein Tourist.
Girl Girl Girl,
one more day with you,
ein letzter Kuss,
dann ist Schluss …«

›Magic Bus‹ auf Schwedisch

Der ›Magic Bus‹ brachte damals in den 60ern und 70ern die Hippies und Freaks von Amsterdam nach Indien. Das besangen mit ihrem ›*Magic Bus*‹ die Rockgruppe *The Who*, auch übrigens auf dem Isle of Wight-Festival 1970. Das hatte Danny ja damals live mit erlebt. Aber das ist eine andere Geschichte, die kommt an einer anderen Stelle hier im Roman vor ….

Eine andere Art von Magic Bus erlebte Danny 1972 beim Trampen durch Westeuropa. Da hielt in Holland ein VW-Bully, und Wim, der Fahrer, nahm ihn mit, erst durch Belgien und Frankreich bis nach Paris. Das war eine lebenslustige Bus-Ladung Holländer. Wim und die drei holländischen Frauen Toos, Sanne und Lieke gefielen Danny so sehr, dass die fünf Traveller eine ganze Woche in Paris zusammen blieben. Alle schliefen sie im Bus, mal hier, mal da in Paris. Als Wim dann mit Sanne und Lieke zurück nach Holland fuhr, blieb Danny mit Toos zusammen in Paris. Sie kannte von einem früheren Aufenthalt einen jungen Pariser Mann. Mit diesem Jean-Francois, einem echten französischen Typen, zogen sie durch die Stadt, auf der Suche nach dem einzig ›wahren‹ nordafrikanischen Cous-Cous-Essen in einem nördlichen Pariser Arrondissement. Lecker war's, das Cous-Cous, und der Typ war echt ne ›Type‹. Denn als sie dann mitten in der Nacht zu Dritt durch die Straßen von Paris wieder zurück zum Quartier Latin liefen, da begann er auf einmal lauthals mit fester und klarer Stimme zu singen, und zwar das Stück von *Peter Sarstedt* ›*Where do you go to my lovely …*‹ Unvergesslich und wunderschön.

Danny wusste nicht, ob es so was wie einen Magic Bus von Schweden aus auch gab. Aber er fuhr mal mit so einem ›Magic Bus‹ eine Nacht und einen Tag mit. Das kam so. 1973 trampte er mit seiner damaligen dänischen

Freundin Jytte für drei Monate durch Süd-Europa, Jugoslawien, Griechenland und Italien. Kurz vor der Grenze zwischen dem damaligen Jugoslawien – und heutigem Mazedonien – nach Griechenland stoppte ein schwedischer Reisebus und nahm sie mit. So was hatte er noch nie gesehen. Tag und Nacht Rock-Musik waberte durch den Bus. Die Fahrgäste waren alles junge Leute in bunter Kleidung und wollten nach Indien fahren. Eine unglaublich lockere Atmosphäre herrschte dort vor. Wenn Danny sonst so trampte, dann hatte er ja schon allerlei verschiedenste Menschen kennen gelernt, aber so was war für ihn einmalig.

Die nahmen sie dann bis zur griechischen Küste mit. Der Ort hieß Epanome auf der Halbinsel Kassandra in Chalkidiki. Dort zelteten sie eine Woche lang. Bei der Ankunft hatten sie sich schon von den freundlichen Schweden verabschiedet. Meinten sie jedenfalls. Denn eines Morgens kam jemand von denen an ihr Zelt und fragte: »Hey, wir fahren gleich weiter nach Istanbul. Wollt Ihr mit?« Nee, wollten sie dann doch nicht, ihr Ziel hieß nur ganz schlicht und einfach, nach Korfu trampen. Danach war Danny noch mit Jytte durch Griechenland und Italien gereist.

Zwar nicht mit einem Magic Bus oder einem Hippie-VW-Bus, aber mit einem Magic VW-Käfer erreichte Danny ein Jahr später die französische Mittelmeerküste. Alljährlich findet in Les Saintes-Maries-de-la-Mer in der Camargue im Mai ein weltbekanntes heißes Zigeunerfestival statt, zu dem er und drei seiner Freunde 1974 in Pitts weißem Käfer fuhren. Damals Mitte der 1970er Jahre durfte man übrigens noch ohne schlechtes Gewissen von Zigeunern reden.[*]

Die Camargue mit ihren idyllischen Städtchen Arles und Les Saintes-Maries-de-la-Mer und den weiten flachen Sumpflandschaften im Rhone-Delta war eine sonnenbeschienene Oase. Wilde Pferde jagten durch die Sümpfe und Wiesen. Ab und zu blinkte es rosa auf, wenn ein Schwarm Flamingos landete.

Die Sonne ballerte tagelang von morgens bis abends auf ihre Zelte in den Sanddünen am Meer. Aber das Wichtigste – sie waren ja zum Zigeunerfestival gekommen. Und das wurde ihnen aufs Reichlichste geboten: Gipsys überall, und es kamen immer mehr. Sie machten schon tagsüber an allen Ecken Musik.

---

[*] *Deshalb ist in diesem Kapitel weiterhin von Zigeunern die Rede, wie sie auch im historischen Kontext von 1974 damals genannt wurden. Die Sinti- und Roma-Diskussionen fingen erst später an.*

Und in der Nacht, wenn der billige Rotwein aus den großen Plastikkanistern der südfranzösischen Lebensmittelgeschäfte in Strömen floss, dann wurde auch die Ekstase an allen Ecken und Enden größer. Danny und seine Freunde klatschten sich die Hände wund und tanzten, was das Zeug hielt.

Einmal tanzte Danny vor Begeisterung zur Zigeunermusik auf einem Tisch. Er war außer Rand und Band, bis ihn ein dortiger Gipsy zur Raison brachte: »Er solle nicht zur Zigeuner-Musik Disco tanzen!« Das traf ihn dann natürlich hart. Er schämte sich, und ließ es dann auch lieber bleiben.

Aber beim Höhepunkt des Festivals war Danny wieder klar. Er und seine Reisegefährten erlebten unter Zuhilfenahme von jeder Menge französischem Rotwein den rituellen Höhepunkt des Zigeunerfestivals. Sarah, die Schutzpatronin aller Zigeuner, eine schwarze Madonna aus der Kirche von Les Saintes-Maries-de-la-Mer, wurde nämlich von einer Gruppe von Zigeunern auf einem Holzgestell durchs Dorf und danach ins Meer getragen. Dabei wurden sie von einer langen Prozession Zigeuner und Zuschauern mit besonders viel rhythmischer Zigeunermusik begleitet: whow …!

Danny hörte schon in den 1970er Jahren immer gerne die LP's von *Manitas de Plata.*

Der stammte aus einer Familie von Gitans, französischen Roma. Dessen legitime Nachfolger wurden für Danny die *Gipsy Kings*, die ihn mit ihrem absoluten Welthit ›Bamboleo‹ begeisterten, der 1988 veröffentlicht wurde.

Zurück zum Jahr 1974. Da sie eh in der Camargue waren, machten sie auch mal einen Ausflug zum schönen Städtchen Arles. Dort gab es zu ihrer Überraschung ein musikalisches Live-Konzert im alten römischen Amphitheater mit *Captain Beefheart*, einem ehemaligen Mitstreiter in der Band von *Frank Zappa*. Es war eine interessante Atmosphäre, in dem Oval historischer Steine wie früher die Menschen in der Römerzeit unter knallender Sonne zu sitzen. Dabei erlebten sie in dieser lauen Frühlingsnacht das Hereinbrechen der Dämmerung. Und dabei lauschten sie den abstrusen Rockmelodien von Captain Beefheart. Danny musste gestehen, dass er weder damals noch heute besonders auf Frank Zappa oder Captain Beefheart stand. Trotzdem hatte ihm diese einmalige Atmosphäre gut gefallen, zumal auch das römische Amphitheater eine erstaunliche Akustik bot.

Auf Tramptour durch Irland, Wales & England

Anfang der 1970er Jahre kannte Danny an irischer Musik nur die *Dubliners,* die er mit ihren feierwütigen ›*Seven Drunken Nights*‹ bei seinem Bruder Gerry und Schwägerin Betty in Hamburg erlebte …: war es ein Live-Konzert in der ›Fabrik‹ in Altona …? Oder spielten sie abends nur immer die LP in ihrer Wohnung rauf und runter …?

Dann erlebte Danny zusammen mit Achim bei der 1976er Tramptour durch Irland selber ein frisch gezapftes Guinness, die feierwütigen Iren und deren Musik …

… aber viel viel später, zu Beginn der 1990er Jahre, lernte Danny erst den einzig wahren großen irischen Musiker kennen: *Van Morrison,* den er hätte eigentlich schon seit den 60er Jahren kennen müssen. Denn da gab es ja schon *Them,* mit denen spielte er ›*It's All Over Now Baby Blue*‹.

Na ja, besser spät als gar nie. Deshalb gehörte auch dieser Song da zu Dannys Lieblings-Liedern überhaupt, und von Van Morrison sowieso: ›*Too Long In Exile*‹.

Ja, der große Ire Van Morrison, auch kurz ›Van the Man‹ genannt, der hat ein äußerst umfangreiches musikalisches Lebenswerk geschaffen, mit unzähligen Singles und Longplayern, wirklich sehr schaffensfreudig, der Mann. Eines davon stach für Danny allerdings besonders hervor: sein Album ›*Hymns to the Silence*‹, das 1991 heraus kam.

Deshalb wollte Danny mit seinem Freund Achim auch gerne mal Irland besuchen. Das machten sie dann auch im Sommer 1976 und trampten kreuz und quer durch die grüne Insel. Um dort hinzukommen, wurden sie von Franks Schwester Annika nach Zoutelande auf der niederländischen Halbinsel Zeeland mitgenommen, von wo sie nach Großbritannien aufbrechen wollten. Am Strand von Zoutelande hatten sie gleich in der ersten Nacht ein mystisches Erlebnis:

> »*Flämische Phosphorstreifen glühend im Meeressand,*
> *erzeugten wir durch Reibung unserer Füße,*
> *und dieses streifige Glimmern war kein Tand,*
> *es erfreute uns mit optischer Süße.*
> *Daraufhin sahst du im Dunkeln vier Ausgeflippte,*
> *rückwärts laufend, bis einer kippte …!*«

Die zweite Station war London, wo sie des Nachts ankamen und die Kosten für die Hotelbetten sparen wollten, indem sie lieber mit den Schlafsäcken im Park biwakieren wollten. Das entpuppte sich jedoch als eine ziemliche Odyssee durch die Londoner Parks. Im ersten Park hatten sie gerade unter einer Weide lauschig an einem Teichrand ihr Lager ausgebreitet, als zwei englische Bobbys mit Hunden kamen und sie darauf aufmerksam machten, dass es nicht erlaubt wäre, in einem Royal Park zu nächtigen, und sie befänden sich leider in einem Royal Park. »Also zusammen räumen und verschwinden!« Sie zogen weiter, fanden im nächsten Park einige Parkstühle, die sie immer zwei zu zwei zusammenstellten, um sich darauf zu legen. Eben hatten sie sich wieder ihre Schlafsäcke auf das eigentlich ungemütliche Nachtlager ausgebreitet, als sie tatsächlich von den selben beiden Bobbys mit ihren Hunden aufgestöbert wurden. Die reagierten schon ein wenig verärgerter, weil Danny und Achim anscheinend schon wieder einen Royal Park aufgesucht hatten. Die Bobbys erzürnten sich ziemlich: »Wenn sie sie noch ein drittes Mal erwischen würden, dann müssten sie sie aber mit auf die Polizeiwache nehmen …!« Das wollten die beiden aber unter allen Umständen vermeiden. Also schauten sie auf den Londoner Stadtplan und suchten den Hyde-Park. Von dem wusste Danny hundertprozentig, dass er ein öffentlicher Park war. Sie fanden ihn und machten es sich dort vorsichtshalber von weitem unsichtbar auf einem erhöhten Holz-Rondell bequem. Dort schliefen sie dann auch endlich ungestört bis in die Puppen, als sie ein erhöhter Sonnenstand in der Nase kitzelte.

Von London ging es weiter ins nordenglische Steinkohlerevier bei Birmingham, nämlich nach Cannock, der englischen Partnerstadt von Datteln. Dort wurden sie von Hector und Nancy großzügig empfangen und bewirtet. Achim hatte seine Querflöte immer dabei. Er und Danny gaben den beiden netten Engländern sogar auf deren Hammondorgel ein Konzert: Achim an der Querflöte und Danny auf der Orgel und auf Holzstühlen als Perkussions-Instrumente. Das nahm das englische Paar mit ihrem Tapedeck auf und sandte es ihnen später als Musikkassette nach Deutschland.

Weiter ging's Richtung Irland durch Nord-Wales, wo sie an einem merkwürdigen Ort mit dem Wahnsinnsnamen Llanfairrpwllgwyngyllgogerrychwyrndrobwllllantysiliogogogoch vorbeikamen. Der hatte 60 Buchstaben und war dadurch ein ziemlich rekordverdächtiger Name in Wales, und wurde ungefähr so ausgesprochen: *chanwärpwchgwinggächgogerichchwindrobwchlandisiligogogoch.*

Von Holyhead in Wales ging es rüber nach Dublin in Irland. Dublin kannten sie aus dem Roman ›Ulyssus‹ von James Joyce. Die Stadt begeisterte sie jedoch besonders, weil sie geradezu von vielen schönen Mädchen überzuschwappen drohte. Dublin schien für die beiden die direkte Nachfolge von Paris, London und Kopenhagen der 60er und early 70er Jahre in Bezug auf jugend-kulturelles Zentrum geworden zu sein. Danny und Achim waren total von dieser ›Out-Glit-Atmosphäre‹ überrascht. Natürlich tranken sie gerne und viel das irische dunkle Guinness-Bier in den gemütlichen Pubs. Sowohl in Dublin als auch später in Galway, Dingle oder Tranmere.

Per Auto-Stop gelangten sie nach Galway. Das war ihre erste Berührung mit Irlands Atlantikküste. Westlich der Stadt schlugen sie ihr Zelt auf einem Felsplateau auf, das an drei Seiten vom Atlantik umgeben war. Die Landzunge war fast 100 m lang, aber nur 10 m breit, mit Gras bewachsen, auf der einige Kühe weideten, und erinnerte an eine steinerne Rampe. Dort erlebten sie die mystischste Musiksession, an der Danny je teil genommen hatte. Zusammen mit vier dazugekommenen Franzosen musizierten und tanzten die sechs jungen Menschen fast die ganze Nacht zu ihren keltischen Klängen. Die wurden vom Felsenecho vervielfacht und von schreienden Lachmöwen begleitet. Die magische Nacht startete, als die Sonne am Westhorizont im Atlantik unterging und zur selben Zeit am Osthorizont der Vollmond aufging. Die vielfältige Folkmusik mit Querflöte, Fiddle, vielerlei Perkussion, Echos, Möwen, Meeresrauschen, Bojen-Tuten, Gesang und Gehopse erfreute ihre Seelen gar sehr: »Thank you for this lovely day...«

Beim Weitertrampen am nächsten Tag kamen sie eher zufällig nach Tranmere, im irischen Westen, nicht weit von Galway. Und ausgerechnet in Tranmere spielten an jenem Abend die Horslips live. Querflötist Achim kannte die Gruppe schon von früher, und war ganz begeistert. Da sie beide damals Studenten waren – und daher wenig Geld, wurden sie von der Gruppe kurz entschlossen als Roadies für den Abend verdingt. Dafür durften sie umsonst rein. Boah, die *Horslips* Live, und dann noch ihr ›*Power And The Glory*‹ und ›*King of the Faries*‹, das war ne echte Sause. Und da sie als deren Rowdies galten, durften sie auch mit saufen.

Tage später in der Dingle-Bay genossen sie die ruhige Atlantikatmosphäre, tranken noch mehr Guinness und erlebten beim Zelten auf der Landspitze ihre ›Stillen Tage in Dingle‹. Dabei entstand folgender Vers über Shiva aus dem Zyklus irisch-apostolischer Gedichte:

»Wer nackig seiner Freundin schreibt,
der's auch im Freien treibt;
die Eichel rot, umspielt vom Wind,
eins, zwei, drei, der Papst schaut weg.
Geschwind, geschwind, da zuckt der Pint
Den heil‹gen Samen in den Dreck ...«

Auf dem Rückweg von Irland über England nach Hause trampten sie durch Süd-Wales, der Heimat von *Tom Jones*. Sie kamen bis an den Rand eines wunderschönen großen Wald- und Berg-Naturparks, aber leider nicht in den Park herein. Denn die Straße war so unbedeutend, dass sie keinen Anhalter-Lift bekamen. Und Busse fuhren da leider eh nicht hin. Schade drum.

Aber Achim und Danny wollten eigentlich nach London, wohin sie per Anhalter schneller kamen, als sie sich ausgerechnet hatten. Durch eine zufällige Girlie-Bekanntschaft auf der Fähre von Irland nach Wales hatten sie die Adresse eines besetzten Haus in London bekommen. Dort nahmen die Leute aus dem ›Squatted House‹ sie, die Unbekannten aus Germany, wie selbstverständlich auf. Die Hausbesetzer hatten dann sogar die grandiose Idee, die beiden Traveller mit zu einem Konzert außerhalb von London zu nehmen. Es handelte sich um das sagenumwobene Knebworth-Festival 1976 mit Lynyrd Skynyrd und den Rolling Stones, das hier im Roman schon in einem früheren Kapitel ausführlich beschrieben wurde.

Montezuma's Rache in 4 Erdteilen

Das Reisen durch die Weltgeschichte war nicht immer einfach. Das Trampen war oft nicht gradlinig oder führte gar zu ungeplanten Zielen. Das individuelle Reisen entpuppte sich manchmal sogar als beschwerlich, besonders wenn Krankheiten den normalen Rhythmus unterbrachen. Danny hatte öfter in fernen exotischen Ländern das zweifelhafte Vergnügen mit ›Montezumas Rache‹, wenn ihn also Durchfall ereilte. So auch 1974 während dieser Reise durch den vorderen Orient, und zwar nach jeder neuen Wassersorte: erst in Matala auf Kreta, dann in Istanbul, dann wieder in Teheran, und schließlich auch in Herat, Afghanistan.

Mit Harry über Land nach Asien reisen: Whow! Nach einigen Wochen Tramptour über das Saarland, München, Österreich, durch Südeuropa, Jugoslawien, dalmatinische Küste, Auto-Put durch Kroatien, Serbien und Mazedonien gelangten sie nach Griechenland, wo sie auf die griechische Mittelmeerinsel Kreta übersetzten. Dort bei den Hippies von Matala fühlten sie sich wie einst Alexis Sorbas, wenn sie speziell dort die griechische Musik von *Mikis Theodorakis* hörten, mit dem Original *Sirtaki Zorbas*. Tanz, Gefühl und Leidenschaft. Aber das Wasser von Matala brachte Danny auch einen unangenehmen Durchfall.

Eigentlich wollten sie von dort mit der Fähre nach Rhodos fahren, das nahe der türkischen Küste lag, um von dort aus in die Südtürkei überzusetzen und ihre geplante Asientour zu beginnen. Aber die Zypern-Krise machte ihnen einen Strich durch die Rechnung. Wer erinnerte sich nicht noch an die markante Persönlichkeit des orthodoxen Erzbischofs Makarios mit wehendem schwarzen Haar, von grauen Strähnen durchsetzt. Jedenfalls standen die Armeen von Griechenland und der Türkei in Kriegsbereitschaft. Wegen enormer Truppenbewegungen im ägäischen Mittelmeer benötigten die Griechen fast alle ihre zivilen Fähren für militärische Zwecke. Deshalb waren die beiden froh, überhaupt von der Insel Kreta weggekommen zu sein. Dafür brauchten sie mit einem alten Kahn drei Tage bis Thessaloniki, weil er jede Insel in der Ägäis anlief, an der sie dran längs schipperten. Sie fuhren nordwärts, wollten doch aber in die Türkei, trotz Krise, Krieg oder was – es war ihnen egal. Wenn es nur irgendwo noch eine geöffnete Grenze gab. Und es gab sie tatsächlich. Mit dem Zug von Thessaloniki nach Istanbul war die einzige damals aktuelle Möglichkeit, von Griechenland in die Türkei zu kommen. Die nahmen sie auch wahr. Durch das hügelige Bergland von Thrakien, dem europäischen Teil der Türkei, fuhren sie nach Istanbul, der Stadt am Goldenen Horn. Dort machten sie Bekanntschaft mit der orientalischen türkischen Musik. Aber leider auch mit der neuen Istanbuler Wassersorte. Montezuma's Rache auf türkisch hieß die unelegante Folge. Harry fuhr zurück nach Hause, aber Danny zog es weiter, durch die Türkei und Kurdistan nach Persien. Als nächste Station erreichte er Teheran, die Hauptstadt vom Iran. Höfliche Menschen, viel exotischer Orient, aber auch durchgehend persische Musik, für Danny ein ziemliches Gedudel. Das ging ihm immer mehr auf den Rappel, da er westliche Rockmusik gewohnt war. Die hatte er seit Wochen nicht mehr hören können.

Aber so was gab es dort nicht, war eher verpönt. Dafür bot auch Teheran eine neue Wassersorte, was Danny – Durchfall erfahren – dieses Mal die persischen WC's ausprobieren ließ.

Danny wollte mal weg aus der Großstadt, mal mehr Natur, mal was Besinnliches erleben. Er reiste zum Kaspischen Meer. Er war inzwischen auf dem Hippie-Trail in Persien unterwegs nach Afghanistan. Einige Wochen allein durch die weiten unwirtlichen Landschaften Kleinasiens und mit fremdartig-orientalischen Menschen lagen hinter ihm. Da bekam er eines Abends an seinem Zeltlager am kaspischen Meer den Blues. Er saß in der untergehenden Sonne am Meer. Und zum ersten Male spürte er in sich das Gefühl eines Menschen, dieses Naturzufalles, der allein den vier Naturgewalten Wasser, Luft, Erde und dem Feuer der untergehenden Sonne gegenübersaß und ihnen nichts entgegenzuhalten hatte als das bisschen Mensch, was er war. Vor ihm Meer, unendlich weites Meer, und dahinter Russland, unendlich weites Russland, die Taiga. Wie schon *Alexandra* einst 1968 in ihrem schwermütigen Lied sang: »*Sehnsucht* heißt ein altes Lied der Taiga ...« Das gab Danny ein zusätzliches Gefühl der Sehnsucht. Sehnsucht wonach? Ja, wirklich, er war zwar der ›lonesome traveller‹, aber das, was einst Novalis sagte, war für ihn zur Wirklichkeit geworden: »Wo gehen wir denn hin? Immer nach Hause.« Das nahm sich Danny auch vor, aber erst wollte er noch nach Afghanistan.

»Also aufi, weiter gen Osten, Herat hieß das Ziel in Afghanistan.« Danny staunte über die kargen Berge und die gelben Lehmhäuser in und um Herat. Jahrzehnte später fiel ihm ein Buch der Schriftstellerin Annemarie Schwarzenbach in die Hände, worin sie genau das beschrieb, was Danny damals empfunden hatte: »*Herat, das Niemandsland – zwischen Persien und Afghanistan. Meschhed liegt hinter uns, die Stadt, über deren enge, gedeckte, halbdunkle Basargassen die goldene Kuppel des Grabmals von Iman Reza strahlt wie eine aus dem unbeweglich blauen Himmel niedergesunkene Glocke. Ein gewaltiger Wind weht über die Straße, die nach Osten führt und zur Wüstenspur wird. Allein weiterfahren, in das Niemandsland. Die andere Seite erreichen, Islam Kale, den ersten Posten Afghanistans. Und drüben, jenseits des jetzt in Halbdunkel gehüllten Wüstenstreifens, liegt Afghanistan. Wird das Gelb des Lehms, der hitzige Wind, der Aspekt der weit entfernten Randgebirge wechseln? Wir tasten uns durch die Wüste, den Telegrafenpfählen entlang. Keinerlei Spuren. Der Mond hat die gleiche Farbe. Der Wind kommt vom Amu-Darja (von der russischen*

Turkestan-Grenze), aus Russland, der berühmte Nordwind von Herat. Und
vielleicht würde die Reise am Rand der riesigen Niederungen Turkestans nie ein
Ende nehmen. Die erste größere Stadt Afghanistans nach der Grenze, noch 150
km entfernt, ist Herat, die Kapitale der Timuriden. Herat, so hieß es, trennte das
Reich des großen Timur in seine indo-afghanische und seine iranische Hälfte. Es
ist heiß in Herat. Von den gelben Hügeln im Norden der Stadt weht unablässig
ein erbarmungsloser Wind. Einen Monat dauert der Wind, dann beginnt ein
angenehmer Herbst, sagen die Herater. Die Abende hier in Herat sind nicht eben
kühl, aber von goldener Farbe, und der Mond schwebt bleich über dem Rand
der alten, zerfressenen Stadtmauern aus gelbem Lehm und segelt dann zu den
blauen Bergen, den phantastisch gezackten Ausläufern des Hindukusch. Die
Straßen werden sanft erschüttert vom raschen Trab hübscher feuriger Pferde
vor zweirädrigen Gadis. Sie führen aus der Stadt hinaus ins kahle Hügelland.« [*]

Und so erging es Danny an der iranisch-afghanischen Grenze: dort im Gesundheitsamt hatte er bei der Überprüfung der internationalen Impfausweise
ein außergewöhnliches Ereignis. Hinter dem Arzt am Schreibtisch stand ein
verwegen aussehender Afghane, der in seiner Hand einen Brocken auf und ab
hüpfen ließ. Einer der beiden Franzosen neben Danny fragte ihn: »Haschisch?«
Kommentarlos warf der Afghane den braunen Brocken über ein paar Meter
dem Franzosen zu. Und es entpuppte sich tatsächlich als Haschisch, sehr zur
Freude des Franzosen. Und das ausgerechnet im Gesundheitsamt. Dann an
der Grenzstation wartete schon passender Weise ein Bus, der zur nächsten
afghanischen Stadt, nämlich Herat, fahren sollte. Da Danny in Persien schon
afghanisches Geld gewechselt hatte, konnte er sich sofort ein Ticket kaufen.
Die beiden Franzosen Jean-Francois und Pierre hatten jedoch noch keins.
Deshalb liehen sie sich von Danny Geld für ihre beiden Tickets. Sie meinten,
sie könnten ja mit ihm zusammen bleiben, bis sie auch Geld gewechselt hätten.
Dann würden sie es ihm zurückgeben. Damit erklärte er sich gerne einver-
standen. Das war damals eine selbstverständliche internationale Solidarität
der Tramper untereinander. Allerdings fuhr der Bus leider nicht sofort los.
Denn es dauerte noch rund vier Stunden, bis auch der letzte vorhandene Platz
besetzt war und es dann endlich losgehen konnte. Das war vielleicht eine
abenteuerliche Fahrt. Die Sitze rumpelten lose auf dem Busboden herum,

---

[*] *Annemarie Schwarzenbach – Alle Wege sind offen, Basel 2000, S. 43 – 56*

und Fensterscheiben gab's überhaupt nicht mehr. Der Busfahrer guckte dabei wie Marty Feldman, ein Auge nach links oben, und das andere schielte nach rechts außen.

Unterwegs trafen sie einen liegen gebliebenen Bus in Gegenrichtung. Deren Fahrgäste dachten sich, besser wieder zurück in die Stadt zu fahren, wo sie her gekommen waren, als dort in der Wüste zu vergammeln. Also stiegen sie in den bereits voll besetzten Bus mit ein, so dass alle Sitze doppelt besetzt waren. Deshalb standen auch viele neue Fahrgäste im Gang rum. Dann steckten die Franzosen auch noch einen Riesenjoint an, der im ganzen Bus herumkreiste. Selbst der Busfahrer war nicht abgeneigt, seine beflügelte Fahrweise noch mit Cannabis zu toppen. Die Stimmung brodelte geradezu über. Es wurde gesungen, geklatscht und getanzt, dass der ganze Bus wackelte. Der fuhr nun durch Wüste. Es wurde dunkel, aber der Bus hatte keine funktionierenden Scheinwerfer. Da kam es dem Fahrer gerade recht, dass ihn ein PKW mit leuchtenden Scheinwerfern überholte. So konnte er sich direkt hinter ihn anhängen. Der PKW fuhr allerdings viel schneller. Zwar holte der Busfahrer das Letzte aus dem Bus heraus, aber die leuchtenden Scheinwerfer verschwanden dennoch bald weit vor ihnen in der Wüste. Das war allerdings kein Grund für den Busfahrer, das Tempo zu drosseln. Er fuhr im Höchsttempo weiter, ohne irgend etwas zu erkennen. In der Dunkelheit hatte die unmarkierte Teerstraße inzwischen dieselbe Farbe wie die umliegende Wüste angenommen. Dann passierte, was zu kommen drohte. Mit lautem Rumpeln kam der Bus von der Straße ab und rauschte in den Wüstensand. Sie kamen zum Stillstand, und es war auch erst ganz still im Bus. Doch dann brach ein Orkan an Stimmen, Rufen, Schreien, Beschwerden und Lamentieren los. Zwei Mitreisende wollten gar nicht mehr mit diesem Bus weiterfahren, obwohl eigentlich nix Schlimmes passiert war. Danny fragte sie, was sie denn stattdessen zu tun gedächten: »Wollt ihr hier etwa siedeln?«

Der Fahrer kam durch den Fast-Unfall zur Vernunft und brachte sie dann doch noch heil nach Herat. Es war dunkel, es war Nacht. Danny kam sich vor wie in einer Verfilmung eines Leo Tolstoi-Romans. Außer ihrer ›Klapperkiste‹ von Bus waren die einzigen anderen Fahrzeuge Pferdekutschen, eine Art ›mittelalterlicher Taxis‹, die mit bimmelnden Glöckchen durch Herat rumpelten. Überall flackerten Kerzen. Aber sonst nur Ruhe, und keine Musik. Außer fünfmal am Tag der Muezzin, wenn er vom Minarett aus zum Gebet rief, wenn man das überhaupt als ›Musik‹ bezeichnen konnte.

Mit den beiden Franzosen nahm Danny sich ein Dreibettzimmer in einem preiswerten Traveller-Hotel. Der Raum lag in der Nähe des Einganges. Aber nach den ersten Nächten bekamen sie einen Rüffel vom Hotelmanager, weil es aus ihrem Zimmer immer zu aus allen Ritzen qualmte. In der Tat hatte Danny von den beiden Franzosen rasch den Eindruck gewonnen, dass sie nur wegen der billigen Drogen nach Afghanistan gekommen waren. Denn sie hatten sich schon nach einem Tag mit einer dicken Platte Schwarzer Afghane und einem Klumpen Opium versorgt. Deshalb wunderte er sich auch nicht, dass ständig irgendeine Pfeife mit reinstem dunkelbraunen Haschisch in ihrem Zimmer qualmte. Die Afghanen an sich hatten ja anscheinend selber große Sympathien für diese Rauchdroge. Aber den Einheimischen aus diesem Hotel war diese qualmende Angelegenheit insofern nicht geheuer, weil es nach wie vor für Fremde verboten war, Haschisch zu besitzen oder zu konsumieren. Deshalb quartierten sie die drei Europäer in einem schönen Zimmer ein, ganz weit weg vom Eingang, hinten durch den Hof, eine Treppe hoch. Dort waren sie die einzigen Gäste und deshalb unter sich und konnten nach Herzenslust qualmen …

Allerdings betätigten sich die beiden Franzosen auch als Amateur-Naturheiler. Danny hatte mal wieder ›Montezuma's Rache‹ bekommen, Durchfall eben. Genauso wie er ihn auf dieser Reise nach jeder neuen Wassersorte erleben musste. Rasch diagnostizierte einer der beiden Franzosen: »Nimm das mal, das hilft.« Damit formte er für Danny von seinem schwarzen klebrigen Batzen Opium ein kleines drageeförmiges Kügelchen und gab es ihm. Der schluckte es. Und tatsächlich half es. Danny merkte nix mehr von dem Durchfall. Er merkte jedoch auch sonst gar nix mehr. Etwa einen ganzen Tag drömmelte er auf seinem Bett herum, hatte keine Schmerzen, keinen Hunger, gar nix. Seine kreativen Fingerchen malten derweil ein harmonisches halluzinogenes Bild in sein Tagebuch, wobei er seinen Drogenrausch verarbeitete. So machte Danny dort also eher den meditativen Zeichner, aber nix war da mit afghanischer Musik.

Szenenwechsel – anderer Erdteil. Danny reiste 1978 mit seiner Freundin Tina in Mexiko. Sie kamen rüber von Southern California. Im Grenzgebiet zwischen USA und Mexiko, da hörten sie häufig den wunderbaren Song von Al Stewart ›On The Border‹. Und weil er so schön war, gleich hinterher ›The Year Of The Cat‹. Um so mehr sie nach Mexico rein kamen, um so häufiger hörten sie auf den Zocallos, also den idyllischen Dorfplätzen, die typische mexikanische *Mariachi-Musik*. Aber sie reisten noch weiter in den Süden von Mexico und entfernten sich damit auch weiter vom verderblichen Einfluss der Gringo-Grenze. Und desto liebenswürdiger wurde die Mentalität der mexikanischen Indios. Besonders bemerkbar machte sich dieser freundliche und friedliche Zug in Oaxaca, der Hauptstadt des gleichnamigen Staates, überwiegend von Zatopeken und Mixteken bewohnt. Aber trotz der erwärmenden Liebenswürdigkeit der mexikanischen Indios kam immer wieder quasi als Kontrast das arrogante und großkotzige Benehmen der mexikanischen Beamten zum Vorschein, die meist übrigens spanischer Herkunft waren. Schon der nette runde Maler in Mazatlan erklärte ihnen in Spanisch, dass in Mexico zwar offiziell eine Demokratie herrschte, in Wirklichkeit aber Anarchie in den öffentlichen Ämtern dominierte und zwar eine Anarchie des Chaos und der Korruption.

Zwar roch es in den mexikanischen Restaurants immer total lecker nach scharfen Gerichten mit viel Chili und Knoblauch, aber das Essen in den Tropen war auch nicht ungefährlich, wie sich dann an der mexikanischen Pazifikküste zeigte. In dem beschaulichen Badeort Barra de Navidad (zu deutsch ›Weihnachtsstange‹) im Bundesstaat Jalisco ereilte die beiden Montezuma's Rache ziemlich übel. Allein Danny hatte sechzehn Mal Durchfall in eineinhalb Tagen, das war sein absoluter persönlicher Rekord. Dazu hörten sie immer wieder im Hintergrund zur Beruhigung von Körper und Nerven aus einem Nachbarhaus Klaviergeklimper. Erst dachten sie, der Nachbarjunge übte auf dem Klavier. Aber mehrmals täglich kam immer nur dasselbe Stück, immer und immer wieder. So wurde ihnen irgendwann klar, dass es sich wohl um eine Schallplatte handeln musste, die dort häufig abgespielt wurde. In Mexico selber bekamen sie ja überhaupt nix mit von aktuellen Hits auf dem Plattenmarkt. Aber nachdem sie Monate später nach Deutschland zurückgekehrt waren, erkannten sie, dass es sich um den damals aktuellen Hit von *Richard Clayderman* gehandelt hatte, um das Klavierstück ›Ballade pour Adeline‹, also *für Elise*.

Nachdem der Durchfall überwunden war, beschlossen sie, besser kein Eis mehr zu essen. Sie ließen das in Mexico wegen der befürchteten Magen- und Darmprobleme besser ganz bleiben. Dafür schmeckten ihnen die köstlichen frisch gepressten Fruchtsäfte, die es an jeder Ecke Mexicos in den so genannten ›Saftläden‹ gab. Das waren phantastische Milchmixgetränke aus Papaya, Mango, Mamey oder Guayaba, also Passionsfrucht, hmmm, lecker.

Weiter ging's zur Küste vom Golf von Mexico. Dort in Veracruz liebten sie es, am Zocallo bei tropischer Hitze im Schatten zu sitzen, zu lesen, zu schreiben, Spanisch zu lernen, *Marimba-Musik* zu lauschen, das Treiben der exotischen Menschen zu beobachten oder einfach zu relaxen. Das hatte Danny gerade mal wieder besonders nötig, da er sich als weihnachtliche Bescherung eine goldene Kotz- und Durchfallserie gefangen hatte. Dabei war er noch froh, dass sie bei der enormen Nachfrage nach Unterkünften wegen der mexikanischen Feiertage überhaupt ein Zimmer in Veracruz bekommen hatten, um seinen von einer Darminfektion ausgelaugten laschen Körper ein bisschen auszustrecken.

Im neuen Jahrtausend reiste Danny mit seiner Moni dreimal nach Ägypten, zum Schnorchelurlaub ans Rote Meer. Das war an sich zwar ganz einfach und bequem zu bereisen, aber auch nicht so ganz ungefährlich. Einmal gab es eine kleine Attacke eines Blaupunkt-Stachelrochens auf Monis Fuß.

Also Füße hochlegen und dabei die bei den Einheimischen beliebte *Habibi-Musik* hören (Habibi = Liebe).

Und natürlich mussten sie mit dem Essen aufpassen. In den Hotelanlagen war es immer lecker und sauber. Da passierte ihnen rein gar nix. Aber sobald sie Touren zu anderen Orten machten, war absolute Vorsicht bei der Nahrungsaufnahme angesagt. Aber es kam, wie es kommen musste. Bei einem Tagesausflug nach El Qesir spazierten sie durch die Stadt. Und aus dem Schaufenster eines Bäckers lachten sie so leckere Plätzchen an. Danny dachte sich: »Bei so trockenen Teilchen, da kann doch nix schief gehen.« Aber fehl gedacht – den ganzen Ägypten-Urlaub nie Durchfall gehabt, aber nach dem Ausflug nach El Qesir. Da hatte es Danny doch noch erwischt: Montezuma's Rache auf ägyptisch.

California Dreaming

Während sich die Hippies 1967 in San Francisco, im fernen Kalifornien, selber zelebrierten, staunten Danny und seine Altersgenossen damals nur über den ›Sommer der Liebe‹, wie er verlockend für die schüchternen Provinz-Bubis hieß. Aber woher nehmen und nicht stehlen? Denn bei ihnen in Datteln, Oer-Erkenschwick und Recklinghausen, in ihrer westfälischen Provinz, war von ›Love & Peace‹ nicht die Rede. In Kalifornien versicherte man sich, Blumen im Haar zu tragen, wenn man nach San Francisco kam: »*If you're going to San Francisco*, be sure to wear some flowers in your hair«, gab *Scott McKenzie* die Parole für die Flower-Power-Bewegung bekannt. Dagegen versicherte man sich bei ihnen in Westfalen höchstens, ob zwischen den Blumen im Vorgarten kein Unkraut wuchs …

Danny hatte 1978 San Francisco zusammen mit seiner Freundin Tina erstmalig live erlebt. Aber Scott McKenzie, den sah er zusammen mit Harry und Matthes 1985 in Kassel, völlig überraschend bei einem Straßenfest in der Fußgängerzone, umsonst und draußen. Völlig ungeplant und unverhofft stand da ihr einstiges Hippie-Idol auf der Bühne und sang sein ›San Francisco‹. Und weil's so schön war, gesellten sich *The Mamas & the Papas* auch noch gleich dazu und grooten sich zu ›*Monday Monday*‹ einen ab.

Als Danny also 1978 mit Tina das erste Mal nach California kam, da trafen sie in Santa Barbara einen Typen, den Michael, einen Deutschen, der dort lebte. Der fand das super außergewöhnlich, dass er sie – eben auch Deutsche – dort traf. Deshalb fuhr er die beiden mit seiner Karre spazieren, zeigte ihnen dabei von einem erhöhtem Punkt eine herrliche Aussicht über Santa Barbara und dem Pazifik dahinter, soff dabei Tequilla aus seinem Flachmann. Und dann machte er noch ein Privat-Rennen mit nem anderen Driver auf dem Küsten-Boulevard von einer Ampel zur nächsten, bis es Tina schlecht wurde. Deshalb stiegen sie beim nächsten Stopp besser mal aus.

Am nächsten Morgen trafen sie ihn wieder. Er hatte es aber nicht mehr bis zum von den *Eagles* so schön besungenen ›*Hotel California*‹ geschafft, denn er war gleich in seiner Karre eingeschlafen. Aber immerhin hatte er noch am Straßenrand vorschriftsmäßig rückwärts eingeparkt, und das mit ner Bottle Tequila intus, mindestens einer …

…. allerdings zeigte sich auch California nicht immer als Sonnenland. Die beiden waren dort schon gut sechs Wochen rumgereist und getrampt. Da begann es so langsam, ab Mitte November, auch dort schon mal zu regnen: «*It never rains in Southern California* …« …sangen die beiden im Herbst 1978 den Song von *Albert Hammond* aus den südkalifornischen Lautsprechern gerne mit. Denn unter der Sonne dachten sie, das stimme schon so. Sie hätten sich das Ende der Zeile besser anhören sollen:»It never rains in Southern California, but if, it pause ….« heißt nämlich: » …aber wenn, dann pisst es.«

Es regnete dann auch wie aus Eimern. Schon zwei Tage lang stürmte und hagelte es. Und es warf ihr Zelt um. Es wurde ungemütlich in Southern California. Deshalb aßen sie in San Elijo, Pazifik-Küste, nicht weit von San Diego, in einem nahe gelegenen Restaurant auch drinnen. Danach regnete es immer noch so stark, dass sie einfach zwei Fremde fragten, die gerade vor dem Restaurant mit ihrem Auto wegfahren wollten, ob die sie ein Stück mitnehmen könnten. Sie konnten, wollten die beiden sogar bis direkt vor ihr Zelt bringen. Aber: oh Schreck! Das Zelt und alle ihre Sachen waren weg. Keine Spur davon, nichts übrig gelassen. Die Ranger des San Elijo-State Parks, wo sie zelteten, hatten es abgebaut. Angeblich weil sie dachten, sie wären nicht mehr da, und wollten es so vor Diebstahl schützen. Alles sehr merkwürdig. Jedenfalls schlug Douglas, der Fahrer des Autos, dann vor, einfach das Zelt dort zu lassen. Denn sie würden doch nur pitschnass, wenn sie es aufbauten. Stattdessen sollten sie lieber mit ihm und Caroll nach Hause kommen. Das taten die beiden mit Freuden. Sie wurden sogar noch mit Bier und Saft bewirtet und schlugen dann ihr Nachtlager auf einem Fell vor dem gemütlichen und brennenden Kamin auf. Das war herrlich weich und trocken, sie schliefen wohl. Trotz des Angebotes von Douglas und Caroll, ruhig noch wegen der Feuchtigkeit draußen die nächste Nacht auch bei ihnen zu verbringen, lehnten sie dankend ab. Denn sie mussten sich um das Zelt und ihre Rucksäcke kümmern, was sie auch alles problemlos zurück bekamen.

Das Wetter wurde dann sogar in California so ungemütlich, dass sie weiter nach Mexico zogen und dieses faszinierende Land zwei Monate lang kreuz und quer bereisten.

Acht Jahre später – Dannys zweite California-Reise, dieses Mal mit seiner Kollegin Cora. Sie erkundeten im Oktober 1986 eine Woche lang zu Fuß San Francisco, sicherlich eine der schönsten Städte der Welt. Sie fuhren über die Golden Gate Bridge. Sie sahen das bekannte Haight-Ashbury-Viertel, die Hausboote von Sausalito und fuhren mit den Cable-Cars.

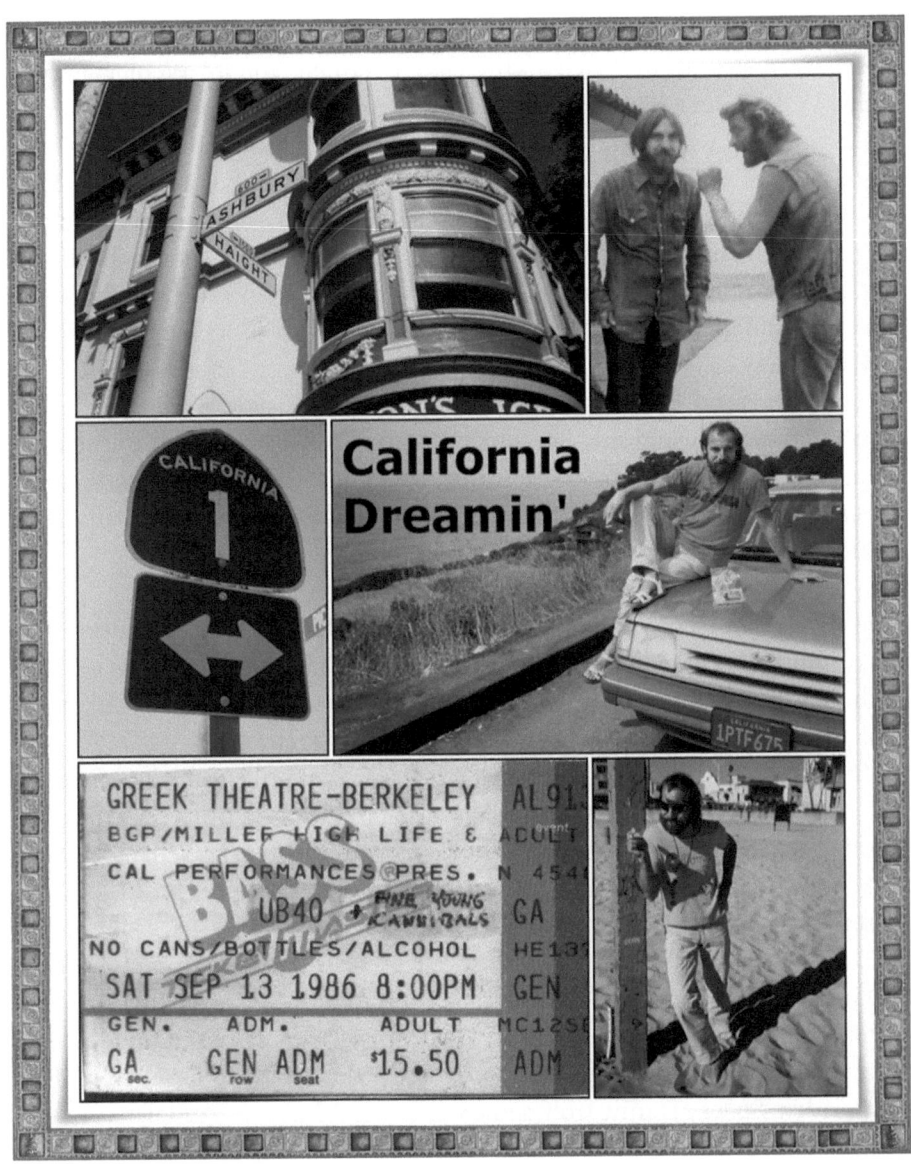

Mit einem Mietauto reisten sie von San Francisco durch Southern California. Sie ergötzen sich an den vielen klingenden Namen, wie im Weingebiet von Nappa Valley oder Citrus Height bei Sacramento, wo sie Dannys alten Freund David von 1978 wieder trafen. Dort starteten sie die Mountain-Tour. In Lake Tahoe zelteten sie im Schnee. Yosemite-National-Park mit den beeindruckenden Bergen und Felsen wie Half Dom. Im Süden des Landes trafen sie in San Diego auf den Pazifik, rochen das Salz des Ozeans, wandten sich nach Norden und erlebten die kalifornische Riviera mit den Blumenstädtchen zwischen San Clemente und Los Angeles, weiter nördlich davon Santa Barbara, Big Sur und Monterey.

Eigentlich stand Danny gar nicht so auf Disco-Music a la *Boney M.*, aber es gab mal eine Ausnahme. Bei seiner California-Reise 1986 zusammen mit Cora, da summten sie immer gerne mit, wenn das Lied im Auto-Radio kam: ›Sunny – Honey‹. Und so nannten sie sich fortan bei diesem California-Trip:

›Sunny‹ wurde Danny von Cora genannt,

und ›Honey‹ wurde Cora von Danny genannt.

Sie waren schon ein komisches Pärchen. Ex-Kollegen, die früher zusammen ein kommunales Jugendfreizeit-Zentrum geleitet hatten. Dazu waren sie auch noch Ex-Geliebte, die sich in einem Winter ein paar Mal näher kamen, trotzdem aber Freunde blieben, als die kurze Affäre vorbei war.

Mit dieser speziellen Vergangenheit reisten sie dann für fünf Wochen kreuz und quer durch Süd-Kalifornien. Sie schliefen zusammen im selben Hotelzimmer, teilweise im selben Doppelbett, oder im kleinen Traveller-Zelt Seite an Seite, wie Brüderchen und Schwesterchen, ohne Sex und Erotik, nur als Freunde zusammen ….

… auch so was gab's einmal. Und so erlebten sie auch zusammen Danny's 35. Geburtstag im September 1986 in Santa Barbara.

Die Sonne ballerte, wie bei uns in Deutschland nur in besonders warmen Sommern. Es war inzwischen Oktober geworden, und unheimlich heiß in Kalifornien. So war Danny froh, seine weißen Birkenstock-Sandalen und eine leichte beige Leinenhose in seinem Gepäck zu haben, die er jetzt zusammen mit seinem neu gekauften blauen California-T-Shirt trug.

»Hm, wie das hier duftet,« versuchte sich Danny an den Duft von Eukalyptus-Bonbons zu erinnern, während sie über eine malerische Route entlang dem Pazifischen Ozean durch Eukalyptus-Haine fuhren. Es war aber auch ein wirklich fruchtbarer Landstrich, wo sogar Kiwis wuchsen. Gemütlich und entspannt zuckelten die beiden mit offenen Wagen-Fenstern gen Norden, wobei sie nur den runden grünen Schildern mit der ›Nr. 1‹ zu folgen brauchten.

Und für die beiden entpuppte sich das Santa Cruz der 1980er Jahre als ein sehr relaxtes Städtchen, weil dort diese unnachahmliche Späthippie-Atmosphäre herrschte. Der Spitzname der Stadt war ja nicht umsonst ›Surf City USA‹, seit 1885 dort zum ersten Mal in Kalifornien gesurft wurde. Sicherlich trug auch die hier ansässige UCSC, die Universität of California, viel dazu bei, dass sich Danny im lebendigen Städtchen Santa Cruz sehr wohl fühlte. Die Universität war bekannt für ihre Liberalität und war außerdem ein Tummelplatz für Hippies und Alternative. In der ganzen Stadt kam es Danny vor, als würde ein allgemeines Freak-Treffen abgehalten: überall Langhaarige und Bärtige. Es gab da jede Menge Essen umsonst und Parks, in denen man einfach so schlafen konnte. Nicht dass die beiden auf einmal im Park schlafen wollten, denn für ein Zimmer in einem Motel hatten sie Geld genug. Aber die Atmosphäre in Santa Cruz gefiel ihnen deshalb sehr gut, weil man sich so richtig treiben lassen konnte …

Auf dem Rückweg von Santa Cruz nach San Francisco fuhren Cora und Danny nicht etwa auf dem schnelleren und direkten Weg per Highway, sondern sie entschieden sich für die Califonia Number One. Dabei grölten sie laut und schräg ›Purple Rain‹ von *Prince & the Revolution* mit, das aus den Autoboxen dröhnte. Dieses pompöse Musikwerk von 1984 hatten sie auf einem Sender im Autoradio gefunden und die Lautsprecher volle Pulle aufgedreht. Das hatte sie dermaßen inspiriert, dass sie sich einen Abend den ›Purple Rain‹-Film in einem Autokino anschauten.

In ihrem Leihwagen lief aber auch häufig Dannys mitgebrachte Audio-Kassette von den *Talking Heads* mit dem genialen Sänger *David Byrne*. Von deren rhythmischen Wave-Songs ließen sie sich aus den Boxen beschallen. Auf der einen Kassettenseite die *LP* ›Speaking In Tongues‹ von 1983 mit dem grandiosen Stück ›Burning Down The House‹, dem Hit in den Szene-Discos. Auf der Rückseite das 1984er Live-Album ›Stop Making Sense‹, das auch als Konzert-Film super gedreht worden war, mit dem außergewöhnlich aufgebauten Intro-Stück ›Psycho Killer‹. Aber da gab es auf dem Talking Heads-Live-Album noch einige andere Musik-Perlen drauf: ›Girlfriend Is Better‹ und das unvergleichbare ›Once In A Lifetime‹.

Talking Heads war eine US-amerikanische Rockband aus New York, die zu den bekanntesten und erfolgreichsten Vertretern der amerikanischen Post-Punk- und New Wave-Bewegung der 1980er Jahre gezählt wurde. Die Kunst-studenten David Byrne, Tina Weymouth und deren Freund Chris Frantz tra-fen sich Mitte der 70er Jahre auf der Rhode Island School of Design. Inspiriert von der Musikszene im Umfeld des Musik-Clubs CBGB in Manhattan grün-deten sie die Talking Heads.

Apropos ›Talking Heads‹. Es gab da später mal von *Radiohead* einen Sing-le-Hit, und zwar ›*Creep*‹ aus dem Jahre 1992. Durch die englischen Krimis von Phil Rickman wurde Danny auf die Gruppe ›Radiohead‹ aufmerksam. Die kannte er vorher nur vom Namen her, wurde neugierig und hörte sie sich im Internet an: ruhige interessante Mucke. Das war eine englische Alternative-Rock-Band, die 1985 in Oxford, England, gegründet wurde. Den Namen Ra-diohead gaben sie sich lustigerweise nach einem Song der Talking Heads, einer von Dannys Lieblings-Gruppen. Die wiederum hatten 1986 auf ihrem Album ›*True Stories*‹ ein Stück namens ›*Radiohead*‹ veröffentlicht.

Zurück in San Francisco erlebten Danny und Cora schließlich im Greek-The-ater von Berkeley den musikalischen Höhepunkt ihrer fünfwöchigen Califor-nia-Reise, als sie live die beiden Musikgruppen *UB40* und die *Fine Young Can-nibals* sahen. Erst spielten die Jungen Kannibalen. Dann ein Wahnsinnsgefühl: als die Sonne über dem Greek-Theatre unterging, begannen UB40 zu spielen.

Bei der britischen Musikgruppe UB40 handelte es sich zwar um eine popu-läre multinationale Reggae- und Popband, aber auch um eine sozial engagierte Gruppe. Denn der Bandname ›UB40' stand für ein in Großbritannien damals gebräuchliches Formular zur Anmeldung der Arbeitslosigkeit: Unemploy-ment Benefit, Form 40, kurz UB40. Daran erinnerte das Cover der ersten LP von UB40. Das war nämlich besagtes Unemployment Formular. In ihren Texten schnitten UB40 häufig soziale Themen wie Rassismus oder Arbeitslo-sigkeit an. Die Band hatte eine Reihe von Hits, darunter *Red Red Wine, Can't Help Falling in Love* oder *Kingston Town*.

Und danach – fünf Wochen ohne Sex, aber einer tollen California-Reise mit Cora, kehrte Danny heim nach Germany und Hagen. Da erwartete ihn schon seine Ex-Freundin Kirsten, zu der er immer noch ein recht enges Verhältnis hatte. Na jedenfalls besuchte sie ihn in seiner Wohnung auf Emst, weil sie sich über ihren Freund geärgert hatte. Bei einem gemeinsam gerauchten

Joint hörten sie erst *Face The Face* von *Pete Townsend* und schauten sich dabei
›face to face‹ tief in die Augen. Danach lief das heiße Stück *The Heat Is On* von
Glenn Frey. Dabei wurde ihr gegenseitiges Feuer entfacht und ihre Zungen
fanden sich rasch. Er streichelte ihren üppigen Busen, was ihr sichtlich gefiel.
So beschlossen sie, dieses Treffen stilgemäß in seinem Bett fortzusetzen. Und
sie überraschte ihn mit lecker Sex: *Yummy, Yummy, Yummy*. Das ließ sich
Danny nicht zweimal sagen. Sie taten es wie einst *Ohio Express* 1968, die genau
das sangen:

>*»Yummy, Yummy, Yummy*
>*I got love in my tummy*
>*And I feel like a-lovin you ...«;*
>*also: »Lecker, lecker, lecker*
>*Ich habe Liebe im Bauch*
>*Und hab Lust dich zu lieben ...«*

Havana Moon

Danny hörte 1970 *Santana*'s wunderbaren Hit ›*Jingo*‹ und war hin und weg.
Das ließ ihn zum ersten Mal im Leben für so was wie Latin-Rock begeistern. Er
kaufte sich Bongos und interessierte sich für Santana, Carlos Augusto Santana
Alves aus Mexiko, Musiker und Gitarrist, der durch seine Musikrichtung des
Latin Rocks die Rockmusik um eine Variante erweitert hatte. Bekannt wurde
er durch einen Auftritt im August 1969 beim Woodstock-Festival.

Und dann gab es da ›*Havana Moon*‹, ein 1983 als Soloprojekt erschienenes
Santana-Album. Dazu passte sehr gut Danny's persönliche Havanna-Story
aus dem Jahr 1984, als er mit Kumpel Florian auf Kuba rumreiste und sie
den ›Reinfall Karibik‹ erlebten. Sie wohnten in der Hauptstadt Havanna und
machten von dort aus ihre verschiedenen Touren. Havanna, seine umliegen-
den Strände und auch das Touristenzentrum Varadero liegen alle an der Nord-
küste Kubas, also am Atlantik. Deshalb wollten die beiden auch unbedingt
wenigstens einmal zur Südküste Kubas, um dort ein Bad in den Fluten der
Karibik zu nehmen. Aber ihr Ausflug zur Karibikküste entpuppte sich im
wahrsten Sinne des Wortes als Reinfall.

Dabei fing alles so gut an. Sie schafften es sogar von selber, morgens um

06.45 Uhr aufzustehen. Sie liefen durch das morgendliche Havanna, das wie immer total nach Diesel stank, von den alten dürftig reparierten Ami-Schlitten aus den 1950er Jahren. Dann fuhren sie, wie man ihnen geraten hatte, mit der städtischen Buslinie 174 los. Und durch das Empfehlungsschreiben der Dame von der Bahnhofsinformation vom Tage zuvor wurden sie vom Busfahrer in den Außenbezirken Havannas an der richtigen Station heraus gelassen. Dort sollte ein Überlandbus nach Batabano an der Karibikküste fahren. Sie warteten bereits eine Stunde; und es tat sich fast gar nix, außer dass ein Bus in eine andere Richtung fuhr. Aber dafür drängelten sich wahre Volksmassen. Sie wollten ihren Plan, die Karibikküste zu besuchen, schon aufgeben. Da kam doch noch der Bus nach Batabano. Und oh Wunder: er nahm sie sogar noch mit, obwohl eigentlich schon alle Sitzplätze belegt waren. Nun gut: standen sie halt die 1 ½ Stunden Busfahrt. Bei einem Ticketpreis von 0,25 DM will man ja auch nicht meckern. Dabei war die Luftlinien-Entfernung der Kuba-Durchquerung von Nord nach Süd nur 60 km.

So fuhren sie mal wieder übers Land und sahen dabei manchmal riesige Tomatenfelder, dann Zuckerrohrplantagen oder Bananenwälder, Kokospalmenhaine oder einfach grünes Nutz- oder Brachland. In Batabano angekommen, stiegen sie aus dem Bus aus und irrten etwas in dem Ort herum. Wo war nur das Meer? Sie erfrischten sich aber immerhin durch eine leckere Bananenmixmilch. Sehr viele Kubaner waren freundlich und zuvorkommend. So hatten sie auch in Batabano Glück, als ihnen ein freundlicher Busfahrer den Hinweis gab, mit einem anderen Bus nach Surgidero de Batabano zu fahren. Dort sollten die Küste der Karibik und ein Fährhafen liegen. Von diesem Fährhafen ging es übrigens auch zur ›Isla del Juventud‹, die angeblich die berühmte ›Schatzinsel‹ von Robert Louis Stevenson gewesen sein soll.

Nach Surgidero de Batabano kamen sie hin. Aber mit einem erfrischenden Bad in der Karibik wurde es nichts. Überall nur Docks, Hafengelände und Schlickwasser. Dann wurden sie von einem Hafenarbeiter darauf hingewiesen, dass es wohl weiter östlich einen Strand geben sollte. Frohlockend machten sie sich auf den Weg. Das Meer, der Sandstrand kilometerbreit, keine Menschenseele, nur ein Vogelschwarm auf dem Strand, sonst völlig leer. ›Die reinste Idylle,‹ dachten sie. Bis sie nach einigen 100 Metern immer mehr und mehr einsackten. Und dann ging es plötzlich nicht mehr weiter, obwohl sie nur noch zehn Meter vom Meer entfernt waren. Aber ein kleiner Bachlauf versperrte ihnen den Weg. Und der Untergrund, auf dem sie gingen, wurde immer glitschiger. Im Anblick der nahen karibischen Küste sprang Danny wild entschlossen über den Bach und sackte am anderen Ufer bis zu den Knien mitsamt den Schuhen, Socken und der halben langen Hose in Modder ein. Florian konnte sich barfuss und mit hochgekrempelter Hose so gerade noch zurück retten. Dagegen musste Danny aber noch einmal über den Bach zurück springen. Prompt sackte er noch einmal bis zu den Knien in den Modder ein. Er sah aus wie ›die Sau‹ und war völlig bedient von der Karibik. Dreckig und stinkig wuschen sie dann erst mal alles an der Kaimauer und ließen die Sachen dort von der Sonne trocknen. Zurück im Hotel in Havanna, ging Danny dann angezogen mit all den dreckigen Kleidungsstücken unter die heiße Dusche, um mit Seife und Schaum den modrigen Dreck und das Salz wieder heraus zu bekommen.

Aber vorher mussten sie erst mal zurück nach Havanna kommen. Sie hatten jedoch dieses Mal im Gegensatz zum chaotischen Hinweg mächtig Glück. Sie trampten, und ihr erster Tramplift auf Kuba, ein leerer Reisebus, nahm sie von Batabano bis kurz vor Havanna mit. Von dort aus kamen sie mit einem Linienbus gut weiter. Und das Hervorragende an der Rückfahrt war, dass der Reisebus eine andere Strecke von der Karibik- zur Golfküste als auf dem Hinweg fuhr, wo sie an jeder Haltestelle anhielten. Der Reisebus fuhr zurück nahezu Luftlinie und nahm dabei total irre Abkürzungen über holprige Feldwege. Trotzdem kamen sie gut und schnell an. Unterwegs hatten die Dörfer solch klingende Namen wie San Antonio de las Vegas, La Julia, San Felipe, Rancho Boyeros oder Santiago de las Vegas …

Zum Obama-Besuch in Kuba 2016 passte diese Musik vom *Buena Vista Social Club* wunderbar, der Titel – *Chan Chan*. Immer wenn die ersten warmen Töne dieses Hits erklangen, wurde Danny ganz schubbelig …

… denn dann sah er in diesem Video die alten Häuser und Straßenszenen von Havanna, wo er 1984 mit seinem Kumpel Florian zwei Wochen durch gelaufen, gelebt und getanzt hatte.

Ah, und da der Malecon – da hatten sie direkt am Meer gesessen.

Damals waren auch diese alten Männer vom Buena Vista Social Club noch etwas jünger und dachten noch gar nicht daran, dass sie mal weltberühmt werden sollten. Aber inzwischen war der ›Buena Vista Social Club‹ zu einer Marke geworden. So hieß nämlich der Titel des Musikalbums, das 1997 aufgenommen wurde. Dieses Projekt wurde vom US-amerikanischen Gitarristen *Ry Cooder* zusammen mit dem kubanischen Sänger, Arrangeur und Produzenten *Juan de Marcos Gonzalez* initiiert, der verschiedene Altmeister kubanischer Musik der 1940er und 1950er Jahre zusammengestellt hatte.

Sex in der Wüste

Im Sommer 2016, da war es so heiß, so heiß, da konnten einem ja schon mal Visionen von heißen Dingen in heißen Gegenden kommen …., oder …!?

Ideal mit ihren heißen Songs, ja, die waren schon der Neuen Deutschen Welle um Lichtjahre voraus. In den 80er Jahren sang sie, die Berliner NDW-Gruppe um die beiden Hagener Schwestern *Annette und Inga Humpe*, nationale Hits wie ›Ich steh auf Berlin‹ oder ›Blaue Augen‹. Aber ihr absolut heißester Song war:

›Sex in der Wüste, doch dafür ist's zu heiß …‹

Weit voraus war Danny mit seiner damaligen Freundin Tina auch. Denn mit ihr verbrachte er 1977 einen relaxten Portugal-Urlaub, wo sie anfangs an der Atlantikküste im Südwesten des Landes zelteten. Eines Morgens machten sie sich zu einem Strandspaziergang auf, hatten nur Badezeug und Handtücher dabei. Hinter dem Strand zog sich eine kilometerweite Dünenlandschaft dahin, ziemlich einsam alles. Das und Tinas knapper blauer Bikini machte die beiden Verliebten irgendwie geil. So zogen sie sich in die Dünen in den weichen hellen Sand hinter den Hügeln zurück, nicht einsehbar vom Strand, falls doch mal einer käme. Dort trieben sie's ekstatisch unter freiem Himmel. Die pralle Sonne stach auf seinen Po, während Tinas nackte Fußsohlen in den Himmel ragten, interessiert von ein paar Möwen beobachtet. Doch die bekamen nix ab, denn dafür war's zu heiß …:

›Sex in der Wüste, doch dafür ist's zu heiß …‹

Bis sie sich hinterher in die erfrischenden kalten Fluten des Atlantiks warfen.

Nach dem ›Sex in der Wüste‹ schafften es Tina und Danny, ihr amouröses Abenteuer sogar noch zu toppen. Das probierten sie Monate später im winterlich kalten Westfalen in der heimischen Sauna von Dannys Eltern. Diese waren ausgeflogen. So hatten die beiden sturmfreie Bude im ganzen Haus und sturmfreie Sauna im Keller. Die nutzten sie, um sich aufzuwärmen. In der Enge der heißen Sauna, nur Platz für zwei Personen, da nur zwei Bänke in Stufen übereinander, und ob der schweißtreibenden Aufgüsse bekam Danny ein riesiges Rohr. Das beobachtete Tina mit Interesse, wollte sie doch kaum glauben, dass Mann und Frau in einer Sauna bumsen könnten. Danny hatte auch noch nix davon gehört, aber es klappte. Im ersten Saunagang hatten sie sich's innerhalb von zehn Minuten besorgt. Danach die Abkühlung unter der Dusche: zärtliches gegenseitiges Einseifen. Zweiter Saunagang zur Erholung. Und im dritten Saunagang stach ihn schon wieder der Hafer. Tina war es recht. Denn die Hitze und die Situation hatte die beiden so geil gemacht, dass sie auch noch einen zweiten Sauna-Fick schafften: erschöpft, aber glücklich krabbelten sie aus dem finnischen Holzgemach.

›Sex in der Wüste‹ wäre bei 40 bis 50 ° C mitten in der Sonne ohne jeden Schatten schon eine ziemlich heiße Nummer, aber ›Sex in der Sauna‹, das toppte diese erotische Situation dann sogar bei 80 ° C …

Drei Jahre später hatte Danny eine neue Flamme, Lydia, die mit den schwarzen rassigen Zigeunerhaaren. Ja, die gefiel seinem Vater super gut. Lydia erfuhr also davon, dass Danny dort unten im Keller mit Tina in der Sauna gebumst hatte. Das wollte sie kaum glauben, bis sie es selber ausprobiert hatte. Lydia hatte ja ein ganz unverkrampftes offenes Verhältnis zu allem, was mit Sex zu tun hatte. Als die beiden mal zusammen mit Achim und Corinna Anfang der 1980er Jahre einen Holland-Kurzurlaub machten, besuchten sie auch Amsterdam. Dort sahen sie zufällig *Jango Edwards* vor der Hippie-Disco Paradiso, als der auf einem Skateboard vorbei glitt. Von dem mochte Danny besonders dessen wunderbaren und total frivolen Fahrrad-Hit: *›If I was a Bicycle Seat‹*:

> *›Life could be oh so sweet*
> *If I was a bicycle seat*
> *Ride, ride limbo treat*
> *sit on me, I'm a bicycle seat…‹*

Die vier Freunde schlenderten auch mal ins Rotlicht-Milieu. Lydia betrachtete fasziniert die hübschen Damen in ihren Schaufenstern, die ihre Dienste in aufreizenden Dessous anboten. Danny wunderte es deshalb auch nicht besonders, als Lydia ihn eines Abends erotisch überraschte. Sie führte ihm eine komplette Dessous-Garnitur in weißer Spitze und mit allem Drum und Dran vor. Dazu gehörten ein enger kleiner Tanga-Slip, Strumpfhalter um ihre Wespentaille, Strapse, woran weiße Seidenstrümpfe geklippst waren, und ein delikater Büstenheber, so dass ihn ihre Nippel keck und neugierig aus dieser geilen Kollektion anblinzelten. Diese weiße Garnierung ihrer rassigen Figur harmonierte hervorragend zu Lydias langen schwarzen Haaren. Zwar war Danny dadurch aufs Höchste erregt, aber er wusste mit seinem Background des Konsumverzichts aus den 70er Jahren leider noch gar nicht soviel mit Dessous anzufangen. Deshalb warf Lydia damals bei ihm ihre ›Perlen vor die Sau‹. Danny pellte sie aus ihrer aufregenden Verkleidung, nur um sie dann wie gewohnt splitternackt zu lieben. Er brauchte dann noch zehn Jahre länger und die Schulung der 80er Jahre mit ihren aufregenden Veränderungen, um ab Beginn der 90er Jahre genießen zu können, wenn ihn dann mal seine spätere Freundin mit solch knappen und durchsichtigen Spitzentextilien verführte.

Na ja, jedenfalls wollte Lydia es auch in der Sauna wissen. Die Sauna war heiß. Sie wurden heiß, sie wurden geil. Da brauchte es keinen großen Anschub, da waren sie auch schon ineinander verkeilt. Auch mit Lydia – eng umschlungen – turnte ihn die Saunahitze an. Und der steife kleine Kamerad tat freundlich sein eifriges Werk in Lydias glitschiger Kameradin, so wie sie's gerne hatten.

›Sex in der Sauna, das machte sie nur heißer, ihr konnte es nicht heiß genug sein …‹

Dazu fiel Danny noch ein anderer Set damals in den 80ern aus einer Sauna im Gysenberg-Park in Herne mit Jana ein, dieser heißen lasziven ›Mieze‹ aus Kroatien. Die beiden waren die einzigen Personen in der Sauna-Kabine. Dieses Gefühl um die dichte Atmosphäre ihrer beiden nackten Körper machte Danny so geil, dass ihm ein riesiger Ständer hervor gezaubert wurde. Ihr gerötetes Gesicht mit dem tiefen entrücktem Lächeln vor Dannys Augen hätte ihn fast wahnsinnig gemacht und zu einer unangebrachten Verrücktheit verführt. Aber er hatte keinen Bock auf Eklat, verschwand besser schnell aus der Sauna und hüpfte geschwind ins eisig kalte Tauchbad. So verschwand auch Dannys Ständer und wurde in den glucksenden Wellen des Tauchbades in ein gesellschaftlich vorzeigbares Schwänzchen zurückverwandelt.

›Sex in der Sauna, doch das war ihm zu heiß …‹

Ein paar Jahre später im Frühling war Danny wieder mal mit Harry unterwegs, und sie hatten sich viel zu erzählen, war doch ein ganzer Winter aufzuarbeiten.

»Harry, habe ich dir eigentlich die wahnwitzige Story von den Räuschetürmen schon erzählt?«

»Nee, Danny, aber das Thema hört sich interessant an. Dann leg mal los.« erwiderte Harry gespannt.

» Während der Gomera-Reise im Winter 1986 mit meiner damaligen Freundin Mia hörten wir eines Abends mit Doppelkopfhörern vom Walkman die sanfte Musik ›When all's well‹ von ›Everything But The Girl‹, wobei ich uns einen Marihuana-Joint baute. Dabei fiel mir auf einmal die absolut schrille Satire von Chlodwig Poth ein: ›Die Vereinigung von Körper und Geist mit Richards Hilfe‹*, das als ein heiterer Liebesroman zählte. Dabei erlebte Poth in seinem Buch mit Hilfe von Richard Wagner-Musik und Marihuana die Gipfel der Liebe, indem er einen Turm von fünf verschiedenen Räuschen aufbaute. Er wollte eine Situation optimal erleben, indem alle verschiedenen Rauschebenen gleichzeitig geschahen, dem so genannten Räuscheturm. Die ganzen Vorbereitungsphasen, um alleine die einzelnen Räusche-Stränge hinzubekommen, waren wirklich in seinem Buch zum Schießen grotesk beschrieben. Denn auch Clodwig Poth liebte den Fünfer-Cluster:

Er wollte sich mit seiner Freundin lieben.

Das sollte in Italien an einem Sandstrand geschehen.

Dazu bei Vollmond, und natürlich musste es eine trockene und laue Nacht sein.

Sie wollten sich beide vorher mit Marihuana antörnen.

Dabei sollten beide mit zwei Kopfhörern gleichzeitig *Tristan und Isolde* von *Richard Wagner* hören.

Na, jedenfalls war das rein technische Problem für Chlodwig schon schwierig genug, an seinen Recorder über einen Adapter zwei Kopfhörer anzuschließen. Denn Walkmen gab's wohl damals noch nicht. Die Kopfhörer mussten zudem auch noch mit ordentlichen Metern Verlängerungskabeln ausgestattet sein, damit man sich beim Lieben nicht darin verheddderte. Und natürlich sollte alles ziemlich fest und stabil sein. Sonst würde der Räuscheturm womöglich bei der ersten Bewegung unterbrochen.

---

*   *Chlodwig Poth – Die Vereinigung von Körper und Geist mit Richards Hilfe, Frankfurt 1982*

Ein anderes Problem für ihn war das Marihuana. Denn das hatte er nämlich extra für dieses Ereignis gebunkert. Allerdings rauchte er es dann aber eines Tages, als er sich über seine Freundin so ärgerte, dass er dies durchs Kiffen kompensierte. Dann wiederum war plötzlich seine Marihuana-Quelle versiegt. Aber irgendwie hatte er doch noch alle Utensilien und Faktoren zusammen getragen und damit ein lustiges Buch voll bekommen. Er hatte es schließlich mit viel Mühen und Umständen geschafft, zusammen mit seiner Freundin den Räscheturm zu erleben. Bei soviel Vorbereitung sollte es ihnen eigentlich auch vergönnt gewesen sein …!‹

All das fiel mir an dem besagten Abend auf Gomera ein, als ich gerade einen Joint baute. Und geraucht, getan, schritten Mia und ich sofort zur Tat. In Ermangelung von groß angelegten Vorbereitungen klappte es natürlich nicht alles so prächtig wie in der literarischen Vorlage von Chlodwig Poth. Aber grotesk war's teilweise doch schon.

Stoned waren wir ja schon mal, und dementsprechend sexbereit.

Auf den Sandstrand verzichteten wir großzügig und nahmen mit unserem breiten Appartement-Bett vorlieb, das sich immerhin oberhalb des Strandes befand.

Bei den Kopfhörern und Kabeln begannen schon die technischen Schwierigkeiten. Mein Kopfhörer saß nicht so fest am Kopf und rutschte deshalb ab und zu mal runter. Das ließ die Musik leiser werden oder ganz verschwinden. Als Musik hatte Mia passender Weise ihre ›Love‹-Kassette eingelegt. Aber das technische Problem mit den losen Kopfhörern ließ sich mit einem schnellen Handgriff wieder beheben.

Dagegen ließen wir lieber das Zimmerlicht an, obwohl es draußen fast Vollmond war. Es war nämlich zu befürchten, dass sich einer von uns oder gar beide von den ziemlich kurzen Kopfhörer-Kabeln bei einer Drehung strangulieren oder sich sonst was abwürgen würde …

Nun gut, es wäre sicherlich alles geschmeidig und harmonisch zum Höhepunkt gekommen, wenn mir nicht in meinem bekifften Kopf eine neue Steigerung des Räscheturmes in Form einer anderen geilen Stellung eingefallen wäre. Ich wollte unsere Liebes-Party partout auf dem Schlafzimmer-Hocker krönen. Damit begann der groteskeste Teil des Räscheturms. Den Hocker leerzuräumen und stellungsgünstig zu postieren, war noch ziemlich easy. Sich rauf zu setzen war ebenso noch eine einfache Übung. Dann wollte sich

Mia auf mich setzen. Alle technischen Geräte wie Walkman, zwei Kopfhörer und zwei Kabel, waren einigermaßen gerichtet. Aber inzwischen hatte sich wegen der ganzen technischen Vorbereitungen meine Erektion in ein Gummimännchen verwandelt. Um ihn wieder steif zu bekommen, bemühten wir uns mit allerlei Geknete und Gehoppele. Dadurch fiel der Walkman runter, riss das Kabel von Mias Kopfhörer raus, und eine Batterie aus dem Walkman kollerte auf dem Boden herum. Nachdem ich die Technik wieder funktionabel gemacht hatte, war meine Erektion natürlich völlig zum Teufel. Aber glücklicherweise löste Mia mit zärtlichen Fingern, Lippen und ihrer Zunge dieses Problem recht schnell. Wir konnten einen zweiten Anlauf wagen. Der hätte auch fast geklappt. Wir saßen schon anthropologisch optimal ineinander verhakt auf dem Hocker. Von soviel orgiastischer Begeisterung getrieben, wollte allerdings der Walkman nicht nachstehen. Er gab der ganzen Angelegenheit dann seinen satirischen Höhepunkt. Mit einem lauten Poltern krachte der Walkman zum zweiten Mal auf meinen Fußknöchel, um danach auf den Fußboden zu rumsen. Die gleiche Bescherung noch einmal. Wieder kullerten Batterien, Kopfhörer und Walkman lustig durcheinander. Als ich dieses Mal alles Technische wieder gerichtet hatte, war bei mir natürlich auch alles Menschliche wieder ganz und gar nicht mehr gerichtet.

Daher gab ich dann schon mal die Sache mit dem Stuhl auf, und wir versuchten es auf die ganz traditionelle Weise im Bett liegend, aber immer noch mit der Walkman-Technik. Nachdem Mia meinen kleinen Kameraden wieder in die gewünschte Stellung und Schwellung gebracht hatte, hätte es endlich erfolgreich abgeschlossen werden können. Aber Pustekuchen: gerade als wir nach diesem endlosen Vorspiel aus Erotik und Technik zu einem wohlverdienten orgiastischen Koitus ansetzen wollten, fing die Kassette gerade beim A Capella-Stück ›Only You‹ von *The Platters* an zu eiern. Jetzt war ich es aber doch tatsächlich und endgültig leid mit der Technik. Räuscheturm hin – Räuscheturm her, ich riss die Kopfhörer von unseren Köpfen und besorgte es uns endlich – ohne Musik und doppelten Boden – aus reiner sexuellen Erregung. Schöne Geschichte, was Harry …?«

On the Road again mit Harry

Mit niemanden anderem war Danny häufiger unterwegs als mit seinem Freund Harry, mit dem er oft durch verschiedene deutsche Landschaften fuhr, gerne auch nach Bullay an der Mosel. Dabei kamen sie in ihren Gesprächen wie von selbst auf eines ihrer Lieblingsthemen, die Musik.

Dazu passte diese ›On the Road again‹-Erinnerung gerade recht. Es war ein Sommertag 1975 in Kopenhagen. Allein schaute Danny sich einen ganzen Nachmittag auf dem Ströget (gesprochen Stroiel) um, der kilometerlangen Kopenhagener Kultur- und Einkaufsstraße. In einem Plattenladen hörte er sich eine LP von *Poul Dissing* an, dem angesagten dänischen Protestsänger, der mit seinem ›*Mor Danmark og Far Krammersjael*‹, also ›Mutter Dänemark und Vater Krämerseele‹, das stolze dänische Selbstverständnis etwas in Schieflage gebracht hatte.

Danny trommelte ein bisschen Rhythmusmusik mit einem Franzosen auf einem Stahlgeländer: dafür sind die ja da.

Viele bunte Menschen, wieder Musik. Dann das Kraftfeldspiel mitten auf der belebten Einkaufsstraße. Also geradeaus gehen, die Entgegenkommenden mit einem starken Blick zur Seite gehen lassen: hihihi.

Und auf einer Parkbank saß Danny neben einem riesigen Kerl, der aussah wie *Canned Heat*, dazu pfiff Danny ›*On the road again*‹ …

… und zog sich weiter das bunte Treiben und Machen der Menschen rein.

Ungefähr zehn Jahre später war Danny beim Badminton-Spielen mit dem Fuß umgeknickt. Deshalb sah es erst schlecht aus für die Deutschland-Tour entlang der traditionellen Route ‚B 51', die er zusammen mit seinem Freund Harry aus Tecklenburg geplant hatte. Doch der erklärte sich bereit, die ganze Tour vom Ruhrgebiet ins Saarland und zurück alleine zu fahren, um Dannys verletzten Knöchel zu schonen. So machten sie sich im Mai 1987 auf zum ‚Last Drive' mit Dannys zehn Jahre altem Passat Kombi. Sie trafen sich in Datteln, fuhren zur B 51 nach Recklinghausen, von wo es über Wanne-Eickel, Wuppertal, durchs Bergische Land, durch Köln und die Eifel zur Mosel ging. Dort weiter nach Trier, und schließlich führte sie die B 51 ins Saarland …

Es war Dannys letzte Fahrt mit seinem guten alten VW Passat Kombi, der ihm sechs lange Jahre die Treue gehalten hatte. Denn nach dieser Saarland-Tour konnte er ein anderes altes abgelegtes Auto von seinem Vater günstig erwerben. Sein weißer Passat Kombi hatte mit ihm allerlei mitgemacht in diesen Jahren. Er hatte inzwischen als Ersatzteile eine goldene Fahrertür, einen roten rechten Kotflügel vorne und eine grasgrüne Heckklappe bekommen.

Aber der Clou des ›Last Drive' war der, dass Danny nach dieser Saarland-Tour eben diesen weißen Passat Kombi seinem Freund Harry schenkte. Denn wer hätte ihn mehr verdient als Harry, der mit ihm und dem zuverlässigen Gefährt zusammen im Winter 1983 nach Norwegen, im Frühling 1985 entlang der Weser von Bückeburg bis nach Hessen und im Sommer 1985 wieder nach Norwegen bis hoch ins Gebirge gefahren war. Außerdem hatte Harry als Westfalenkolleg-Schüler natürlich auch nicht soviel Geld, so dass er einen fahrbaren Untersatz gut gebrauchen konnte.

Zu diesem ‚Last Drive' ins Saarland hatte Danny vorher als Sampler eine Audio-Kassette aufgenommen, die nämlich auch ‚The Last Drive' hieß. Sie begann mit dem genialen Stück von *Eric Burdon* aus den 80er Jahren ‚The Last Drive' und wurde von verschiedenen Songs vervollständigt, die alle mit Autos, Autoreisen und -Touren zu tun hatten. Diese Kassette hörten sie natürlich dauernd auf der Fahrt, und sie blieb selbstverständlich auch als Geschenk für Harry mit im Auto: ‚The Last Drive'.

Harry brachte mit der schottischen Musikgruppe *Lloyd Cole and the Commotions* in den 80er/90er Jahren neuen Wind in ihre Auto-Kassettenrecorder-Musik für unterwegs. Und er überraschte ihn mit der *LP Rattlesnakes* von 1984. Immer wenn die ersten Takte des ersten Stücks ›Perfect Skin‹ loslegten, dann kamen sie direkt in beste Stimmung, dann war Rhythmus und Lebensfreude in‹ne Bude.

Und im nächsten Jahr toppte Harry dieses Erlebnis noch: »Yeah, Mann, ich bin reich, denn ich habe ›Rich‹ gehört. Neulich fuhr ich durch unsere Republik. Du kennst das ja: ›fahr'n, fahr'n, auf der Autobahn …‹, stundenlang fahren, bis du vor Langeweile fast einpennst. Da legte ich diese Kassette hier von Lloyd Cole and the Commotions in meinen Auto-Kassettenrecorder ein: die *LP Easy Pieces* von 1985. Darauf heißt das erste Stück: ›Rich‹ …. Und glaub mir, ich war reich, reich an Wachsein, reich an Weiterfahren können: einfach super!« Damit legte er Easy Pieces ein, und die beiden konnten wieder voller Lebensfreude eine weitere Stunde mit ihrer Karre durch die Gegend brettern.

Nach einem Besuch bei ihrem Freund Matthes in Kassel hatten Harry und Danny die wundervolle Idee, von Kassel aus zum Zelten an die Mosel zu fahren. Sachen zum Zelten hatten sie eh dabei. Gesagt – getan, durchs schöne Hessenland ins Moseltal gefahren, wo die Sonne schien. Deutsches Eck bei

Koblenz, wo Mosel und Rhein sich trafen. Sie fanden in Hatzenport einen Zeltplatz auf einer Moselinsel. Und am nächsten Tag weiter flussaufwärts, ›the long and winding road along the Mosel‹. Sie fühlten sich gut, sehr gut. Nach einem göttlichen Abendessen mit leckerem Schwenkbraten, dazu trockenem Mosel-Weißwein und noch trockenerem Rauch kamen die ›midnight confessions‹, die herzallerliebsten Mitternachtsgespräche im Auto mit Musikanlage. Mit *Tschaikowskis ›1. Klavierkonzert in b-Moll‹* im Ohr und dem Kopf voller Frauen wie *Madonna, Whitney Houston, Chrissie Hynde, Ina Deter, Nena, France Gall* und *Wencke Myhrre.*

Am nächsten Morgen fuhren sie weiter entlang der Mosel flussaufwärts, Frühstück in Bruttig-Fankel, Frühstücken und Leben wie Gott in Rheinland-Pfalz. Und zu Himmelfahrt 1987 hielten sie in Bullay, um im Brautrockkeller eine zünftige Weinprobe zu besuchen. Von dort aus weiter bis nach Trier, dabei hörten sie von der Bord-Musikanlage *Billy Idol.* Zusammen mit dem Rocker mit dem schiefen Gesicht und der starken Stimme grölten die beiden begeistert ›Flesh For Fantasy‹. Das machten sie immer in den 80er Jahren, wenn sie mit dem Auto durch die Lande düsten und dabei die Boxen bei Billy voll aufgedreht hatten …

Bei einer anderen Tour fuhren die drei Freunde Harry, Matthes und Danny Mitte der 80er Jahre zum Zelten von Kassel aus Richtung Osten ins Kurhessische. Nahe der DDR-Grenze im Naturpark Hoher Meißner fanden sie die ideale Wiese mit Blick über das ganze Tal, auf den Hohen Meißner und auf die DDR. Hier ließ Danny seinen Boliden auf einer Wiese ausrollen. Sie bauten daneben ihr Zelt auf, und im nahe gelegenen Bad Sooden-Allendorf aßen sie im ›Stern‹ gut, lecker und reichhaltig balkanesisch, waren gut gesättigt und gingen dann zu Fuß zu ihrem Zelt zurück. Es wurde eine irre Nacht mit Vollmond, Lagerfeuer, Marihuana, Wein, Haschisch und guter Musik aus der Musikanlage. Bei der *Simple Minds*-LP ›Sister Feelings Call‹ mit ihren simplen rhythmischen Trommeln überkam sie auf ihrer Vollmond-beschienenen Lichtung das totale Indianer-Feeling. Sie waren eher eine Art moderner Stadt-Indianer. Aber immerhin waren sie unternehmungslustig genug, so etwas überhaupt zu machen, statt eine Woche Mallorca zu buchen. Sonne hatten sie auch so die ganze Zeit. Und dann noch dieses irre Gefühl. Sie waren unheimlich gut drauf an diesem Abend im Kurhessischen …

Die beiden Freunde Harry und Danny hatten einige gemeinsame Lieblings-gruppen. Zu denen gehörten die *Neville Brothers* und *Willy de Ville*, die wie auch der unvergleichliche Dr. John alle in New Orleans lebten. Deshalb freuten sich die beiden Freunde riesig auf die bevorstehende New Orleans-Revue mit sieben Live-Gruppen in Köln am 12. Juli 1992. Zumal Danny ja das Ticket für die Revue seinem Freund Harry zum Geburtstag geschenkt hatte. Sie hatten es sich so gut ausgerechnet. Denn sie kamen von ihrer Holland-Wochenendreise aus Maastricht rüber nach Köln. So hatten sie sich überlegt, wenn die gesamte New Orleans-Revue erst um 17.00 Uhr beginnen und jede der sieben Gruppen vielleicht eine Stunde spielen würde, dass die beiden Haupt-Acts *Willy de Ville* und *Dr. John* bestimmt erst so 23.00 bis 24.00 Uhr nachts dran wären. Aber für acht Stunden Open-Air-Festival, wie einst in den 70ern, hatten die beiden weder die Kraft noch Bock drauf. Acht Stunden hörte sich ja echt wie ein ganzer Arbeitstag an. Also trödelten sie erst mal in Köln rum, gingen dort noch gemütlich im ›Oaxaca‹ mexikanische Enchiladas und Burritos essen, bevor sie sich zum rechtsrheinischen Deutz aufmachten. Der Veranstaltungsort Kölner Tanzbrunnen befand sich dort in der Nähe der Messehallen. Sie dachten sich, um 19.30 Uhr wäre es bestimmt der richtige Zeitpunkt, um auf dem Festivalgelände einzulaufen …!? Gut für sie, dass es im mexikanischen Restaurant überraschend flott ging. Denn als sie das Auto auf den Messe-Parkplätzen abstellten, hörten sie schon Willy de Ville's Stimme vom Tanzbrunnen-Gelände rüber schwappen, wie er sein unvergleichbares ›Demasiado Corazon‹ ins Mikro röhrte. Ja ja, der Mann hatte bekanntlich ›zuviel Herz‹. Also nichts wie rein in den Park. Sie schienen sich mit ihrer Festival-Zeitplanung ziemlich verrechnet zu haben. Denn Revue hieß wohl, dass alle Gruppen immer nur ein paar Stücke spielten. Fast hätten sie dadurch Willy de Ville verpasst. So aber kamen sie gerade rechtzeitig, um ihren persönlichen Star samt seiner exzellenten Band wenigstens noch ein bisschen erleben zu können. Da stand er und sang, dieser tolle Musiker mit dem Flair eines Südstaaten-Dandys und dem Aussehen eines karibischen Piraten. Aber nach einer Viertelstunde hörte der Kerl schon wieder auf, und das war's dann mit Willy. Sie waren also wirklich noch so gerade zur rechten Zeit gekommen.

Danach ging's dann Schlag auf Schlag. Erst swingte der legendäre *Dr. John* mit seiner ›Iko-Iko‹-Version und seinem Hit ›*Right Place, Wrong Time*‹ los. Und die beiden Freunde waren dadurch schon musikalisch in New Orleans-Stimmung gebracht. *Zachary Richard, Eddie Bo* und *Johnny* Adams kannten die beiden noch nicht. Das waren fast alles schwarze Musiker. Und dann toppten die *Wild Magnolias* die eh schon exotische Show noch optisch mit ihren farbenfreudigen üppigen Federpüscheln am ganzen Körper. Sie spielten passender Weise dazu ›*All on a Mardi Gras Day*‹. Als Abschluss spielten dann noch mal alle zusammen, inklusive Willy und Dr. John. Und die Musiker-Band hatte es sich nach fünf Stunden echt verdient, Feierabend zu machen. Die beiden Freunde auch. Es war zwar etwas ungewohnt, dass die Gruppen jeweils nur wenige Stücke spielten, aber unter der heißen Sommersonne Kölns ließ sie diese tolle New Orleans Musik einen Hauch von ›Mardi Gras‹ erahnen.

Das machte damals unheimlich Spaß und vertrieb sämtliche Alltagssorgen.

1996 zog es Danny und Harry wieder an die Mosel. Während ihres Urlaubs in Bullay hatten sie eine kleine Zugreise nach Cochem gemacht, um dem Bullayer Regen zu entweichen. Cochem war allerdings ebenfalls so verregnet, dass sie schon im erstbesten Kellergewölbe trockenen Unterschlupf bei noch trockenerem Weißwein fanden. Dort machten sie rasch Bekanntschaft mit zwei jungen niederrheinischen Paaren aus Neuß, die durch eine magische Situation sensationell eröffnet wurde. Die Vier am Nachbartisch hatten bereits vier Flaschen Wein getrunken und wollten gerade ein Foto von sich machen. Danny bot sich an, sie alle vier mit ihrem Fotoapparat zu fotografieren. Dabei redete ihn eine der beiden Frauen völlig wie nebenher mit ›Danny‹ an, obwohl sein Name in diesen Gewölben vorher nicht genannt worden war. Sie meinte einfach, er sehe so aus wie ›Danny‹. Dann wollte sie es aber schier kaum glauben, dass er tatsächlich so hieß. Und er musste es mit seinem Personalausweis beweisen. Die Tische wurden zusammengestellt, über das Leben, über Treue, über Fußball wurde geredet. Elli, die magische Frau, feierte an diesem Tag ihren 29. Geburtstag und trank im Gegensatz zu sonst viel zu viel Wein, drehte auf wie ein ganzer Zirkus. Sie machte draußen den Straßenverkauf der Weinstube zu einem Bombengeschäft. Deshalb bekamen sie alle vom Wein-Schenk Prozente. Sie tanzten zu Willy de Ville und ›*Lemon Tree*‹ von *Fools Garden*. Sie tranken und tranken. Und draußen goss es weiter in Strömen. Da Harry keine Lust auf Regen hatte, machte sich Danny allein mit Regenschirm und Fotoapparat auf, die malerische Altstadt von Cochem zu besuchen. Als er zurück kam, war die Stimmung im Weinkeller gekippt, denn das Geburtstagskind Elli lag mit dem Kopf schlafend auf dem Tisch. Und die Magie war entfleucht.

Als Danny und Harry wieder mal mit dem Auto durch deutsche Lande fuhren, sabbelten sie sich gegenseitig die Ohren voll. Denn wie immer gab es viel zu erzählen. Derweil legte Danny eine Kassette mit fröhlicher Reggae-Musik von Manu Chao ein.

»Kennste die hier, Harry …?«

»Kenn ich irgendwo her, aber ich komme gerade nicht drauf. Wer war das noch mal?«

»Datt is doch *Manu Chao*, der eigentlich *José-Manuel Thomas Arthur Chao* heißt.«

»Hört sich an, wie ne spanische oder mexikanische Gruppe.«

»Jop, Harry, datt dachte ich zuerst au. Aber es ist ein französicher Typ, der datt allet alleine produziert hat. Und geboren is'sa 1961 in Paris, ist nämlich ein französischer Sänger und Gitarrist. Er wuchs in Paris auf und lebt heute in Marseille und Barcelona.«

»Na guck, daher datt Spanische …«

»Ja gut, is halt so Weltmusik im Reggae-Stil. Seine Alben wie *Proxima Estacion Esperanza* beschäftigen sich thematisch mit den Auswirkungen von Kolonialismus und Imperialismus auf die Dritte Welt und den Lebensbedingungen von Migranten in Europa.«

»Was du so alles weißt …!«

»Und aus dem Album Proxima Estacion Esperanza wurde hier dieser Song ›Me Gustas Tú‹ ausgekoppelt, den wir gerade hören. Datt is so ne Art Liebeserklärung an alles Liebenswerte …«

»Wo wa gerade bei neuerer Musik sind, Danny. Kennste eigentlich auch Wilco?«

»Nee, kenn ich nich. Wer ist denn Wilco?«

»*Wilco* ist eine US-amerikanische Independent-Band aus Chicago. Sie wird auch – vor allem mit ihren früheren Werken – dem Alternative Country zugerechnet. Gegründet wurden se übrigens 1994. Und im September 2011 erschien das Studioalbum *The Whole Love*. Datt wurde sowohl von den Kritikern als auch den Lesern des deutschen ›Rolling Stone‹ zum ›Album des Jahres 2011‹ gewählt.«

»Whow, hört sich gut an,« meinte Danny.

»Jep, Danny, datt is total relaxte Musik,« empfahl ihm Harry.

Die hörte sich Danny dann später mal auf YouTube im Internet an, mit ihrem Stück ›Whole Love‹ von 2011. Harrys Vorliebe konnte er danach verstehen. Und dann las er auch noch, dass sogar *Uwe Lyko* von *Herbert Knebel's Affentheater* auf Wilco stand.

Aber wie alles Positive im Leben hatte Wilco auch Drama auf Lager. Es gab da dieses Wilco-Konzert im Berliner Tempodrom, am 7. November 2016. Da wollte Harry hin. Zusammen mit seiner Doro und Brother Eddie. Karten hatten sie auch dafür ergattert. Und dann kam der Abend. Sie brauchten es nur noch mit der U-Bahn heil zum Tempodrom zu schaffen.

»Nur noch …!« war leicht gesagt.

Beim Einspringen durch die Tür der U-Bahn glitt Harry auf dem nassen Untergrund aus, stürzte und musste sofort in ein Berliner Krankenhaus eingeliefert werden. Zusammen mit seiner Doro verbrachte er die Nacht des Wilco-Konzertes in Berlin leider nicht im Tempodrom, sondern im Krankenhaus. Er hatte sich einen ganz schwierigen Fußgelenk-Bruch zugezogen, der ihm auch noch ein halbes Jahr später zu schaffen machte. Eddie musste sich dann allein mit drei Wilco-Tickets auf den Weg zum Tempodrom machen. Er konnte die beiden übrigen Tickets von Harry und Doro zwar noch vor dem Konzert-Beginn verkaufen, aber zu Dritt hätte ihm das Konzerto garantiert viel mehr Freude gemacht.

… so viel Freude, wie es bei Dannys und Harrys gemeinsamen Reisen gab. Sie waren Freunde fürs Leben geworden. Und sie liebten es, zusammen zu reisen und dabei ihre Musik zu hören. Manchmal summten oder pfiffen und manchmal grölten sie sie mit.

Und da sie nicht gestorben sind, reisen sie wohl noch immer – ihre musikalische Lebensreise …

Ausklang

Danny Kowalski wanderte durch die Jahreszeiten der Musik, erlebte Frühling – Sommer – Herbst und Winter, ließ auch die fünfte Jahreszeit des Karnevals nicht aus und tummelte sich in der Fußball-Saison und in der Reisezeit.

Und immer bedeutete Musik auch Lebensfreude, Spaß beim Singen oder Musizieren oder Hören.

Vom allerersten ›Pöm-pöm-pöm, Pöm-pöm, Pöm-pöm-pöm-pöm‹ des noch ungeborenen Fötus im Mutterleib bis zum letzten Atemzug vor dem Tod.

Genau so läuft es auch in der Natur: am Anfang des Jahres – im Frühling – gibt es immer ein enormes Gezwitscher der Vögel in Dannys Garten. Jetzt am Ende des Jahres – im Winter – da sind die Piepmätze wieder still.

Das ist der Ausklang der Musik in der Natur …
Denn in allem Anfang liegt auch ein Ende,
wie im Leben,
so auch in der Musik …

>This is the end, beautiful friend
This is the end, my only friend, the end
Of our elaborate plans, the end
Of everything that stands, the end
No safety or surprise, the end
I'll never look into your eyes again<

(Jim Morrison und die Doors – ›The End‹, 1967)

›Das ist das Ende, schöner Freund
Das ist das Ende, mein einziger Freund, das Ende
Von unseren sorgfältigen Plänen, das Ende
Von allem, das besteht, das Ende
Weder Sicherheit noch Überraschung, das Ende
Ich werde dir nie wieder in die Augen sehen‹

Discographie

Das hier ist sicherlich keine repräsentative Zusammenstellung der besten Musikgruppen ever, sondern eine subjektive Auswahl, die zu Dannys jeweiligen Entwicklungsetappen eine Rolle spielte.

Alle im Buch *kursiv* geschriebenen Interpreten, Musikgruppen, Radiostationen oder Musiktitel sind hier alphabetisch aufgeführt:

ABBA, Gary Glitter, Kiss, Sweet und Village People mochte Danny nicht besonders
Adams, Bryan – Everything I do, I do it for you
Alexandra – Sehnsucht
Allman Brothers – Jessica
Amen Corner – Bend me shape me
The American Breed – Bend me shape me
Antoine – Die blonden Mädchen
Archies – Sugar, Sugar
Auf die Bäume, ihr Affen, der Wald wird gefegt (Karnevals-Hit 1971)
Bach, Vivi und Dietmar Schönherr – Das Leben meint es gut mit Dänen und denen, denen Dänen nahe stehen …
Baez, Joan – We shall overcome
Bankie Banx, Reggae-Band aus Anguilla – Prince of Darkness
Beach Boys, kalifornische Beatgruppe aus der Surfer-Szene
Beatles – With The Beatles; Hello Good-Bye; Das Weiße Album; Sgt. Pepper's Lonely Hearts Club; Norwegian Wood; Come together; Why don't we do it in the Road; Ob-La-Di, Ob-La-Da
Becaud, Gilbert – Natalie
Beckenbauer, Franz – Gute Freunde kann niemand trennen
Bee Gees (Gebrüder Barry, Robin & Maurice Gibb) – Massachusetts
Bega, Lou – Mambo Nr. 5

Bellini – Samba do Brasil; Samba de Janeiro
Bertelmann, Fred – Der lachende Vagabund
Bianco, Matt – Half a Minute
Biermann, Wolf – Soldat, Soldat
Black Uhuru, Reggae-Band
Bläck Fööss – Drink doch eene mit
Boney M. – Sunny – Honey
Brel, Jacques – Le Moribond
Brings – Superjeile Zick
Buena Vista Social Club – Chan Chan
The Byrds – Mr. Tambourine Man
Byrne, David – Independence Day (LP Rei Momo, dabei Cumbia, Mambo, Reggae, Cha-cha-cha, Samba, Charanga, Rhumba, Bolero, Orisa, Bomba + Mapaye)
Can (mit Holger Czukay), experimentelle Krautrock-Musik
Canned Heat – On the road again
Captain Beefheart, Ex-Mitmusiker von Frank Zappa
Caruso, Enrico – O Sole Mio
Celentano, Adriano – Azzurro
Charles, Ray – Hit the road Jack!
Charly Brown, Band aus Datteln 1971 – Hey Capello
Chicago – I'm a man
The Church – Under the Milky Way
Cindy & Bert – Immer wieder sonntags
The Clash – London Calling
Clayderman, Richard – Ballade pour Adeline (also: für Elise)
Cochran, Eddie – Summertime Blues
Colosseum (mit John Hiseman), Jazzrock-Band
Collins, Albert & the Icepickers, Rhythm‹ and Blues-Band
The Comets (mit Bill Haley) – Rock around the clock
Conte, Paolo – Gelato al Limon
Cooder, Ry + Juan de Marcos Gonzalez – Projekt ›Buena Vista Social Club‹
Creadance Clearwater Revival – Proud Mary
The Cream, einer der ersten Supergroups der 1960er Jahre: Eric Clapton, Jack Bruce und Ginger Baker – Sunshine of my live; White Room

Crosby, Stills & Nash – Wooden Ships; Woodstock
Dattelner Kanal – Happening-Band aus Datteln 1972
Dave Clark Five – Bits and Pieces
Dave Dee, Dozy, Beaky, Mick and Tich – Legend Of Xanadu; Bend it; Hold Tight; Hideaway; Zabadak; Last night in Soho
Miles Davis, amerikanischer Jazz-Trompeter
Deep Purple – Child in Time (von LP Deep Purple in Rock)
Deter, Ina – Neue Männer braucht das Land …!
de Souza, Raul – Sweet Lucy
Deutsche Fußball-Nationalmannschaft 1974 – Fußball ist unser Leben
de Ville, Willy – Demasiado Corazon
Dissing, Poul, dänischer Protestsänger – Mor Danmark og Far Krammersjael
Donovan – Atlantis
The Doors mit Sänger Jim Morrison – Touch me; LP The Best of the Doors: Riders on the storm; Light My Fire; Strange Days; Break on Through to the other side; Whiskey Bar; Love Her Madly; People Are Strange; Backdoor Man; Love Street; The End
Drews, Jürgen – Ein Bett im Kornfeld; vorher bei Les Humphries Singers
Dr. John – Right place, wrong time; Iko Iko
The Dubliners – Seven Drunken Nights
The Dumps – Beatgruppe aus Datteln in den 1960ern
Duran Duran, Pleasure Pain, Florence Nightingdale, Rostfrei – New Wave--Gruppen
Dylan, Bob – Blowin‹ in the Wind; The Times They Are A Changin; LP Highway 61 Revisited (u.a. Like a Rolling Stone)
Eagles – Hotel California
Ed Karabao, thailändische Rock-Musik
Edwards, Jango, amerikanischer Musikclown in Amsterdam – If I was a Bicycle Seat
Emerson, Lake & Palmer – Lucky Man
Emigrantes del Volcan – Guadarfia, kanarische Musik
Eric Burdon and the Animals – Ring of Fire; San Franciscan Nights; The Last Drive
Everything But The Girl – When all's well
Extrabreit – Hart wie Marmelade

The Family mit Roger Chapman
Felgen, Camillo von Radio Luxemburg
Fifth Dimension – Aquarius / Let The Sunshine In
Fine Young Cannibals – Johnny Come Home
Fonsi, Luis – Despacito
Fools Garden – Lemon Tree
The Free – All right now
Frey, Glenn – The Heat Is On
Froboess, Conny – Zwei kleine Italiener
Furtado, Nelly – Forca
Gall, France – Computer Nr. 3; Ein bisschen Goethe, ein bisschen Bonaparte
Gamelan, Musik aus Bali
Geier Sturzflug – Bruttosozialprodukt
Georg lebt! (Hagener Event-Band 1990) – Georg's Rap
Gerard, Daniel – Butterfly
Gerry & the Peacemakers – You‹ll never walk alone (https://youtu.be/j72tB-jGNIxI)
Golden Earring, holländische Rock-Gruppe
Grand Ash II. Express, Calypso-Rock-Formation aus St.Kitts
Grand Prix d‹Eurovision
Grateful Dead
Green (mit Milla Kapolke), Cover-Band
Guitierrez, Alfredo & Band, aus Kolumbien
Gipsy Kings – Bamboleo
Habibi-Musik, arabische Liebes-Musik
Hammond, Albert – It never rains in Southern California
Havens, Richie – Freedom
Heino – Caramba, Caracho
Hendrix, Jimi – Voodoo Child
Herbert Knebel's Affentheater mit Uwe Lyko
Herman Hermits – No Milk Today
Vest-Rock am 05.07.1979 mit High Voltage, Magic Acustik Duo und Satelit
Höhner – Hey Kölle, du bes e Jeföhl; Viva Colonia (https://youtu.be/qnuo-K0O0rgE)
Hollies – Jennifer Eccles

Horslips – King of the Faries; Power And The Glory
Hot Tuna, US-amerikanische Bluesrock-Band, ein Ableger von Jefferson Airplane
House-Musik; Rap-Musik; Hip-Hop; Scratching; Break-Dance = Musikrichtungen der 1990er Jahre
Houston, Whitney – I will always love you
Hynde, Chrissie, Sängerin der britischen Rockband The Pretenders
Ideal (Annette + Inga Humpe) – Ich steh auf Berlin; Blaue Augen; Sex in der Wüste
Idol, Billy – Flesh for fantasy
Ingo Insterburg & Co. – Ich liebte ein Mädchen (https://youtu.be/vR9P0L-4jKk8)
Iron Butterfly – In A Gadda Da Vida
Isle Of Wight-Festival 1970 in England
Jacks, Terry – Seasons in the sun
Jackson, Michael + Lionel Richie – We Are the World (USA for Africa)
Jackson, Wanda – Let's have a party
Jethro Tull – Locomotive Breath; Aqualung
Jew Amornrat – Sao Ken Fai, thailändische Musik
John Fred & his Playboyband – Judy in Disguise
Jones, Tom – Delilah
Juanes – La Camisa Negra
Jürgens, Udo – Buenos Dias Argentina 1978; Wir sind schon auf den Brenner 1990
Kaoma – Lambada
K.E.C.K. – Im Sonnenstudio
KFC und No Names, Punkgruppen Anfang der 1980er Jahre
King Sunny Ade and his African Juju-Band
Klaus & Klaus – Es steht ein Pferd auf dem Flur
Kristofferson, Kris – Me and Bobby McGee
Lana Del Rey – Summertime Sadness; Video Games
Las Ketchup – The Ketchup Song
Laszlo, Victor – Sweet, Soft N‹ Lazy (aus dem Album ›She‹)
Lavi, Daliah – Meine Art Liebe zu zeigen
Lena Meyer-Landrut – Satellite

Lennerockers, Rockabilly-Band aus Hohenlimburg

Lightning Seeds – Football's coming home

Lingen, Theo – Der Theodor im Fußballtor

Little Feat (mit Lowell George, Roy Estrada, Bill Payne, Richard Hayward) – Willin; Dixie Chicken; Oh Atlanta; LP Waiting for Colombus

Lloyd Cole and the Commotions – Perfect skin (von LP Rattlesnakes); Rich

Lolita – Seemann, deine Heimat ist das Meer

The Lords, deutsche Beatgruppe

Los del Rio – Macarena

Lulu – Boom-Bang-A-Bang-Bang

Lusthansa – Nix Neues in Poona

Lynyrd Skynyrd, (mit Ronnie van Zant) – Free Bird; Sweet Home Alabama

Madonna – Like a Virgin

The Mamas and the Papas (mit ›Mama‹ Cass Elliot) – Monday, Monday

Mann, Herbie – Push-Push

Manfred Mann – John Hardy

Manitas de Plata, Zigeuner-Musik aus den 60er und 70ern

Manu Chao – Me Gustas Tú

Maracatu, Wuppertaler Latin-Jazz-Gruppe

Mariachi- und Marimba-Musik, beides mexikanische Musikstile

Marley, Bob (https://youtu.be/r55iXZ6btJ8) – Positive Vibration; Exodus; Could you be loved; Get up, stand up; Roots, Rock, Reggae; LP Babylon by Bus

The Marmalade – Ob-La-Di, Ob-La-Da

Marseillaise (frz. Nationalhymne)

Marshall Tucker Band – Can't you see

Martin, Ricky – La Copa De La Vida; Livin‹ La Vida Loca

Mayall, John – Room to Move

Mazo Mazo (New Wave-Gruppe aus Menden 1982 – 1984) – TV-Fieber; Von Sinnen

McKenzie, Scott – San Francisco (https://youtu.be/7I0vkKy504U)

Melanie – Ruby Tuesday

Merengue, Musik aus der Dominikanischen Republik

Mey, Reinhard – Über den Wolken

Mitchell, Joni, kanadische Singer-Songwriterin

Mo, Billy – Ich kauf mir lieber einen Tirolerhut; Jetzt trinkt er Limonade

Moderne tiders ungdom – dänischer Schlager aus den 1970er Jahren
The Mods – Beatgruppe aus Datteln in den 1960ern
The Monkees (Michael Nesmith, Davy Jones, Micky Dolenz + Peter Tork) – Daydream Believer
Moody Blues – Nights in white Satin
Moondog (= Louis Thomas Hardin)
Morricone, Ennio – Spiel mir das Lied vom Tod (Once upon a time the west)
Mothers of Invention (mit Frank Zappa)
Müller, Gerd – Dann macht es bumm
Mundorgel – Wenn die bunten Fahnen wehen; Wir lagen vor Madagaskar
Mungo Jerry – In the Summertime
Myhrre, Wencke – Beiß nicht gleich in jeden Apfel; Knallrotes Gummiboot; Er steht im Tor; Küss mich einmal
Nannini, Gianna + Edoardo Bennato – Un estate Italiana
Nash, Graham (The Hollies)
Nationalhymne der Briten – God save the Queen
N‹Dour, Youssou & Neneh Cherry – Seven Seconds
Nena – Nur geträumt
Neville Brothers (Art, Charles, Aaron + Cyril Neville) – Fire on the Bayou; Hey Pocky Way; Brother John – Iko Iko; Yellow Moon; Will The Circle Be Unbroken
Charmaine Neville – The right Key, but the wrong Keyhole
The Nice mit Keith Emerson
Ocasek, Ric (von The Cars) – Emotion In Motion
O‹Kaysions – I'm a girl-watcher
Ofarim, Esther – The Morning of my Life
Ohio Express – Yummy, Yummy, Yummy
Pentangle mit Sängerin Jacqui McShee – Cruel Sister
Pickett, Wilson, populärer US-amerikanischer Soul-Sänger
Pigbag – Papa's got a brand new pigbag; Sunny Day
Pink Floyd (mit Drummer Nick Mason) – Set the control for the heart of my sun, von LP Ummagumma
The Platters – Only You
The Police
Presley, Elvis – Devil in Disguise; Suspicious Minds

Prince & the Revolution – Purple Rain

Procol Harum – A whiter Shade of Pale

Quinn, Freddy – Junge, komm bald wieder

Radenkovic, Petar – Bin i Radi, bin i König

Radio Caroline (Piraten-Sender Ende der 60er, in der Nordsee vor Anker)

Radio Cosmo, das frühere WDR Funkhaus Europa

Radiohead – Creep

Radio Luxemburg, Musiksender der 60er Jahre – u.a. Der Klabautermann klopft an

Ramsey, Bill – Ohne Krimi geht die Mimi nie ins Bett

Frederic & The Rangers – Beatgruppe aus Recklinghausen in den 1960ern

Rara Machine, afrikanische Musik aus Haiti

The Rattles mit Sänger Achim Reichel – The Witch

Rico & Band, Reggae-Band

Rockpalast-Nächte im WDR III-TV mit Macher Peter Rüchel und den Moderatoren Albrecht Metzger und Alan Bangs

Rolling Stones – Sticky Fingers; Honky Tonk Women; Street Fighting Man; She's a Rainbow; 2000 Light Years From Home

Roque, Victor y La Gran Manzana, Merengue-Gruppe

Sade Adu – Smooth Operator; Is it a crime; Sweetest Taboo; Ordinary love; Never as good as the first time

Sailor – Girls, Girls, Girls; A Glass of Champagne

Salsa, lateinamerikanische Musik

Santana, Carlos – Jingo; Soul Sacrifice; LP Abraxas (Samba Pa Ti; Oye Como Va; Black Magic Woman); Corazón Espiando; Havana Moon

Sarstedt, Peter – Where do you go to my lovely …

Sega – Musik und Tanz aus Mauritius

Sex Pistols – God save the Queen (von LP Anarchy in the UK)

Shakira – Suerte (= Whenever, Wherever); Underneath your Clothes; Hips don't lie, mit Wyclef Jean; Gitana; Cumbia De Colombia; La Tortura, ft. Alejandro Sanz; Waka waka; Can't Remember to Forget You, ft. Rihanna; Dare La-la-la; La Bicicleta, mit Carlos Vives; Déjà vu, mit Prince Royce; Me Enamoré (von El Dorado)

Shaw, Sandy – Puppet on a String

Simple Minds – LP Sister Feelings Call

Sledge, Percy – When a man loves a woman
Sly & the Family Stone – Dance to the Music
Small Faces – Odgens nut gone flake; Lazy Sunday
Söppel (Rock-Gruppe aus Datteln 1979) – Cadmium-Reggae; Zentral-Müll-
deponie
South, Joe – Games People Play
Sportfreunde Stiller – 54 – 74 – 90 – 2006
Stevens, Cat – Morning has Broken
Stewart, Al – On The Border; The Year Of The Cat
Stills, Stephen (Buffalo Springfield)
The Stripes (mit Sängerin Nena Kerner)
Style Council, britische Band um Sänger Paul Weller
Supertramp – LP Breakfast in America
Swinging Blue Jeans – Hippy Hippy Shakes
Talking Heads – Burning down the house (LP Speaking in Tongues); Psycho
Killer (LP Stop Making Sense); Girlfriend Is Better; Once In A Lifetime; Ra-
diohead (LP True Stories)
Tangerine Dream – Zeit
Tarantella, süditalienische Musik und Tanz
The Taste (mit Rory Gallagher)
10 CC – Dreadlock Holiday
Ten Years After – Love like a man
Them (mit Van Morrison) – It's All Over Now Baby Blue
Theodorakis, Mikis – Sirtaki Zorbas
Thorogood, George & the Destroyers, Straight-Rockgruppe
Thunderbyrd (mit Roger McGuinn)
Tanita Tikaram – Twist In My Sobriety (von LP Ancient Heart)
Tommy James & The Shondells (Tommy James, Ritchie Cordell) – Mony Mony
Townsend, Pete – Face The Face
The Tremoloes – Here Comes My Baby; My little Lady
Die Toten Hosen – Tage wie diese
Trio – Da da da; Girls Girls
The Trojans mit Frontmann Goa Vincent, Ska-Band
Tschaikowski – 1. Klavierkonzert in b-Moll
UB40 – Red Red Wine; Can't Help Falling in Love; Kingston Town

Ulloa, Francisco & Band aus der Dominikanischen Republik

van Beethoven, Ludwig – Für Elise in a-Moll; Mondscheinsonate Opus 27,2 in cis-Moll; Die Wut über den verlorenen Groschen

Van Morrison – Too Long In Exile; Hymns to the Silence

Vivaldi, Antonio – Vier Jahreszeiten, italienisch: Le quattro stagioni

Vogelfrei (Jazz-Combo aus Hagen 1980 – 1987) – Helmut zuckt noch

Wagner, Richard – Tristan und Isolde

Wallenstein – Charline

The War – Low Rider

Wilco – The Whole Love

Wild Magnolias – All on a Mardi Gras Day

Who (mit Drummer Keith Moon) – My generation; Tommy; Pinball Wizard; Magic Bus

Woodstock, berühmtes Festival 1969 in den USA

Working Week – Sweet Nothing

Yanai, Kate – Summer Dreaming (der Bacardi-Song)

Young, Neil – Heart of Gold (https://youtu.be/pO8kTRv4l3o) (LP Harvest); Southern Man (LP After the Goldrush)

Zachary Richard, Eddie Bo + Johnny Adams (bei der New Orleans-Revue 1992)

Zager, Denny & Evans, Rick – In the year 2525 (https://youtu.be/iz-QB2-Kmiic)

Zappa, Frank – Bobby Brown

Zucchero & Paul Young – Senza una Donna

Danke für alles

Ich möchte mich bei den vielen Menschen bedanken, die tat- und ratkräftig dabei mitgeholfen haben, diesen Roman fertig zu stellen:

- besonders meiner lieben Frau Petra, die mir in nun 25 Jahren immer wieder den Freiraum gibt, mich kreativ in meinen Romanen auszuleben. Sie unterstützt mich durch das Redigieren und Diskutieren des Manuskriptes. Außerdem ist sie mir eine große Hilfe in Fragen der Grammatik, des Stils und der Logik. Damit hat sie dazu beigetragen, dass mein Schreibstil in den letzten Jahren eine positive Fortentwicklung bekommen hat.
- unserer gemeinsamen Katze Lilli, einer flauschigen Halb-Norwegerin, die wie eine Nähmaschine schnurrt, dabei knöttert wie ein harmonisches Perkussions-Instrument und ihr Herz seit 11 Jahren mit uns zusammen schlagen lässt: »Pöm-pöm, Pöm-pöm-pöm, Pöm-pöm.«
- allen meinem Mitmusikern von sechs Bands aus Datteln und Hagen, mit denen ich zwischen 1971 und 1990 Auftritte hatte: Bollo, Heini, Nobby, Mattin und Klaus von Charly Brown und Dattelner Kanal; Michael, Eddie, Berni, Theo, Norbert, Ecki, Olaf und Doris von Söppel; Peter und Geli F., Jörg K., Christian B., Andrea von M., Norbert R. und Martin V. von Vogelfrei; Kalle K., Uwe, Christian und Jörg von Mazo Mazo; und Achim S., Oliver und Matthes von Georg lebt!
- den Dattelner Musiker-Cracks aus den 1960er Jahren: Charly Wewer, Manni Ludwiczak, Eddie Krzyzostaniak und Wolle Thimian, die mir für dieses Buch gerne ihre Erinnerungen aus den Anfängen der Beat-Musik schilderten.
- Jutta-Ellen aus Mettmann für das Karnevalsgespräch, Rüdiger aus Schwerte, Christian Tod aus Villach, Achim Elbert aus Neunkirchen, Manuela aus Hamburg und Ralph aus Lüdenscheid für ihre tolle Mitarbeit innerhalb der verschiedenen Facebook-Musik-Gruppen.

Allen Teilnehmern/Innen an den inzwischen vierzehn Lesungen, die ich in den letzten neun Jahren gehalten habe, und natürlich auch allen Leserinnen und Lesern meiner ersten neun Romane ›Straßnroibas‹, ›Spätzünder, Spaßvögel & Sportskanonen‹, ›Keine Leiche, keine Kohle …‹, ›Der Junge, der eine Katze wurde …‹, ›Leidenschaft im Briefkuvert‹, ›Zeitmaschine – STOPP!‹, ›Das Geheimnis um YOG'tZE‹, ›Wer andren eine Feder schenkt‹ und ›das Ekel von Horstel‹, die mich dadurch ermunterten, fleißig weiter zu schreiben.

Die bisherigen 9 veröffentlichten Romane von Manfred Schloßer:

Straßnroibas, Liebe – Länder – Leidenschaften
… ein autobiographischer Roman über Manfred Schloßers Alterego Danny Kowalski, der genauso wie er während der letzten 3 ½ Jahrzehnte durch die Kontinente gereist ist und dabei allerlei interessante und aufregende Abenteuer erlebte, die mit fremden Kulturen, der jeweiligen Zeitgeschichte, lustigen Dödelkes und prickelnder Erotik gewürzt wurden.

» Der afghanische Soldat hielt mir seine geladene Kalaschnikow gegen die Brust und herrschte mich an: »Verschwinde!«, worauf ich mich schleunigst und bereitwillig in die Wüste am östlichen Stadtrand von Herat verkrümelte … «
Dieser 2007 veröffentlichte Roman hat 408 Seiten, 17 farbige Illustrationen, ist im Buchhandel bereits vergriffen, aber noch vereinzelt unter der ISBN-Nr. 9783833483677 im Internet zu bekommen.

Aus der Presse: »Liebe, Länder und Leidenschaften: Ob Indien, Thailand, Nord- und Mittelamerika, Europa – es gibt kaum einen Ort auf der Welt, den Manfred Schloßer in den letzten 35 Jahren nicht besucht hat …«
WESTFÄLISCHE RUNDSCHAU Hagen, Oktober 2007

Spätzünder, Spaßvögel & Sportskanonen
Vom ersten Kuss bis zur Traumfrau: meine Jugend hat spät begonnen …
… ist die Geschichte von Danny Kowalski, der auszog, das Leben und die Liebe zu lernen. Als Spaßvogel und ›Sportskanone‹ war er ein Frühstarter, aber in der Liebe ein Spätzünder. Sein zweiter Roman von 2009 hat 368 Seiten, ist unter der ISBN-Nr. 978-3837032697 veröffentlicht und im Buchhandel oder im Internet zu beziehen.

Aus der Presse: Vom Leben und der Liebe: Der prickelnde Titel: »Spätzünder, Spaßvögel & Sportskanonen – Vom ersten Kuss bis zur Traumfrau: Meine Jugend hat spät begonnen« verspricht denn auch viel. Erzählt wird die Geschichte von Danny Kowalski, der von Westfalen auszog, das Leben und die Liebe zu lernen …
WAZ RECKLINGHAUSEN, März 2009

Keine Leiche, keine Kohle …

… ist ein Ruhrgebiets-Krimi, wobei der verschwundene Tommy Gölzen-leuchtner gesucht wird. Die Hagener Kripo um Bandura und Julia Finken-siep rätselt, ob er tot oder gar ermordet worden ist? Danny Kowalski sucht jedenfalls im Auftrag für seine Versicherung den Verschwundenen und jagt so einem Phantom durch drei Kontinente und über zwei Jahrzehnte hinterher: diese Jagd führte ihn in Städte wie San Francisco, New Orleans, Taipeh und Bangkok oder Khao Lak.

Sein dritter Roman von 2011 hat die ISBN-Nr. 978 – 3 – 8423 – 2009 – 3, ist mit 9 Farbfotos verschönt, hat 150 Seiten und kostet 9,95 €.

Aus der Presse: Sein allerneuestes Produkt hat auch, aber nicht nur mit Rei-sen zu tun. Vielmehr ist ein ›Hagen-Krimi‹ entstanden. ›Keine Leiche, keine Kohle …‹ ist ein deutscher Krimi, der zumeist im westfälischen Ruhrpott spielt, aber die Handlung führt den Leser in einem Zeitraum von zehn Jahren auch einmal rund um die Erde.
WOCHENKURIER HAGEN, Februar 2011

Der Junge, der eine Katze wurde …

In diesem abgefahrenen Roman nimmt der junge Danny Kowalski Ende der 1960er Jahre in Domburg einen LSD-Trip, von dem er nicht mehr run-ter kommt. Die Handlung führt den Leser in einer abenteuerlichen Odyssee durch Süd-Holland, durch das Amsterdam der Hippies, durch die Wälder des Niederrheins und entlang der Flüsse und Kanäle Westfalens, in deren Verlauf Danny sich in eine Katze verwandelt. Sein vierter Roman von 2012 hat die ISBN-Nr. 978 – 3 – 8448 – 2827 – 6, ist mit 10 Illustrationen verschönt, hat 132 Seiten und kostet 8,95 €.

Aus der Presse: »Auf Drogen-Trip am Kanal. In seinem neuesten Buch ›Der Junge, der eine Katze wurde‹ nimmt der in Datteln aufgewachsene Manfred Schloßer seine Leser mit auf eine ungewöhnliche Reise.«
DATTELNER MORGENPOST, April 2012

Leidenschaft im Briefkuvert

… ist eine spannende Romanze mit historischem Hintergrund. Die Geschichte beginnt während des ›kalten Krieges‹ in den 1960er Jahren, als eine Ost-West-Brieffreundschaft die Gefühle der Beteiligten in Wallung brachte: »… aber sie konnten zueinander nicht kommen…!«

Sein fünfter Roman von 2013 hat die ISBN-Nr. 978 – 3 – 8482 – 3785 – 2, ist mit 18 Illustrationen verschönt, hat 152 Seiten und kostet 9,90 €.

Aus der Presse: »Komm nach Hagen, werde Popstar, mach Dein Glück!«
In seinem aktuellen Roman »Leidenschaft im Briefkuvert« – eine spannende Romanze mit historischem Hintergrund – schildert der Autor die Lebenslinien zweier Frauen. STADTMAGAZIN HAGEN, Juni 2013

Zeitmaschine – STOPP!

In seinem Öko-Science-Fiction entführt uns der Autor Manfred Schloßer in die historische Zeitkultur der 1960er und 70er Jahre. Seine beiden Protagonisten Danny Kowalski und sein griechischer Freund Alexis machen sich mit ihrer Zeitmaschine auf der Suche nach Jim Morrison und den Doors. Da die altertümliche Höllenmaschine sich als leicht defekt herausstellt, landen sie zwar erst in unserer Vergangenheit des letzten Jahrhunderts, stolpern aber immer wieder haarscharf an ihren anvisierten Zielen vorbei. Sein 6. Roman wurde 2014 veröffentlicht, hat die ISBN-Nr. 978 – 3 – 7357 – 7338 – 8, ist mit 17 Illustrationen verschönt, hat 108 Seiten und kostet 7,95 €.

Aus der Presse: Der Hagener Autor Manfred Schloßer hat jetzt sein sechstes Buch veröffentlicht. Hauptfigur ist wieder der schon durch seine anderen Romane recht bekannt gewordene Danny Kowalski. Er ist diesmal mit der Zeitmaschine unterwegs …
WOCHENKURIER HAGEN, März 2014

Das Geheimnis um YOG'TZE

In diesem Kriminalroman klären die Protagonisten Kommissar Danny Kowalski und Kollegin Fanny Bevenbreucker einen 30 Jahre alten historischen Kriminalfall von 1984 auf. Ein Krimi muss nicht immer todernst sein, weshalb der Autor Manfred Schloßer oft humoristisch und augenzwinkernd unterwegs ist.

Sein siebter Roman wurde 2015 veröffentlicht, hat die ISBN-Nr. 978 – 3 – 7386 – 7530 – 6, ist mit 14 Illustrationen verschönt, hat 120 Seiten und kostet 7,99 €.

Aus der Presse: »Der seit 35 Jahren in Hagen lebende Manfred Schloßer hat sein siebtes Buch veröffentlicht. Der Krimi trägt den Titel ›Das Geheimnis um Yog'tze‹. Dieses Mal hat er akribisch recherchiert, hat in Polizeiberichten gelesen und alte TV-Aufzeichnungen angeschaut. Denn obwohl die Handlung fiktiv ist, basiert sie auf einem echten Mordfall. Und den versucht Kommissar Kowalski zu lösen.«
WESTFALENPOST HAGEN, März 2015

Wer andren eine Feder schenkt

In seinem 8. Roman taucht der Autor Manfred Schloßer tief in die 1970er Jahre ein, denn es geht um ›Eine Freundschaft seit der Hippie-Zeit‹. Eine Männerfreundschaft mit seinem ewigen Freund Harry, die 1974 begann und auch heute noch – über 40 Jahre später – währt. Dabei erleben die beiden so allerlei und vertiefen sich anschließend in Gespräche über Liebe, Lachen, Nächte. Und es wird wieder mal eine geballte Ladung an Sex, Drugs und Rock'n Roll geboten.

Dieser achte Roman aus der Danny-Kowalski-Reihe von Manfred Schloßer wurde 2016 veröffentlicht, hat die ISBN-Nr. 978 – 3 – 7412 – 1512 – 4, ist mit 18 Illustrationen verschönt, hat 188 Seiten und kostet 7,99 €.

Aus der Presse: »Abenteuer aus der Hippie-Zeit. Ein Tagebuch mit Eintragungen, Erinnerungen und Abenteuern aus den 70er Jahren hat Manfred Schloßer zu seinem neuen Roman animiert. In dem Roman taucht er tief in die Zeit seiner Jugend.«
WESTFÄLISCHE RUNDSCHAU HAGEN, März 2016

Das Ekel von Horstel

In seinem 9. Roman ›Das Ekel von Horstel‹ klären Kommissar Danny Kowalski und seine junge flippige Kollegin Fanny Bevenbreucker eine alte Mord-Serie aus Horstel und Berlin von 2003, 2005 und 2007 auf. Autor Manfred Schloßer ist auch im 9. Teil der Danny-Kowalski-Reihe wieder oft humoristisch und augenzwinkernd unterwegs.

Kommissar Kowalski sucht jedenfalls aus seinem Keller-Büro bei der Hagener Kripo im Sonder-Dezernat ›Z‹ für unaufgeklärte Mordfälle zwei Mörder oder gar einen Auftragsmörder.

Dieser neunte Roman aus der Danny-Kowalski-Reihe von Manfred Schlo-ßer wurde 2017 veröffentlicht, hat die ISBN-Nr. 978 3743 1709 40, ist mit 12 Illustrationen verschönt, hat 180 Seiten und kostet 7,99 €.

Aus der Presse: » ›*Das Ekel von Horstel‹ frisch auf dem Markt. Der neue Roman von Manfred Schloßer ist ein typischer Ruhrgebiets-Krimi, aber auch ein spannender Sport-Krimi, der während der Fußball-EM 2016 in Frankreich und teilweise in einem Fitness-Center spielt..*«
WESTFÄLISCHE RUNDSCHAU HAGEN, Februar 2017